U0524187

新疆是个好地方

喀什七月

赵青阳 著

新疆青少年出版社
·乌鲁木齐·

七月流火,九月授衣。

一之日觱发,二之日栗烈。

无衣无褐,何以卒岁?

《诗经·豳风·七月》

目录

第一章
都市丛林
1

第二章
支边岁月
53

第三章
所有的远方都不是故乡
103

第四章
回到喀什
143

第五章
古怪的朋友圈
193

第六章
喀什博依
233

第七章
另一片天地
269

第八章
用魔法打败魔法
305

第九章
生命的奥义
347

第十章
东湖,东湖
387

第一章

都 市 丛 林

破阵子

昨夜星辰灿烂,今宵风起微寒。

黄浦香车和宝马,回首心酸与辛酸。南疆月一弯。

都市丛林荆棘,时光步履蹒跚。

最是初心能不弃,莫道前途行路难。杏花忽满山。

壹

已是午夜时分，眼前的黄浦江边，依旧灯火闪烁，像一川璀璨银河落入浮世，将天地繁华卷入一江东流中。夜行的航船，顶着彩灯，在斑驳的夜色中犁开一道道迷离幻影，霓虹一样起伏隐现。

魏晋站在 Red Whale 露台，低声跟安慕然交谈着。看到安慕然的目光瞥向窗外，魏晋也望了过去。

"这些年上海变化实在太快，倒显得人没怎么变。"安慕然淡淡地说道。

"物换星移，人事恒长，这样不也很好吗？"魏晋小心地回道。

安慕然冷笑一声，顺着自己的思绪说道："若春申能在金茂大厦和上海环球金融中心旁边再添一座春申大厦，才算是真的做大做强了。一生二，二生三，三生万物。陆家嘴有三座高塔，自会万物勃发，更加兴盛。"

窗外的环球金融中心像一把刀子，昂然矗立，492米的高度让旁边的金茂大厦相形见绌。魏晋望着那两座如陡峭山峰的建筑，一时不知要怎么回答，想了想，硬着头皮回答道："您和李董给春申打下这么好的基础，应该不久就可以实现。"说完这话，他自己也一阵心虚，不由得噤了声。

对昔日的春申来说，这样的目标或许并不算遥不可及，但是这几年春申内斗不断，实力断层式下降，早已经外强中干。

安慕然神情端凝，没有吭声，他棱角分明的侧脸在灯光下折射出一种怪异的金属光芒，像是一架古老而保养得当的机器。所有的喜怒哀乐都在里面藏着，海底般深沉莫测。一身蓝色西装搭配银灰色领带，看起来合体而又高雅，似乎将他身上的沧桑气息冲淡了几分，但是由内而外散发的森冷气息依旧令人望而生畏。

他静静眺望着不远处那个形同尖刀的醒目建筑，整个人也如同一把静待出鞘的寒光隐隐的利刃，隐忍不发，只等骤然劈下。

魏晋不由一阵感慨，曾经的安慕然是一个多么开朗随和的人啊！饶是在上海生活了三十多年，安慕然身上依然保留着典型的北方人的性格特征，热心热肠，快人快语，直来直去，有他在的地方，气氛就会莫名轻快起来。谁知世事弄人，短短四年未见，竟判若两人，与之前几乎完全不同，曾经和蔼的国字脸写满阴沉戒备，细密的皱纹更是让他看起来充满森冷气息。

随着安慕然的目光望向江面，只见游船正载着一船星辉在黄浦江中游弋，歌舞升平，锦绣琳琅，繁华如梦。魏晋不由一阵恍惚，蓦然忆起小时候。

那会儿他才从新疆回上海不久，就住在莘庄老镇的弄堂里，那条弄堂极长，住的大多是造船厂的工人。每天放学后，他都磨磨蹭蹭不愿回家，先在学校到处溜达，又在教室后面的一小片竹林里捉一会儿蟋蟀，然后找一处没人的地方趴下来把作业写完。

人几乎都走完了，此时只剩下看大门的校工老余在门房侧面那片空地上支起把椅子休息。身旁收音机里，咿咿呀呀放起了评弹。

暮色随着玎玎的琵琶声，一点一点加深，像是有灵魂一样袅袅娜娜渐升渐高。不久，像是被挤压出来一般，月亮在暮色中不情愿地探出了头，此时太阳还未落尽，漫天烟火一样的霞光将天空撕开一角，在越来越黑的天幕上火焰般燃烧。太阳月亮都被烧成了金色的剪影，同悬天际，最后终究是太阳憋不住了，金光渐消，慢慢向西沉没。

天眼看要黑尽了，魏晋无奈地叹一口气。这完全不似孩童的叹息将最后一抹天光叹尽，完全隐入薄暮中。此时他才不情不愿地慢悠悠往家里晃。

回去的时候他还是会特意绕一下，绕到黄浦江边，等横泾港码头的最后一班渡轮过来。江边坐满搬着竹椅在夜里来消夏的人。男人光着膀子，摇着蒲扇，三三两两扯着闲话。女人穿阔脚裤，一边心不在焉地说话，一边斜眼瞥着穿着裤头背心的自家小鬼头在人堆中挤来挤去地奔跑。嘤嘤嗡嗡的话语声与偶尔摔倒的孩子的哭闹声一起吵翻了天。

一直等晚班的渡轮慢悠悠地靠了岸，轰隆隆放下甲板，像《古印加祖玛》中的石青蛙，岿然蹲在江边，张开大嘴，将装载着的车辆一辆一辆从甲板上吐出来，一直吐完最后一辆，才鸣着汽笛掉头而去。这时喧闹的江边才逐渐安静下来，一天中最有意思的一幕也就结束了。魏晋不得不起身，闷着头，一路丁零当啷踢着小石子回家。

若是可以，他宁愿一直坐在码头，永远不用回家去。

日夜奔腾的江水似乎可以容下一切，将上海融进来，将喀什融进来，将他小小的忧伤融进来。

就像吐曼河一样，什么都可以放进去，将天空放进去，天空就会变得干净；将沾满泥巴的手脚放进去，手脚就会变得干净；将黑乎乎的小羊放进去，小羊就会洁白如雪。

有人称那河为努尔曼的小河。艾尼瓦尔大爷家的努尔曼，白得透明的小脸，鼻子尖得简直可以顶到眼睫毛。夏天的时候，她总是喜欢带着她的小山羊在河边溜达，光着脚，不穿鞋子，脚指头灵巧地在淤泥里抠啊抠，一会儿就能抠出一个小水坑。她的小羊看到了，会立刻挤过来，低下头，吐出粉色的舌头，一卷一卷地去舔水坑里的水。

想到这儿，魏晋的脸上不自觉地露出一缕笑意，可是转瞬间就消失不见。

终究还是要回家。

他问过父母可不可以到江边去纳凉，母亲照例充耳不闻，父亲照例早出晚归难见踪迹。偶尔有暇也总是不耐烦地说："小孩子晚上在江边睡会失魂。"

可是怎么失魂？父亲却不说，爷爷奶奶不与他亲近，更不会说。魏晋无处去问，心里总有不甘，后来发现，这只是父亲拿来搪塞他的话，这让他难过了好一阵子。他的愿望父亲从来不会满足，这也让他愈发沉默，不再对父亲提任何要求。

夜幕落尽，一切被收入暗夜，他无限迷恋地在巷子口朝着码头方向看最后一眼，才低头踏进自家弄堂。

狭窄的水泥路已经被来来回回的脚踩得破碎，坑洼不平的缝隙里倔强地长出深绿的苔藓，不到两米宽的路，乍看起来，倒像是幽深处吐出的一条灰色长了疔疮的舌头。他丢开脚下的石子，不由自主地将脚步尽可能地放轻，疾步向前走着。

稀疏的灯光照着脚下的路，像是一张发光的丝网。头顶蛛网般的电线纵横交错成另一张大网，网罗着窗外未收的衣服与昏黄的灯光，还有屋顶下沉闷的生活。晾晒鱼干的竹箕在深沉的夜里像一只巨型的蚌蹲在矮墙上一动不动，自行车与蜂窝煤紧靠着墙堆放着，行人一不小心就会被绊倒。一幢幢房子停在舌头两端，隐隐透出暗红灯光与人声。各家的门口，依然坐着三三两两纳凉的人，魏晋感觉像是有无数双眼睛在暗处望着他，他莫名地手心出汗，不由抓紧书包带子，闷头加快脚步奔向自家的屋子。

家里的老房子就像一只饥饿的兽，蹲在弄堂尽头。那是狭小的两层老楼，雨水将红砖墙泡出一股湿气，在烟火的燎烤下，砖头与木梯都变得黝黑,老旧而将朽,带着一丝不甘硬撑着,似乎随时会跌倒。

门里的灯光晕出来,照着坐在门口的爷爷奶奶。他们手里的扇子忽闪忽闪摇着,将昏暗的灯光摇晃得影影绰绰。

小姑姑蹲在角落里,就着门口的水槽在洗衣服,看到他,嘟囔一声:"小晋回来啦?"然后吭哧吭哧继续搓着。

魏晋顿了一下,深吸一口气,无奈地上前,蚊子般小声喊:"姑姑,爷爷奶奶。"

奶奶未动,爷爷有些严肃地略点点头,问:"侬怎么这么晚回?"魏晋止住脚步,扯了个谎:"去同学家写作业了。"

看到爷爷没再问,他急忙快步走过去,用手推开木门,像是孤勇的舍身者,带着悲壮的情绪跨进兽口里,低头向楼梯深处走去。

窄窄的楼梯只容大人侧身而过,稀薄的灯光洒过来,像是蒙了一层油。家里的人都没睡,二叔家的两个孩子在互相打闹,从门里猛地冲出来,差点和魏晋撞个满怀。

穿过爷爷奶奶姑姑住的一楼,又悄无声息地穿过二叔三叔住的二楼,魏晋觉着自己像一只小耗子,蹑手蹑脚,连呼吸都尽量屏住,踩着吱呀作响的楼梯,直到跨进自家顶层的亭子间,他才松了一口气。

那是一栋楼被尽力扩张出的一小部分,是在两层楼上硬生生加盖出的一个狭小的鸽子笼般的逼仄空间。

那个鸽子笼一样的亭子间，大约只有五六平方米，像是被强行叠放在屋顶上的一口破木箱子，将一家四口勉强装了进去。箱子像是被不堪重负的生活撑破了，四面开裂，不得不到处打满补丁。

父母的一张床几乎占了大半地方，近门处放着一个油漆斑驳的枣红木柜，木柜顶上加了几个钉在墙上的横木，充当置物架。父母的床的上面又加了一层，是他的床，距离屋顶的木板不到一米，仅容一个人坐直身子。

他一直记得在他的床铺上方有一块水曲柳的木板，正对着他的脸，木板上面糊着的报纸破了，支棱着泛黄的一角。那是一张旧的《新民晚报》，旗子一样招摇的一角写着"迎客钟声报吉祥"，那几排字，他已经能倒背出来了。

就在字的上方，是未曾遮住的扭曲着的木纹，那块木板不知经历过什么，像是带着难以忍受的疼痛，扭曲变形，将年轮挤成一张恐惧的面孔。后来，他看到挪威画家爱德华·蒙克的《呐喊》，才确认，那块木头上的年轮，正是那幅画。

推门前，他止住脚步听了听，未听到吵架声，有些如释重负地长舒一口气，欣然推门进去。

屋里闷热非常，父亲母亲在那方几乎转不开身的空间里，背对着背，不知在收拾着什么。看到他回来，父亲未吭声，母亲则抬头瞥他一眼，又低下头，边忙边淡淡地说道："怎么又这么晚？"

他不敢吭声，侧身要往里挤，却听到母亲在身旁交代说："你把汗衫脱下来再进。"

魏晋闷闷地应了一声"哦"，便又退回一步，将书包摘下来，放在老虎窗的窗台上，伸手将身上汗湿的条纹短袖反手向上脱，抬起胳膊的一瞬，露出干瘪的肚皮与突出的肋骨……

母亲突然在背后发出一声叹息，说道："你要好好吃饭才好。"魏晋举着手，汗衫还未从脑袋上扒下来。隔着衫子，他看不清母亲的表情，只乖巧回答了一声："知道了，妈。"

"虽然知道说了也不会有结果，我还是建议你尽量远离这池浑水。"

魏晋的思绪骤然被拉回来。他将身体挺直，看到安慕然一边转动着手中的高脚杯，一边望着他。

魏晋顿了顿，回答安慕然道："谢谢安总。明知不可为而为之，也是修为之道。当年学僧问峻极禅师：'如何是邪恶为非之人？'峻极答：'修禅入定者。'可见总得做些什么才好。"

安慕然笑了，说："你若是把这当成一场修行，我倒是乐见你参与。不过，我估计你见到的人里没有一个清心寡欲的，个个欲壑难填。这是一场血腥而肮脏的狩猎游戏，大家每分钟都在猎枪的射程内争斗得你死我活，每个人既是猎手，又是猎物。"说完，他的脸上现出厌恶的神情，停止转动手中的杯子，深深地盯着魏晋。

魏晋说："有些事，是职责，是道义，也是情分。我并没有回避的余地，只能尽力去做。"

安慕然未曾接话，他端着杯子，身子微倾，像是在认真研究着手中那杯红酒。那是一瓶来自波尔多波美侯的柏图斯红酒，颜色诱人，气味香醇。

他将酒杯凑近鼻端，深吸一口气，又徐徐吐出，像是自言自语道："柏图斯红酒中，品质最上乘的是冰葡萄酒，那是不经历霜雪难以酿成的酒。"

他接着说道："当然，若是错过时机，葡萄冻坏了，酒也酿不成。"说完拍了拍魏晋的肩膀，压低声音说："若不考虑离开，想蹚这趟浑水，就到我身边来工作。"说完意味深长地看了魏晋一眼，转身，走向另一头的沈浩波。

魏晋想，自己刚才那番话大约让安慕然误会了，但是又无从解释。

不远处，沈浩波与春申的几名高管正在客套。但是魏晋注意到，沈浩波的眼睛不时瞟过来，带着一丝揣测和玩味。

沈浩波跟安慕然可是截然不同的两类人，他从乐清来到上海，由卖开关的销售做起，最后和李啸天他们几人合伙拿下春申，又经历无数次转型扩张，直至成为行业翘楚。他跟李啸天翻脸，纯属两个贪婪的人之间你死我活的较量，反倒是安慕然，成了被迫捆绑在他们战车上的牺牲者。

魏晋的心往下沉了沉。他知道今时今日，李啸天跟安慕然势同水火。现在安慕然他们胜券在握，以昔日李啸天对待安慕然的无情，局面几乎没有转圜余地。

可是这能怪谁呢？他跟随李啸天十年，太清楚李啸天的做派为人，若非放不下贪字、嗔字，同舟共济的老弟兄，又怎会闹到如此地步？

那还是几个月前，李啸天突然深夜将集团高管召集在一处召开紧急会议。

他从未见李啸天如此气急败坏过。李啸天脸色铁青，从宽大的座椅上站起来，向前倾着身子，挥舞着双手，将桌上的东西用力甩向众人，冲着众人怒吼道："有人在暗中大量收购公司股票，你们是死人吗？难道没有任何察觉？养你们这么一群废物有什么用？"

大家面面相觑，有些摸不着头脑。

在几个月前，公司才召开过股东大会年会，进行了年度财务预算决算报告审查，确定了分红方案，并对董事会的年度工作报告给予了高度评价。当时的那种盛况与李啸天脸上志得意满的笑容，至今依然历历在目。谁知道短短几个月，就出了这样的事情。按理，财务部与负责风险管理咨询的KDAN公司不可能注意不到这么大的资本运作。

魏晋默默从地上拾起一份报告，当他的目光扫到安慕然的名字时，顿时明白了。

很显然，安慕然为了报复，蓄谋已久，所以才挑了股东大会召开后李啸天正志得意满的时候突然下手，不仅打了春申一个措手不及，也让李啸天体验了一把什么是乐极生悲。他出手实在是稳准狠，算准时机，一击而中。这一通操作完了，春申反倒是最后知道的。

安慕然对春申的情况了如指掌，当年李啸天急于上市，在开曼群岛注册公司，又在港交所挂牌，难免留下了一些漏洞。这次趁着亚洲金融危机，股市动荡，他先是假手常庆资本小规模收购春申股权，继而通过华安证券成立投资基金，化整为零，一点点买入，累积到一定数量，再悄无声息地将所购股票全部存入瑞士银行，这批股票的实际归属也就无人知道。直至胜券在握，安慕然才一次性将那批股票全部转至自己名下，即刻发函，告知春申董事会自己手中已持有超28%的股权。而李啸天当年为收买人心，将自己手中的一部分股权转让给公司一批新晋高管，手中所持有的股权仅剩19%。依照规则，上市公司公众股东持股占比低于25%就面临退市风险警示。这样一来，春申想要通过购入股票追赶上安慕然以图翻盘，几乎绝无可能。

虽然魏晋知道，这两人之间你死我活的斗争迟早都会来，但是他没有想到安慕然会以这样一种方式卷土重来，杀回春申。

而事实上，情况比安慕然与李啸天的权力之争还要复杂。

当李啸天沉着脸说出"虹科"的时候，魏晋心中更是一惊。

这实在是业内最臭名昭著的并购公司，被称为企业猎手。虹科依靠背后强大的资本支撑以及深厚的人脉资源屡屡夺得一些有价值的企业的控制权，利用企业吸纳资金提升产能、拓展市场的急迫心理，注资将企业控制权拿到手，高进低出，让利于自家名下企业，等吃干抹净后，迅速抽身。从九十年代开始，在短短二十年间，数家大型企业被这样悄无声息地吞噬。虹科也由一家名不见经传的小公司，以极快的速度畸形膨胀为一头横行无忌的资本怪兽。

春申这些年发展顺利，依靠生产高性能电池渐渐成为行业翘楚，资产越来越丰厚，早已被虹科盯上，只是虹科苦于无从下手。谁知想什么来什么，虹科正好遇到急于报复李啸天的安慕然，双方可谓一拍即合。

春申生产区的那块地皮大约是虹科更为看重的，位置优越，按照沪上目前的房地产发展态势看，那块地溢价空间巨大。

李啸天当年利用自己老丈人的关系，低价将春申拿到手，经过这些年苦心经营，成功将之上市。作为春申的当家人，他用尽心力将春申经营得风生水起，也算没有辜负春申。

只是他对付安慕然那一批与他一起打天下的元老确实太过

狠辣。干脆利落地料理完一众有极大权限的元老后，李啸天将公司全部控制权牢牢抓在自己手中，竭力培养自己的儿子作为接班人，不容他人插手。

魏晋太了解李啸天了，他从来都是为达目的不择手段的人。前些日子，李啸天想要解雇原财务部主管温丽虹又不想给赔偿，于是他明知温丽虹有年迈的父母需要照顾，却故意以协助工作为名，将温丽虹派到条件极差的外省分公司。温丽虹受不了，跟李啸天协商几次无果后，一气之下，干脆辞职不干了。

奇怪的是，李啸天对魏晋却一直很好，甚至不逊于对其子李申。魏晋百思不得其解，只能猜测，李啸天对他的栽培，大约是想让他以后能好好地辅佐李申，成为李申的左膀右臂。就如一次醉酒后，魏晋搀扶着摇摇晃晃的李啸天，李啸天喃喃地对他说道："小魏啊，你可是我最看重的年轻人，可别辜负我的期望，要好好为春申的发展服务。"

听到这话的魏晋心里紧了一下，只能表忠心，虚与委蛇过去。

或许等不到他来效忠李申了，此刻，他自己的未来已经岌岌可危。

这一场被李啸天视为最后努力的饭局，已经计划许久，包括场地及人员的选择，可谓煞费苦心。Red Whale 无论是私密度还是位置，都极为适合双方见面，最主要 Red Whale 的老板方为良是李啸天与安慕然相识多年的旧友，于双方都无压力，也可从中斡旋。

从六点开始，魏晋等人作为春申方的代表与安慕然、沈浩波以及虹科的几个人，一边叙旧，一边维持着气氛，只等李啸天父子出场。

安慕然一直神情紧绷，今时今日，他不会放过任何一个打击李啸天的机会，他耐心等待着，暗自发誓一定要将自己曾经被践踏的尊严一点点讨回来。他与李啸天父子，已然仇深似海。虽说生意终归是生意，生意场上，大家各逐其利，没有永远的敌人，也不会有永远的朋友，但是他宁可两败俱伤，也不会放过李啸天。魏晋他们不邀请他，他也会想尽办法跟李啸天"偶遇"。他已经做好了充足的准备，并在心中默默演示了很多遍，想要看到李啸天被自己践踏的样子。

刚才趁着互相敬酒的当口儿，他向春申的高管们极不含蓄地表达了自己的意图："我们携手并肩过，彼此知根知底，未来大家跟着我安某人，继续在一个战壕战斗，这份缘、这份情更是要格外珍惜。我知道大家都不容易，一切过往，皆为序章，预祝我们未来弃旧迎新，合作愉快。"一番话令听者们惊疑不定。

在几名元老中，魏晋其实颇为喜欢安慕然。此人有极重的江湖义气，若非如此，三年前也不会甘当出头鸟，在跟李啸天的纷争中率先跳出来，挡在前面，成为被杀一儆百的祭旗者。

李啸天此刻还没到，大约就是想给安慕然一点压力，毕竟，老大始终是老大，无论是过去还是现在，无论是彼时还是此时。

　　时间一分一秒在逝去，能言善道的办公室主任陈鑫连荤段子都讲了，看李啸天与李申父子还没有来，又清了清嗓子，端起酒杯，但是神情间的焦灼却挡也挡不住。

　　不知为何，这个点了，李啸天与其子李申依然没有出现。大家各怀目的，彼此小心谨慎，步步为营，有一句没一句地聊着。不耐烦的沈浩波瞥了几次空着的座位，按捺不住地对魏晋等人说道："时至今日，不知李啸天还想搞什么幺蛾子？"

　　魏晋赶紧添满酒，快步走向沈浩波，同时向旁边的陈鑫使了个眼色。陈鑫会意，找了个借口，快步走出屋子，去给李啸天打电话。

　　过了一会儿，陈鑫进来，无奈地向魏晋摇摇头。

　　这时，坐在主宾位置上的安慕然目光越来越森冷。他招手，示意服务员把酒倒满，然后端起酒杯站起来，对着魏晋他们几人说："感谢大家这几年对老哥我的帮助，今天不早了，先行告辞，改天我来安排大家重聚。"

　　说完，不等魏晋他们说什么，一仰头，将杯中酒喝得点滴不剩。他已经意识到，今天被李啸天故意放了鸽子，等于反将了自己一军。他的心中充满愤怒，暗骂一句："这只老狐狸，快要死了还作妖，看你还能笑到几时。"然后带着沈浩波一行人头也不回地扬长而去。

魏晋追着送到门口，转回头来看向陈鑫，问："李总电话打不通？"陈鑫点了点头："大小李总的电话都打不通。"

魏晋心中掠过一丝阴霾，点了点头，没有再问。

贰

当大家各自离去，魏晋站在 Red Whale 门口。夜色已深，但街上热闹依旧。

江风吹来水腥味，混合着夜色中躁动的荷尔蒙与若隐若现的音乐，尽情演绎着这座城市的万千魔力。这是一座繁华永不落幕的城市，无论白昼与黑夜，重复着奇迹，也重复着人间烟火。

这时司机小靳向他走过来，垂手低声向他请示："魏总，现在走吗？"魏晋抬头看了一眼远处，点了点头说："走吧。"

车子沿着世纪大道向前疾驶，魏晋坐在后排，将身体向后仰去，陷入沉思。

今天这场饭局颇有些意思，之前按照公司江副总的提议，虹科和春申进行资产重组，这样至少还能让春申以占股 19% 的比例继续拥有公司部分控制权。但是这事却遭到春申集团董事长李啸天与总经理李申的强烈反对，他们不甘将自己辛苦打拼的事业在鼎盛时期拱手让人。或者也不只是他们，换作任何一个人都无法接受，更何况是李啸天这样的强人。

　　之前，李啸天、李申父子早已私下约了虹科的侯方虹进行谈判，想要釜底抽薪，断了安慕然的后路。这是目前他们急切盼望的，虽然这一切看起来可能性不大，但是不努力一下实在不是李啸天的风格。而结果不出所料，侯方虹绝非善类，他的目的很明确，对春申势在必得。

　　李啸天约安慕然、沈浩波，其实已经算是低下了他高傲的头颅。为了春申，他不得不选择和解。留给李氏父子的时间与选项并不多，这虽然不是最佳选择，却也是他们目前唯一能做的，怎么会故意不来呢？

　　曾屡屡见过李啸天不经意间流露出的狞厉，魏晋虽了解他，心中仍会不禁生出寒意。陪伴李啸天这么久，他从未见对方如此挫败过。李啸天今天专门喊他一起来，绝不仅仅是因为他跟安慕然、沈浩波关系一直不错。

　　魏晋的心往下沉了又沉，一个不好的念头从脑海中浮过。应该不会如此吧，他极力抗拒着，可是，那念头却如影随形，挥之不去。

　　车子在滨江豪庭停下来，魏晋下了车，刚准备走，又转身向小靳交代了几句，然后向家的方向走去。

　　回到家，魏晋紧绷的神情依然没有放松，刚才触动他的那个点，不断放大，似乎越来越清晰。他扯下领带，靠着沙发坐下来，抽出一根烟。

商场如战场，五年前李啸天联合董事会，对安慕然他们几位元老突然发难，不仅下狠手将安慕然、沈浩波、陈祥达等一众元老赶出董事会，又不依不饶，一路赶尽杀绝，以私自挪用资金的罪名将安慕然投进监狱。

只是李啸天纵然能把安慕然投进监狱，关上三年，却拿不走他的股份，那样的举动除了给了自己赢得公司的绝对控制权，又有多大其他意义呢？

烟圈一层层地扩散，像一个又一个圈套，隐入夜色中，魏晋心中的寒意愈发浓郁。他依然能清晰记起来他第一次见到李啸天的情景。

那年，他还在滨江大学做讲师，意气风发的李啸天亲自参加一个招聘节目。他带着几个海选出来的学生参加节目，他记得李啸天临时打破节目安排，突然提了一个问题："在企业发展中，为完成业绩，什么是最重要的？"

选手们面对突如其来的提问，有的语无伦次，顾左右而言他；有的巧舌如簧，引经据典，侃侃而谈；有的中规中矩，老老实实地给出自己的想法。李啸天都笑呵呵地不以为意。每个学生答完之后，按常理会被点评一番，也不知为何，可能主办方觉着气氛还不够，竟然临时让这个带着学生、有一张明星脸的老师去上台回答问题。

魏晋年轻气盛，也有几分虚荣心，刚在下面盘算过怎么回答，觉着还有些把握，就乘兴上去了。略微沉吟一会儿，张口便说："重要的是心态。求其上，得其下。"

他故意把答案说得玄奥一些，也等于预留了继续攀谈的机会，李啸天果然好奇地多问了一句："求其上，得其下怎讲？"

魏晋不慌不忙地答道："上是给自己预先设置的目标，下是自己所能得到的预期。设高目标才有动力，设低预期才能坦然。"

李啸天盯着魏晋诡异地笑了一下，像是完全知道魏晋的心思，开口说："进窄门，走远路，见微光，守本分。年轻人，说得有道理。"魏晋礼貌地笑了笑，致谢下台。

节目临结束，魏晋成为最大黑马，被李啸天钦点聘为总经理助理，这倒是出乎他的意料。对节目组来说，则再高兴不过。爆冷，而且是意外爆冷，收视率自然上去了。春申也收获蛮大，签了魏晋，附加了一拨宣传热点，落了个不拘一格、求贤若渴的美名，这对企业只有好处没有坏处。

节目结束没几天，李啸天让人力资源部出面，联系到魏晋，以丰厚的待遇将他成功签下。

这件事成为当年沪上的热点事件。老师在招聘节目上"抢走"学生饭碗，加盟上市企业，在校园BBS（公告板系统）上被热议了许久。道德不道德成为一个辩论点，如今高校教育体系是否制造的都是模式化产品又成为另一大辩论点。

再然后就变成，节目事先是否早有脚本？所有人是否都在登台表演？脱颖而出的是否都有背景？高校教师的颜值重要还是才华重要？

……

苏孟作为蹭热闹达人，靠着这拨热度，毫不意外地成为校园 BBS 年度最活跃分子。他的网名"一肩担尽万古愁"在各大帖子后随处可见，且以独一无二的搅屎棍风格独树一帜。

譬如正方和反方正在讨论颜值问题，正方说："颜值不重要，颜值高低不能改变智商，重要的还是个人能力。"反方说："颜值最重要，这是一个看脸的时代，颜值高的人比颜值低的人办事的成功率更高。"

苏孟就会突然在下面跟一句："上帝是否能制造一块自己举不起来的石头？"一句话搅乱一池水，大家又分成各派开始讨论这件事。

于是到后来，校园 BBS 乱成一锅粥，大家基本忘记最初要讨论什么，而是忙着辩论苏孟抛出的各种稀奇古怪的问题。

就这样，在苏孟的神助力之下，魏晋安然脱身，不声不响地从学校跳槽到企业，由校园小白领变成了上市公司金领。

从年少时，苏孟就和魏晋建立了深厚的友谊，有一段时间他更是视魏晋为偶像。这主要是因为苏孟最喜欢的事情是吃，但是长这么大还没吃过烤全羊，听闻世间有此美味就捶胸顿足，艳羡不已，于是热情十足地做起了魏晋的跟班，希望有朝一日魏晋能带他去新疆吃烤全羊。其实，魏晋也没吃过烤全羊，但是架不住他跟烤全羊来自同一地域，理所应当具有先天优势。

魏晋寡言内敛，这跟苏孟的咋咋呼呼简直阴阳互补。两个人很快焦不离孟、孟不离焦，出人意料地和谐。

加盟春申，魏晋自有想法，他认为那或许是一次新的机会，百般殊遇，皆是缘法，来了就接住。他已经对自己任教的这所学校充满了厌倦，滨江大学在僵化的机制之下，越来越像一座模式化工厂，他的未来几乎肉眼可见，无非由讲师到副教授，最后再到教授。上课、写论文、做不痛不痒没什么用处的研究，每月拿固定的工资，在论资排辈的校园里度过一生。

这实在是毫无成就感的一件事。成就感这种事，虽然虚妄，但是，哪个人不希望自己能一展平生抱负、功成名就呢？

只是如今，跟着李啸天在商界纵横若干年，经历了一番商海磨砺，也不知算不算功成名就。

想到功成名就，魏晋的嘴角泛起一丝讥讽，像是为自己，又像是为名利场中争夺的众生叹息。

冷静下来后，魏晋慢慢理出了头绪。他沉吟片刻，掏出手机，拨通之后，迅速交代着要做的事情。打完电话，他明显轻松了一些，刚预备丢下手机，手机突然又响了起来，魏晋一看，嘴角勾出一丝笑意，随手按下了接听键。电话那头是苏孟的声音，带着一些急迫说道:"你回来了吗?回来了我一会儿过去找你。"

还未等魏晋回答,电话直接挂了。

丢下手机,魏晋走向卧室,借着客厅的微光,从床头抽屉里拿出一盒药,又拿出一个针管,熟练地为自己注射完毕,然后换了一身舒服的居家服,重新回到客厅。刚坐下不久,就响起了门铃声。他过去开门,刚打开,一脸激动的苏孟就卷了进来。

苏孟一进门就甩掉外套,然后嚷嚷着走向酒柜,给自己倒了半杯酒,又自顾去给魏晋倒了一杯冰水,摆在酒柜旁的吧台上,一屁股坐了下去。只见苏孟用手捋了一把耷拉下来的头发,然后一甩头,说:"你要不要给我起一课,看我是不是要行大运了?"

魏晋好奇地看向他,看他一脸难以掩饰的兴奋,问:"怎么了,你买彩票了?"

只见苏孟猛喝一口酒,兴奋地说:"我想到一个绝妙的金点子,我们马上要发达了,哈哈。"

苏孟一脸迷之自信,令魏晋瞬间无言以对。

他默默举起水杯,碰了一下苏孟的杯子,说:"这是第三次了。"

22年的友谊,魏晋再也没有比苏孟更为亲密的朋友了,但是也没有比苏孟更离谱的朋友。虽然苏孟始终骄傲地认为,他之所以和魏晋情同手足,是因为他们是一类人:睿智、英俊、充满独特的人格魅力。

当年魏晋才从新疆随父母回到上海，插班到实验小学就读，恰好跟苏孟一个班。在开学的第一天，老师让大家作自我介绍，轮到魏晋，他站起来，憋了半天，才说道："我叫魏晋，来自新疆……"他的北方普通话咬字极重，尾音向上翘，跟软糯悠扬的上海普通话实在大相径庭，同学们瞬间哄堂大笑，纷纷学着他，闹成一团。

圆鼓鼓的小胖子苏孟笑得最大声，魏晋狠狠瞪了他一眼。

魏晋尴尬地站在那里，在笑声中，逐渐沉下脸来，打量着笑成一片的同学，腹诽着："真是没有见识，这有什么好笑的？"

最终笑声停了，老师用黑板擦敲着桌子，连声说："大家不要闹，安静，保持安静。"

然而，才过了一学期，这个插班生就狠狠虐了苏孟一把。

期中考试成绩公布后，极度自负的苏孟高举着自己的卷子，仰头静静看了几秒钟，然后"嗷"的一声，像一个弹起的皮球一样，突然飞扑向魏晋，扑通一声撞过去，顺势夸张地抱住魏晋无泪哀号："你这家伙，这成绩是怎么考的啊，教教朕。"

魏晋垂手站着，依然是居高临下的姿态，对突如其来的这一幕，完全无动于衷，任凭苏孟怎么号叫，都像是与自己毫无关系一样，一言不发。

他已经在这个班就读了几个月，却还是这群孩子里不一样的一个，总是独来独往，从不主动与人说话。他其实会说上海话，但是他故意不说，自觉地在自己与周围同学之间竖起了一道藩篱。

但是，惹了苏孟，就是惹到了天大的麻烦。苏孟擅长的就是紧贴，360度无死角无障碍地贴着你，甩也甩不开，贴到你怀疑人生。

此后无论上学放学，魏晋再也没有机会独处。苏孟像是橡皮糖一样紧紧地黏着他。而且天赋异禀的苏孟，从不介意魏晋说还是不说，自顾保持着嘴巴不停的节奏，要么吃饭，要么说话，要么边吃饭边说话，或者边说话边吃饭。

魏晋上学的时候，喜欢早起，揣着母亲装给他的两枚茶叶蛋，独自走出巷子，从梅花公园的南门进去，北门出来，再到学校。

为了跟魏晋一起上学，苏孟每天会绕路到梅花公园，早早在那里等着。他那么喜欢睡懒觉的一个人，每天睁着惺忪睡眼靠着老梅树打盹等人，而且一天不落，准时得像老洋楼上的自鸣钟，的确让魏晋很是震惊。

又过了几天，魏晋上学时被几个半大孩子堵住去路，要翻他的书包。魏晋使劲捂着书包不放。危难之际，苏孟忽然从天而降，英武地挡在魏晋前面，那一伙"劫匪"立刻作鸟兽散，苏孟无比虚假，演技浮夸地上演了一出极富戏剧性的"英雄救美"的古老戏码，成功解救了魏晋。

魏晋眨巴着晶亮的眼睛，看着苏孟，在心里暗自叹息一声："真的是傻瓜啊！"并没有拆穿他的把戏。

苏孟浑然不知，用他简单的大脑简单排查后，以为自己做得天衣无缝。

他乐滋滋地将自己列为聪明绝顶那一类，很是得意地开始以魏晋的恩公自居。这倒引起了魏晋极大的兴趣，他实在不明白，怎么人世间还有这么笨又这么自以为是的家伙，不由对苏孟另眼相看，充满同情。

终究是少年心性，整天腻在一起，很容易成为朋友。也或者，魏晋是贪恋苏孟家的彩色电视。

那是他第一次看到电视里那些黑白的画面变得五彩缤纷。他在喀什的时候，父亲的单位有一台黑白电视，黄昏的时候会搬出来放在屋子外面，所有大人孩子都围着看，一直看到屏幕里开始"下雪"，才各自回家睡觉。

因为屏幕太小，单位又买了一面可以放在屏幕前的放大镜，人虽然有些变形，但是看起来的确变大了一些。后来又有一阵子，听说有了彩色电视，负责播放电视的管理员大叔闷头想了好几天也想象不出来怎么能变成彩色电视，后来灵机一动，买了一张色彩斑斓的彩虹塑料纸贴在放大镜上。由下到上，第一条是黄色，其次是绿色、蓝色、紫色、红色，每次播放《霍元甲》的时候，霍元甲打起迷踪拳，便如彩虹一般，脸是红的，脖子有一部分是紫的，衣服是蓝的，裤子是绿的，脚是黄的。确实要比黑白的眼花缭乱一些，可也实在不能说好看。

那会儿正在播《变形金刚》，魏晋很痴迷两段变形战士大黄蜂。爷爷家没有电视，他只有在苏孟家才能看到。

也或者魏晋并非如外表那般冷傲，过去在新疆的时候，他可是朋友成群的人，和小伙伴一起抓鱼、一起追野鸡、野鸭。

总之，渐渐地，魏晋和苏孟成了最好的朋友，两个人虽性格迥异，却又和谐共生。一胖一瘦两个孩子，成为在莘庄老镇上晃动的一道奇异风景。

正是跟着苏孟，魏晋学习了很多南方都市的生存技巧。譬如去横泾码头附近的石头堆里抓鱼、捉螃蟹；譬如积攒废纸壳卖钱换好吃的；譬如跟着苏孟一起唱："你到我身边，带着微笑，带来了我的烦恼。我的心中，早已有个她，哦，她比你先到。"或者怒嚎着："归来吧，归来哟，浪迹天涯的游子，归来吧，归来哟……"

但是不得不说，做这些事的时候，苏孟的快乐要远远大于魏晋的快乐。

魏晋最感兴趣的是每天去横泾码头看渡轮吞吐摆渡车子和人，这令苏孟很不解，那有什么意思呢？

魏晋对苏孟说："我们老家没有江，却有海。黄色的海、绿色的海、白色的海、彩色的海……"

魏晋眼光迷离，一脸沉醉地对着苏孟回忆儿时："黄色的是沙海，一望无际的大沙漠，可以滑沙子，还可以捡漂亮的石头。

"绿色的是草原与麦田，从天的这边到天的那边，像是一张大地毯，牛羊在上面奔跑。

"白色的是雪山和棉花田，干净极了，像是才洗过澡，自由自在地堆在天地间。

"彩色的是吐曼河两边，从春到冬，每一样颜色都能在那里找到。

"三月杏花，四月桃花、巴旦木花、苹果花、梨花、枣花。

"五月的时候，到处是桑子，白桑子甜，黑桑子酸，我们每天放学了就去采桑子，吃到舌头都是紫色的，就像这样。"

魏晋咬着舌头，想努力将舌头憋成紫色，却还是没有办法给苏孟形容出桑葚紫的舌头究竟是什么样。反倒是苏孟了解地摆摆手说："我知道，我们吃杨梅也会那样。"

魏晋继续说道："一整个五月，我们的手都是黏的，桑子太甜了，比大白兔奶糖还要甜，还要黏。吃不完的桑子自己落在地上，白花花的一层，等小鸡去啄，所以我们的鸡是吃桑子长大的，鸡肉也会有桑子的味道。

"六月就开始吃杏子了，漫山遍野的杏树，结满了小白杏、黄杏、红杏。色买提杏最好吃，又糯又甜。吃不完的杏子就自然风干。我们叫风干杏。杏干也好吃，天冷了就开始吃杏干，就着地窖里的哈密瓜吃，那才叫美味。

"吃完杏子就可以吃桃子了。扁桃子比圆桃子好吃，脆甜。再迟一点还有土桃子，那个才是最好吃的，又甜又多汁，抓一个，用手将皮撕开一道缝隙，用力吸一口，就全都吸进肚子里去了。

"还有无花果，我们叫它'糖包子'。我们的无花果可不是你们见到的那种紫皮的，我们的无花果是金黄色的。吃的时候，放在手心里，瞧，就这样。"

魏晋在左手心里比划了一个虚拟的圆形东西，然后伸出右手，用力拍了下去："这样拍一下才好吃。这样才是真的甜，甜到牙都要齁掉了。

"还有哈密瓜、老汉瓜、绿皮瓜、西瓜……这些可以一直从六月吃到深冬。吃不完的就存在地窖里，想吃了就拿出来吃。

"七八月你知道什么最多吗？木纳格葡萄。绿色的葡萄，对着阳光黄绿透亮的就是熟透了。想吃就去摘，葡萄架上多的是，没人看着，也没人管，想吃多少吃多少，吃不完还可以兜着走。

"九月石榴就熟了，柏什克然木乡的石榴和叶城的石榴是最好吃的，我们把石榴籽剥到碗里，用勺子舀着吃。吃不完的石榴就榨石榴汁。石榴汁酸酸甜甜，又好喝又解渴。

"十月就有红枣和核桃吃了。我们有一种枣叫灰枣，长得一点都不好看，指甲盖儿大小，可是超级甜。还有一种枣，叫骏枣,比鸡蛋还大,特别好看。

"我们的核桃叫纸皮核桃,皮像纸一样薄,不用敲,用手轻轻捏一下就碎了。

"十一月吃什么?十一月开始吃巴旦木、杏仁、葡萄干、杏干、桑葚干,还有地窖里藏的好东西,一直吃到第二年树上结出果子。"

魏晋说得浑然忘我、津津有味,苏孟使劲吞咽着口水,心驰神往,两眼放光。说完后,魏晋哀怨地长叹一声,落寞地说:"哪像你们上海,一点都不好玩。"

这话,让苏孟倍感惭愧,觉着要不是来上海,也不会断送了魏晋幸福美好的喀什生活,害得他只能在生着绿苔的弄堂里钻来钻去,每天只能无聊地看渡轮。

可是再一想,似乎又有哪里不对,却又一时说不上来。

直到多年后的某一天,于回忆间,苏孟猛然忆起这段往事,突然如梦方醒。他猛然跳起来,怪叫一声,对着悠闲坐着的魏晋愤然怒斥道:"魏晋,什么我们上海,难道不也是你的上海吗?"

魏晋一头雾水,疑惑不解地看着激动得嘴唇颤抖的苏孟,丈二和尚摸不着头脑。直到苏孟连珠炮似的将往事复述出来,魏晋才满怀悲悯,像看傻瓜一样看着苏孟,斩钉截铁地从牙缝里挤出几个字:"我是新疆人,笨蛋。"

就在莘庄老镇,那个叫魏晋的背影孤单的少年,带着他胖墩墩的影子苏孟,在那片陌生拥挤的空间里,在一家三代十几口人的老房子里,一边与姑姑叔叔及堂兄弟堂姐妹们争夺生活的氧气,一边一步一步、跌跌跄跄地挤过他的少年与青年时光。幸福与快乐,是只有两个少年在一起才会出现的稀缺画面。

有时魏晋也会给苏孟吹奏他那个奇怪的乐器。一个芦管一样的东西,他叫它筚篥。

这两个字对于生活在上海语境中的苏孟来说,简直是灾难,他用了很久的时间,才学会正确发出那两个字的读音,又用了更长时间,才学会正确写出那两个字。

当他扭扭捏捏地发出古怪读音,询问魏晋是怎么学会吹筚篥的时候,魏晋总是低垂下头,长长的睫毛像刷子一样盖住他的眼睛,一言不发。

但是有一次,或许是苏孟问的次数太多,魏晋在吹完筚篥之后,吟了一首诗:"歌残玉树冷宫鸦,铜狄摩挲日易斜。几处边声惊筚篥,一腔幽怨诉琵琶。好游敝市招新雨,莫上江亭问落花。洗马临歧一惆怅,不堪垂老又天涯。"

苏孟一脸震惊地听完,因完全听不懂而既抓狂又骄傲,很是崇拜地问:"什么意思啊?这诗说了什么啊?"

魏晋又扑闪了几下睫毛,有些迟疑地小声说:"没什么意思,别人写的。"

凭着直觉,苏孟断定,这中间肯定是有什么离奇的故事。可是，魏晋不说，他也没有办法。

苏孟黏着魏晋，终究是有效的，这从苏孟的成绩终于摆脱了垫底的宿命，一路升到中上水平就可见一斑。

为此，苏孟的妈妈对魏晋简直感恩戴德。每次魏晋去苏孟家，苏孟妈妈的热情连苏孟都觉着太过分。

莘庄老镇许多人都是汽轮机厂的工人，而苏孟的爸爸妈妈都在政府部门工作，苏孟的家境明显好于其他孩子。

相较之下，魏晋的家境就要差很多，他的父母对待苏孟也比较冷漠。每次苏孟侧着圆滚滚的身子，呼哧呼哧地挤进魏晋家的小亭子间的时候，都像是要把亭子间挤爆。魏晋的母亲一如既往不大说话，父亲拉长着脸，就差要发火将苏孟赶出去了，这让魏晋担心不已。他尽量不让苏孟来自己家，可是架不住苏孟的满腔热情。

当苏孟挤在魏晋家亭子间，呼哧呼哧喘着气的时候，魏晋的父亲冷着脸走了出去。

从新疆支边回来那年，父亲接替了爷爷的工作，在汽轮机厂上班。魏晋的妈妈回来后，没有分配到工作，托了关系，才进了街道小厂做火柴。谁知道，过了没几年开始慢慢流行液化气打火机，又时兴又好用，火柴厂的效益肉眼可见地一天不如一天，后来干脆工资也发不出来了，工人只能各自谋生。魏晋妈妈别的也不会，只能在路边摆摊卖茶叶蛋。

魏晋家的楼梯口总有一个炉子一年四季不断咕嘟嘟煮着茶叶蛋,空气里房间里都是茶叶蛋的味道,魏晋觉得母亲的身上也带着一股茶叶蛋的味道。

母亲的世界似乎别人都进不去,别人的世界她也无意介入。她总是愣着神儿,对周围的一切漠不关心。魏晋的妹妹魏薇则跟母亲的性格截然相反。妹妹魏薇比魏晋小四岁,是无时无刻不在笑的小姑娘。

爱笑的人运气不会差。回上海没多久,妹妹就成了"团宠"。小小的一只,能唱能跳,新疆舞跳得有模有样,嘴巴又抹了蜜糖般甜,姑姑长、阿姨短,姐姐婶婶姆妈一通叫下来,简直要把人的心叫化了。每天从巷子这头跳到那头,东家的糖果、西家的点心,就完全可以吃饱了。再加上有几个小朋友,每天围着她转,小姑娘更是众星捧月。

好在苏孟脑回路粗到可以跑马,在他看来,魏晋去他家或者他去魏晋家并无二致,自始至终,苏孟都自觉和魏晋亲如一家。

"你有没有想过,如果将所有的餐饮店集中到一个网站,要吃什么,一搜就有地址了,但凡想找点什么特色餐饮,必须得登录这个网站先搜,那是不是会立刻爆火?

"你看,无论是新浪还是搜狐、网易这些门户网站,它们也不能保证人人需要。玩博客的、微博的、论坛的、聊天室的,或者玩空间的、游戏的毕竟有限,但是吃饭是刚需啊。据不完全统计，每天选择吃什么，是浪费时间非常多的一件事，建一个吃货网站这些问题就能完美解决了。"

苏孟滔滔不绝地边说边比划着，越说越兴奋。"你算算看，假设只有7亿人需要借助这个网站来搜索吃什么，那就意味着每天至少会有7亿的点击量，甚至更高，毕竟每天需要吃三顿饭……"

苏孟的眼睛渐渐迷离起来，似乎有金光从他的眼睛中冒出，眼前就有一座金山摆在面前，随他任意取用。

魏晋安静地听着，没有打断。等他说完了，魏晋说："并非不可行，但是你需要解决一系列问题。搭建后台很简单，你自己就可以完成，但是你需要把所有城市的餐饮店铺，包括隐藏于犄角旮旯的小店都找到，然后把相关信息精准地标注完善，并配图说明。还有你需要保证数据随时更新，毕竟经常会有旧的店铺倒闭，新的店铺开业，真实有效，才会吸引大众。"

苏孟迷离的眼睛瞬时清醒过来，他沉思了片刻，无比郁闷地将手中的酒跟空气碰了一下，不再理魏晋，自己一口灌了下去，又起身走向酒柜……

魏晋则转着水杯安静地等着，他知道这是需要大量资本投入的事情。他和苏孟两个人的资产加起来，还不足以进行这样规模的投资，但是无妨，可以融资。

见魏晋沉默不语，苏孟用手撑着脑袋，也发起呆来。

这是他下午跟系里几位同事在办公的时候突发的奇想。当时他一拍桌子，激动地站起来，将自己的构想说了出来，引得群情激奋，一片喝彩。几个人一合计，立刻决定明天早上集体到学校办辞职，然后合伙开公司。

有了这个想法，苏孟迫不及待地去找魏晋，就是为了跟他谈这件事。

他知道，一切只要有魏晋出面操作，就不会有问题。

叁

第二天一大早醒来，魏晋赶去公司开晨会，一切如故，李啸天就像什么事都没发生一样，对昨晚的事绝口不提。

像是掐着点，晨会刚结束，魏晋就接到苏孟的电话，电话那头苏孟兴奋地宣布："我今天把辞职报告交给郑院长了，就等批复走手续了。"

魏晋的头立刻大了起来，他实在不知该说什么，暗自叹了一口气，默默挂了电话。谁知刚隔了小半天，苏孟的电话又打来了，魏晋刚接通，就听苏孟在电话里怒气冲天地咆哮："那几个混蛋，毫无诚信，说好了一起辞职，结果我的辞职报告交上去了，而且决绝地对老郑说千万不要挽留，我苏某人去意已决，决不回头，可是谁知道那几个家伙压根就没写辞职报告。

"世风日下，世风日下，亏他们也是老师，为人师表却言而无信，何以言传身教？"苏孟悲愤至极地激烈控诉着。

听苏孟说完，魏晋一脸无奈地说："大哥，也只有你会相信别人说辞职就立刻会辞职。"

"我以为大家说好的，没想到这么没诚信。"

"辞职是大事，怎么能说辞就辞呢？"魏晋叹着气。

"君子一言，驷马难追啊。"苏孟不服气地反驳道。

说完似乎又突然想起了什么，催着魏晋："你跟老郑关系好，替我跟老郑说说好话嘛，千万不要批准我辞职啊。"

魏晋的头更大了。从小到大，这哥们一直脑回路清奇，也不知他平时怎么教学生的。

挂了电话，魏晋又长叹了一口气，还是拨通了老郑的电话。不待寒暄，就听到郑院长在电话中说："苏孟那家伙又开始头脑发热了，是不是找你来善后？"魏晋无奈一笑说："还是你了解苏孟，那个辞职报告你先压几日，趁机敲打一下他，让他以后少些冲动。"

接下来的几日，几乎没有喘息的机会，按照李啸天的安排，春申提取大量现金，全力收购职工手中的股票。

李啸天有些孤注一掷的意思，堆积如山的现金排成一堵高墙，财务部的人在台上配合公关部的人一起对台下的人做着动员,但是应者寥寥。

如今抢购股票的消息传了出来,大家都持股观望,不肯轻易出手。任凭财务部和公关部费尽口舌,且给出了远超市值的价格,还是无法打动人心。李啸天气得面色铁青,在办公室大发雷霆,所有人噤若寒蝉。

魏晋忙得鸡飞狗跳,他已经打定主意,决不能让春申落入虹科手中遭受洗劫。对于苏孟一日数次打来的求助电话,魏晋一概选择漠视。直到周六下午,魏晋将最后的工作处理完,长舒一口气,才发了一条信息给苏孟:"十一点,Coconut。"

才下过雨,六月还在梅雨季,淅淅沥沥的雨水没完没了。魏晋让小靳将他送到莘庄老镇,打发他将车先开回去,自己站在街口等伊娜。

伊娜和苏孟是大学校友,算是苏孟硬塞给他的女朋友,或者也不能说是硬塞,论条件,伊娜家境优渥,履历光鲜,外表娇俏,几乎挑不出毛病,是令人艳羡的优质女朋友。但是,魏晋却觉着两人之间是做恋人少点什么,做朋友又多点什么的那种。

站在南北大街上,望着眼前林立的高楼,魏晋生出无尽感慨。二十多年过去,旧有的痕迹正在迅速退去。陈旧的老房子、开裂的水泥路、幽深的弄堂、永远被湿气环绕着的逼仄的店铺——这一切都不复存在了,正在逐渐被新的景象代替。

一切被改造得如此彻底,放眼望去,几乎全是高楼,如丛林般耸立。

曾经一条条幽深的弄堂,一座座带阁楼的老旧木屋,孩子的哭喊声,大人的呵斥声与聊天声,公共厨房里冒出来的滚滚油烟,公共厕所前拥挤的倒马桶的人……都消失在变迁的尘烟中。

魏晋老远看到伊娜走过来,穿着淡粉色套装。看到魏晋,伊娜远远摆了摆手,小跑着赶了过来。到了跟前,她喘着气,将手中拎着的一堆东西塞给魏晋,自己则从包里抽出一张纸巾,一边擦头上的细汗,一边抱怨道:"还没出梅就这样热,今年的天气实在有些反常。"

"回家而已,不用这么多讲究。"魏晋将东西接在手中。

"那可不行,虽说是一家人,也不能失了礼数。"伊娜回道。

待人接物,伊娜有超乎寻常的周到,也正是这份处处都计划妥帖的周到,常让魏晋有些不适。伊娜是精于计划的人,凡事总未雨绸缪,预先铺垫。虽说未必是坏事,但是,若人生处处谨慎刻意,人情练达,滴水不漏,实在并无多少乐趣。

伊娜按理不必如此。她的父亲在市政府工作,母亲在市立医院做外科主任,业务能力突出,是有名的外科"一把刀",听说马上要提医院副院长了。纵然不用求伊娜父亲办事,谁见了伊娜母亲,都得卖几分薄面。毕竟人吃五谷杂粮,不可能不生病,生病就得找医生,还有谁比名医更能掌握生死大权的?

伊家就这么一个孩子,视如珍宝。伊娜喜欢魏晋,父母爱屋及乌，也对魏晋视如己出，喜欢得不行。每次魏晋去了，伊娜父亲都会拉着魏晋下几盘围棋，虽然老伊每每输多赢少，倒也不在意，他借着下棋跟魏晋聊些宏观经济和社会新闻，乐在其中。

说起来认识伊娜都是拜苏孟所赐。苏孟有一次很神秘地对魏晋说："我有个学妹是校花，要颜值有颜值，要才华有才华，跟你简直是绝配，要见一下吗？"

魏晋想都没想就直接拒绝了，他每天忙得要命，课改的事被系主任无故挑刺，改来改去敲不定，哪有心思去谈恋爱。谁知道，隔几天苏孟硬拉魏晋吃饭，到餐厅了，发现同桌还有一位女孩。

女孩短发，干净的瓜子脸，笑起来，左侧嘴角会有一个小梨涡。魏晋乍见之下，蓦然想起一个词：梨涡浅笑。

这词像是给女孩量身定制的，她还未说话，眉眼先弯起来，任谁见了都觉得乖巧可爱。

那天魏晋穿得很休闲，亚麻衬衣，灰蓝色牛仔裤，女孩却穿得格外正式，牛油果绿花苞裙，上身穿一件米色荷叶领真丝无袖衫，衬着一张巴掌大的小脸，眉眼精致小巧，充满江南女子独有的娇柔妩媚。

第一次见面，三个人边吃边聊，相谈甚欢。伊娜读过不少书，谈吐幽默得体，跟魏晋聊起佩索阿和萨特，简直停不下来，而这两位也恰是魏晋所喜欢的。

话题聊到新疆，魏晋才知道，伊娜小时候被外婆带去新疆短暂生活过两年，只是那时还太小，只记得小时候偶尔收到上海捎来的东西时的开心与快乐。

魏晋的记忆跟她的部分重叠在一起，小时候他们经常玩一种游戏，所有男孩女孩分成两组，分别说出一种糖果的名字，最后说不出的判输。

老家在上海的孩子，经常能收到从上海寄过来的各种吃的用的，知道的比当地的孩子多得多，因此总是能获胜。

上海，于那些孩子来说，是远方的大城市，更是一直向往的炫目绮丽的梦。

繁重的劳作，不断消耗着父母的青春与浪漫，生活停留在困顿之中，很多人梦想着能回到上海，哪怕将孩子送回去也好。只是，纵然能回到上海，他们这些从新疆回来的孩子，也会被称为"小新疆"。

那个称呼让那些跟着父母回到父母故乡的孩子，清楚知道他们与在上海出生的孩子的不同。这不同像是人生中一道微不可察的裂隙，标示着彼此的差异。

伊娜的父亲母亲赶上1977年恢复的第一次高考，都幸运地考上了大学。两个人虽然同校，却不在同一个系。伊娜母亲在医学系，父亲在数学系，元旦演出时，两个系的节目紧挨着，两个人都不是主角，都被排在后排做人肉背景板，却不知怎么就对上了眼。

伊娜在上海出生，比魏晋小几岁。按理出自不缺爱的家庭的人，本不会这样谨慎乖巧，善于察言观色。伊娜却仿佛是天生的，也或许是因为她远离父母，跟随外婆生活，有寄人篱下的感觉，事事就会多些揣度。好在她并不市侩。

魏晋觉得，遇见伊娜，或许是命运送给他的一样礼物，从万里之外的新疆，顺着时光漂流而下，一直漂流到此刻的上海，唤醒他始终深埋在心底的难以忘怀的记忆，让他重新靠近故乡。

他几乎是怀着一丝隐秘的激动与伊娜开始交往的。伊娜确定地说那就是爱情，魏晋却知道，那是对于过往的思念。两人平平淡淡地谈了七年恋爱，"七年之痒"眼看就要过了，伊娜一直在等待着魏晋向她求婚，魏晋却迟迟未有行动。

魏晋每月回家看一次父母。父亲退休后，住在工人新村，跟母亲的关系似乎有所缓和，但是依然像是同一个屋檐下的陌生人。两个人吵吵闹闹一辈子，如今无力再吵，却也没有任何恩爱的迹象。

魏晋一直被忽视，他被争吵不断的父母遗忘在生活之外，就像是额外的存在。他在上初中的时候，曾经跟母亲说："若是跟爸爸过不下去了，你们不如早些离婚，我没有意见。"

母亲这时似乎才注意到他，震惊地看着他的脸，不知所措。

魏晋时常想起预备从新疆回来的前一天下午，家里能卖的东西都已经变卖一空，父亲为临时处理家具什物而折价太多脸色难看，出来进去很用力摔着门。要带走的东西都已经打包好，装在几个大的洗干净的化肥袋里，就等第二天一大早坐上火车，奔赴万里之外的上海。

下午，母亲出去了，很久没有回来。

黄昏的时候，他带着妹妹去寻母亲，顺着吐曼河一直走，一直走，那是母亲过去散步经常走的河边小路。那天并非周日，四周无人，柳树低垂着头，像是在打盹儿。

风吹着芦苇，卷起一层又一层绿色的浪潮，铅灰色的冷水鲢跃出水面，又迅速沉下去，白色的家鸽碎云朵一样在碧蓝的天上盘旋着。

他牵着妹妹，走到一个拐弯处，隐隐看到母亲正在与人说话。芦苇遮挡住了母亲的半截身子，只能看到母亲瘦削的背影，小碎花的棉布衬衣被晚风鼓荡着，像是一面无助的旗子，正在摇晃着投降。

他心里生出不安与担忧，远远地喊一声："妈妈"。母亲猛然抬头向这边看，看到是他和妹妹就应了一声，分开芦苇，向他走来。

母亲牵住他和妹妹的手，他仰着头，看到母亲的眼睛有些红肿，问："妈，你怎么了？"

母亲勉强地笑了笑说："没什么，刚才被芦苇叶扎到了眼睛。"

妹妹踮起脚尖,想用手去揉母亲的眼睛,问:"疼吗,妈妈?"

"不疼了,没事。"母亲眨了眨眼睛说。

可是不知为什么,他却觉得这笑比哭还要悲苦。

母亲回家后格外沉默,晚饭去了同一个大院的宋阿姨家,吃到一半,母亲突然哭了起来,阿姨也跟着哭起来。他不明就里地看着她们,不懂正在好好吃饭,为什么要哭?

只是离开,又不是生离死别,难道就再也不回来了吗?

那时他还不知道,人生很多时候,离开,其实就是永别。

那是他第一次出远门。一大早去赶火车,全家人手里拎着大大小小的包,像逃难一样。他们随着人群拥进小火车站,然后跟着莫名奔跑着的人群一起奔跑着,挤上绿皮火车,找到座位。等了许久,火车才开始缓慢移动,慢得如同蜗牛。

沿途不断有人上来,所有的缝隙里都塞满了人,连厕所门口都被塞满,父亲没有办法,将他和妹妹塞在座位下。他们两个挤在一起,并排躺着,几乎不能翻身。

路上,妹妹饿了,父亲从随身的包里掏出带的干馍,一人分了一块,一角钱一壶开水,父亲买了一壶,不敢大口喝,害怕要上厕所。只在渴得受不了的时候,喝上一小口。

车子摇摇晃晃地走啊走,中途转了两次车,一直走了五天,才终于停了下来。他跟着面容憔悴的父母下了火车，在接站的人群中看到爷爷。

为了能让父亲回去，爷爷提前办了退休，他的脸上看不出高兴，像是在例行公事。没办法，家里孩子实在太多，三个儿子，两个女儿，再加上第三代的孙子们，都挤在一起。若是可以，爷爷大约希望父亲最好别回来。

才到家，他就见到了二婶，她拉长一张脸站在天井里，斜着眼瞪着他们一家子，并不搭理。二婶也有两个孩子，本来住得就紧张，魏晋一家回来，又添了四口人。

来时路上，母亲已经交代过，无论家里人说什么，都不要回嘴，能让他们进家门，已经不错了，不要再节外生枝，惹亲戚们不高兴。

三婶一家也好不了多少。堂弟堂妹们跟他年龄相仿，却不愿意跟他和妹妹玩，父母亲不在的时候，便一起喊他"小新疆"。

父亲多年未归，这个家便与他关系不大了，回自己家倒像是寄人篱下。见魏晋被欺负，父亲也忍气吞声，不敢替他撑腰。

伊娜挽着他的手臂小心避让着地上的积水，却还是在临近小区的时候不小心溅湿了衣服，不由皱紧眉头，小声抱怨着。

进了家门，魏薇带着儿子小牧也正好在家，看到伊娜，很是高兴，立刻迎上去，牵住伊娜，连声问道："嫂子，你很久都没有回家了，早上还和妈念叨你了。"

这时两岁多的小牧看到魏晋，喊着舅舅，跟跟跄跄地跑过来，站在魏晋脚下，高高地举着手，等着魏晋抱他起来。魏晋笑着将孩子抱起，又用脸去蹭他的小脸，逗得孩子咯咯咯笑。

一周未见，母亲的头发似乎又白了不少，母亲的年龄并不算太大。

魏晋走过去，喊一声妈，母亲点点头，跟伊娜打过招呼便独自进了厨房。母亲始终寡言内敛，她唯一表达情感的方式，便是做饭，尽力将饭做得好吃一些。

伊娜得体地跟魏薇交谈着，殷勤而谨慎。

父亲略点点头就找了个借口独自出门了。魏晋看着父亲弓着腰从门口消失，心里一阵难受。

吃完晚饭，魏晋跟魏薇说了一会儿话，无非是生活的琐事。魏薇最近在和丈夫闹矛盾，干脆搬到了父母家同住。

魏薇吵吵闹闹要离婚，魏晋死活不肯结婚，实在没有一个省心的。但是相较于其他父母，他的父母对此似乎并不是很在意，大约是自身婚姻的不幸福，让他们对婚姻并无好感。

离婚的事，魏薇向魏晋提起过，魏晋问了一句："你确定没法过下去了？"

魏薇一咬唇，沉思了一会儿才答道："我觉着太压抑，压抑到喘不上气来，所有的日子都像是复刻出来的，沪安是老实人，却木讷无趣。"

魏晋说:"这只是一个阶段,沪安适合居家过日子。"

见魏薇不吭声,魏晋又说:"无论是跟谁在一起,最后都会如白开水一样,平淡是婚姻的本质。"

魏薇咬着唇,想说什么,但是话到嘴边又咽了回去,只点点头说:"知道了,哥。我的事,你不要管,我会处理好。"

魏晋看着魏薇,叹一口气。他也未婚,有什么立场去说教魏薇呢?

晚上,他跟伊娜回到家,依然先去卧室,关上门,给自己注射完药之后,才换了衣服,出来洗漱。

他和伊娜偶尔会在对方那里过夜,两个人都住在外面,按理可以同居,却不知为何,选择了这样不远不近的相处模式。虽说最大限度保持了个体的独立,却也迟迟无法进入婚姻的状态。

伊娜像熟练的家庭主妇,帮他收拾好屋子,又将他换下来的衣服丢进洗衣机清洗干净,才带着木樨清雅的香味,回到卧室。

见魏晋正倚在床上看资料,伊娜凑过去,在他面前晃了晃,吸引到他的注意,却又不说话,只眉眼弯弯地抿紧嘴。

魏晋问道:"嗯?有事?"

伊娜有些不好意思地说道:"小晋,你说我们若是以后有了孩子,会不会也像小牧一样可爱?"魏晋明白伊娜的意思,于是含糊应道:"应该会吧,你那么美丽。"

伊娜不再说话,在等着魏晋继续往下说,却发现魏晋不再提这个话题，于是托着腮呆呆想了一会儿，然后摇摇头，像是对魏晋也像是对自己说："不想了，睡觉。"

魏晋心中升起一丝愧意，可是，要他如何选择呢？婚姻是把两个有棱有角的人捆绑在一起，等他们血肉模糊地彼此磨掉所有的棱角，才能成为一体。自己的父母不就是这样的例子吗？父亲明明深爱母亲，他们二人却用大半生时光彼此伤害，以致于两个人都伤痕累累、身心俱疲。

尤其自己身体出现问题之后，他更不愿意走进婚姻。他不认为自己有能力给伊娜或者任何人带来幸福，他不知道自己要怎样来面对婚姻、甚至面对未来，他能够承担的只有此刻。他也自省过，自己这样的行为是不是很不负责任？但他知道自己是认真而专一的，并没有任何背叛。他只是害怕婚姻。

深夜，魏晋在梦中听到伊娜低沉而压抑的哭泣声。梦里的伊娜像是一只可怜的小兽，伏在悬崖上，四周松风呼啸，她探头无助地四处张望，眼神充满惊恐绝望。

早上起来，魏晋依然清晰记得梦中的情景，他看向伊娜，却什么也没有看到。

他心想，那也许只是一个梦。

肆

魏晋忽然觉得，自己也正进入到一个陷阱中。他知道李啸天在布一个大局，而安慕然却浑然不觉。

他决定还是去找安慕然，当面跟他谈一下。想了想，他给安慕然打了个电话，直接去找他。

那是一片靠近郊区的安静所在，魏晋将车子泊好，沿着荷塘边的小路向中心的水榭走去。安慕然在那里等着他。

两个人相向而坐，略微寒暄几句，魏晋没有绕弯子，直奔主题。

"安总，您有没有想过，如果李董跟虹科联手，最后惨淡出局的有可能是您？"

安慕然愣了一下，又迅速恢复如常，说："你说笑了，虹科跟我在一条船上绑着，怎么会帮李啸天呢？你这可是有些危言耸听啊。"

魏晋正色说："在商言商，无非是利字当头，对于虹科来说，跟李董合作，肯定要比跟您合作更有利可图。"

安慕然握着茶杯，眉头紧锁，沉思起来，没有继续反驳。过了一会儿，安慕然问："若你是我，你会怎么做？"

"跟虹科合作是与虎谋皮，我会选择放弃合作。"魏晋说道。

安慕然下意识地用中指敲击着桌面，笃笃有声，凝神仔细想了片刻后问魏晋:"帮我对你没有任何好处?"

魏晋望着安慕然,笑了笑回答道:"不瞒您说,我是为了厂里近千号人的饭碗。那些人很多都是跟你们一起一步步走到今天的,对于他们来说,春申就是他们的家,而不仅仅是一份工作,失去春申就等于失去了家园。而且那些人中很多都已到中年,很难再找到更好的工作,春申给了他们一个遮风挡雨的屋檐,如果把他们重新抛到风雨里,对很多人来说,就是一场灾难。"

魏晋继续说道:"虹科的黑历史您不是不知道,他们这些年涸泽而渔、焚林而猎,接手的企业没有一个能侥幸存活下来。春申在他们手里迟早也会被榨干、吸成空壳。劫掠春申才是他们的终极目标,跟那么多人的饭碗比起来,你们的意气之争,有多大意义呢?"

"若是用这样的大义来说服我,并没有太大作用,你知道,我跟李啸天闹到今天这个地步,积怨已非三两句话可以消除,好不容易逮住机会,肯定会你死我活见个分晓。"安慕然斩钉截铁地说道。

"那如果春申跟虹科联手再度扫您出局,您将如何自处?"魏晋步步紧逼。

安慕然顿住,眼中凌厉的光芒随即暗淡下来,低沉说道:"如果真那样,只能怨时运不济,自然不能怨天尤人。"

魏晋叹了一口气,真诚地说道:"算我恳求您,跟虹科的合作预留后手，股权尽量不要转让给他们，尽可能保留自己的股份，千万不能让虹科成为第一大股东拿到控制权，如果那样将是春申的灾难。在这场股权之争里，您是决定胜负的关键因素，或许也是保住春申的最后一道防线，若失守，春申未来可想而知。所以拜托您，安总，守住春申。"

安慕然垂下眼睑，脸上掠过一丝痛苦。

魏晋理解安慕然的心情，他一直期待能够复仇，寻找一切机会羞辱李啸天，眼看机会就在眼前，让他放弃几乎是不可能的。但是作为春申元老，安慕然对春申感情很深，各种利害自然知晓。抉择只在一念间，魏晋只期望他能守住底线，握紧自己手里那点股权。

那天李啸天父子故意放安慕然鸽子，如果他分析得没错，应该是一方面羞辱安慕然，另一方面支开安慕然和沈浩波，悄悄去见了虹科的侯方虹。

他们下一步要做的再明朗不过了，不管不顾出卖股东利益换取虹科的支持，然后与虹科联手打劫安慕然他们，让他们再无翻身机会，彻底出局。

李啸天绝对不会手软，安慕然怕是又一次在劫难逃。

可是春申呢？安慕然是与虎谋皮，李啸天何尝不是与虎谋皮？他以为清理掉安慕然，虹科就会跟他通力合作，放手让他继续经营春申吗？

李啸天太过自负，觉得自己有足够能力可以化被动为主动，殊不知这是杀敌一千自损八百，送羊入虎口。在这场游戏中，他和安慕然都不会是赢家。

魏晋心底忽然一阵厌恶。当年安慕然被送进监狱，罪名是非法挪用巨额资金。而那次莫须有的构陷，大家都心知肚明，却都选择了袖手旁观。

安慕然的心中，也翻起了巨浪。他忆起当初为将春申从濒临倒闭的绝境中救起来，他们五兄弟宵衣旰食，想尽办法。他那会儿负责技术部，为了将交大的一项专利争取过来，跟沈浩波每天守在教授楼下，最后终于打动了教授，将封装专利转让给当时还名不见经传的春申。如果没有这项专利，春申就无法成功转型，更不会起死回生，成功上市。

但是为了将技术部牢牢掌握在自己手里，为李申全盘接管春申扫除障碍，李啸天在威逼他辞职未果的情况下，不惜设置陷阱，突然发难，将他送进监狱，将沈浩波和许棠棣挤出春申管理层。

他不明白人怎么会因为利益变得如此可怕卑劣。难道钱真的可以换取一切，包括情谊吗？难道人类果真可以共患难而无法同富贵？

安慕然也知道魏晋所言非虚，他的确需要提前着手，给自己预留退路。

此时的安慕然或许还不知道，此时一念之间的决定，未来会起到关键性作用。

谁能说人的命运不是必然的呢？当大西洋彼岸的蝴蝶扇动翅膀，一次热带风暴也由此酝酿产生。

第二章

支边岁月

鹧鸪天

浅绿光阴悄入怀,边城往事破尘埃。
青春未被风吹去,梦里高台复坝台。
枣花馥,为谁开?人间因果总难猜。
昔时握手言和罢,窗外昆仑送月来。

壹

　　魏一方永远也无法忘记1980年12月的那个冬天。那一天，天刚擦黑，阴沉的天上开始飘起细碎的雪花，有人带来农一师那边的消息，号召上海支边青年团结起来，共同争取返城机会。带信来的人临走前郑重地说："胜负全在此一举，我们每个人都得参与，人多力量大，晚上开会讨论如何执行。"

　　晚饭时候，魏一方出车回来，回到家里。这是一间十来个平方米的砖混平房，靠近窗户的位置安置了一个铁皮炉子用来做饭取暖。方华将做好的疙瘩汤、窝窝头、腌渍的白菜和胡萝卜丝煨在炉子上，看魏一方回来，赶紧把饭端到靠墙的小方桌上，又忙着给魏晋系上围兜，将一只盛了疙瘩汤的小搪瓷碗塞到他手中。

　　魏一方洗完手在小方桌旁坐下来，抓起一个窝窝头，边吃边说起才接到的消息，说完问一句："你晚上要不要一起去开会？"问完许久发现没有回音，便抬起头去看。只见方华手里握着筷子在发呆，这让魏一方的心中腾地升起了一股酸溜溜的无名业火。

　　他重重地将桌上的碗蹾了一下，见方华依旧置若罔闻，于是用力将筷子甩了出去，脸色铁青，怒视着方华。

　　方华却浑然不觉，不知在想些什么，神情专注且恍惚。

　　魏一方心中积压的火气瞬间被点燃，他猛地站起来，一脚将脚下的木凳踹开，冲过去，抓着方华纤瘦的手臂，将她从凳子上捞了起来，作势要打，可是看着方华凌乱的发丝下惊恐的眼睛，终究下不去手，又将手放了下来。

魏一方心中阵阵刺痛，手里抓着的方华，倒像是一根骆驼刺，锋利的刺深深扎入他的手掌，顺着他的手臂缓慢而又持续地向上递进，一直捅向他的心脏，令他心扉痛彻。

他实在痛得难以忍受，倒吸着凉气，眼睛泛红，将方华狠狠甩了出去，自己又退后几步，看着跌倒在地上的方华，想要破口大骂，可是看看孩子，终究没有说出口，只是一脚将坐着的小方凳踹了出去，然后像逃离一样，夺门而出。

三岁的魏晋正独自往嘴里舀着饭，突然发生的一切吓得他愣在那里，不知如何是好。直到魏一方走了，他才如梦初醒，瞪着惊恐的眼睛，丢下碗，奔向母亲。

他伸出小手，用力想将躺在地上的方华拉起来，却怎么也拉不动，于是趴下来，将脑袋埋进母亲怀里，肝肠寸断地哭了起来。

哭声随着晚风，飘向空旷的远处，搅扰着心烦意乱的魏一方。他迎风疾走，心里憋闷得像是被拔掉氧气管的病人，喘不上气来，不得不用力地猛吸着寒冷的空气。

入冬的喀什，麦田裹着一层白色的霜花，光秃秃的白杨树，支棱着枝干托着歇脚的渡鸦。远处的克孜勒苏河和吐曼河像两条银白的丝带，静止不动地贴在土地上。两岸披头散发的馒头柳，像冻僵的疯女人，憔悴而又古怪地呆望着他。

他用力呼吸着干冷的空气，又大口吐出来，心里简直要炸裂。他想不明白，自己对方华掏心掏肺，怎么就暖不热呢？一想到方华木木呆呆的神情，他就满腹委屈，恨不得整个世界就此毁灭。

"妈的，这狗日的……"魏一方咬牙切齿地骂道，骂了一半，却不知该骂谁，于是仰起头来，冲着高高在上的灰扑扑的天空和冰冷无情的雪花不顾一切地大喊一声，喊完，莫名觉着舒畅了一些，刚才的怒火也渐渐平息，只是心中依旧空茫一片，只剩下难以化解的悲怆。

他顶着冷风，像浑身冰冷、疲惫不堪的流浪狗，慢慢地向远处的仓库走去。

远远地，他看到有人三三两两走进仓库。为了保险起见，大门口安排了两名支青守门，凡不是上海支青的，都不允许进入。上月底，上海支边青年为了回城集体绝食抗议引起了不小的震动，据说师部已经决定对上海支边青年这种无组织、无纪律的行为采取相应措施，因此这次开会支青们格外谨慎，以防走漏风声，节外生枝。

看到魏一方过来，看门的老李打了声招呼，随口问："嫂子怎么没来？"

魏一方支吾过去，踏进仓库，发现里面已经挤满了人。

这是一间堆放农机具的库房，单砖红墙，屋顶上盖着一层石棉瓦，开裂的瓦缝透着阵阵寒气，雪花不断从缝隙里灌入，绕着一盏昏黄的灯泡旋舞着。

库房里充斥着一股浓郁的机油味和铁锈味，积了厚厚一层土的农机旁，已经聚集了一群人，揣着手挤在一起，嘤嘤嗡嗡地议论着。

魏一方进去后，扫了一眼四周，找了个无人的角落站定。随着来的人越来越多，议论声也开始由小变大，人们的情绪渐渐激昂起来。各种小道消息汇集过来，说什么的都有。其中一个从草湖赶来的圆脸的青年说到激动处，挤到中间，声泪俱下地说："我是单亲家庭，我母亲年纪大了，身体越来越差，晕倒过两次了，若是再回不去，我母亲死了都没有人知道。"说到最后，他已经哽咽得说不出话来，引起一片唏嘘。

他的话引起广泛共鸣，主持会议的是一名已经做了连长的上海支青，平日里为人高调，这会儿只见他手脚并用爬上拖拉机头，棉衣上蹭了一层土也顾不上拍，一手叉腰，一手握成拳头，向前倾斜着身子，动情地说："云南和黑龙江那边的上海支边青年都已开始返城，只有我们新疆没有动静，如果我们再走不了，以后就得老死在喀什。我们必须得想方设法离开。"说完，他握着拳头的那只手在空气中用力挥动了一下，以表达自己的决心。

周围的人群骚动着不断附和,现场气氛越来越热烈,大家把各自知道的小道消息都拿出来,认真讨论起来。从农一师带回的消息说,农一师的上海支边青年已经决定这个月10号出发去乌鲁木齐请愿。这时,那名连长做了一个有力的手势说:"我们也去,必须去,最好大家都去,人多才能力量大嘛。"

大家七嘴八舌地议论着,魏一方也被热烈的气氛所感染,心中升起一丝朦胧的憧憬。他比谁都迫切希望带着老婆和孩子离开喀什。是否能走,全在此一举了。

大家在热烈的气氛中完成第一次会议,并达成共识:10号一起出发,跟别处的上海支青一起去乌鲁木齐请愿。

贰

回去的时候,魏一方轻快了很多。长期憋闷的人生似乎终于裂开了一道缝隙,一些全新的可能像光亮一样的东西从缝隙中透了进来,让他充满了希望。

这时,雪已经停了,不知何时,一轮上弦月升起,湿漉漉地勾在他的头顶上,像是要把广袤的大地提起来。

他忆起小时候父亲带着他和弟弟去黄浦江捉鱼的情形。入秋的深夜里,两岸灯火稀疏,只有江上隐约的灯光。他淘气,溅得满身是水,江风吹来,江涛与林木声响交织,衬衣鼓胀起来,像是撑开的风帆,吹得他透心凉。父亲听到他牙齿打战的声音,安排他去岸上等着。他手脚并用,奋力爬上岸,找了一块石头坐下来,抬起头。那时也是这样一弯带着凉意的月,搁在云头上,才洗过澡般湿漉漉地悬挂着,映着苍茫大地。

从 18 岁进疆分到农三师到如今 35 岁,算起来魏一方已经在新疆待了整整 17 个年头。

17 年,像是又重新从出生开始活过一遭,时光在不知不觉中逐渐加速,转眼间魏一方已过而立之年。只是已生皱纹的他每每做梦依旧是在上海的弄堂里奔跑,青灰色的坚硬的水泥路一道道裂开,随便哪一个水泥缝里,几日没踩就能长出青草与苔藓来。破布鞋怎么穿都干干净净的,不怕沾上泥巴,衣服也总是干干净净的,不沾灰尘,空气中总能闻到香樟树的香味和江风濡湿的味道,完全不像现在,整天满身灰尘,蹦两下,就能掉下来半斤土。

他记得自己才来新疆那会儿,每天最伤脑筋的就是想方设法洗澡,尽量收拾得干净整洁一些,可是,没过多久他就放弃了。

当地人很少在洗澡这件事上花心思。他开始觉得不可思议,后来发现,这是有原因的。这里每天洗澡是极为奢侈的事情,哪怕自己肯费力气去挑水洗澡,也会被当地人撇着嘴耻笑:"上海阿拉整天洗澡,不怕洗脱皮吗?"

这么多年过去,他不只是皮肤黑了,手脚糙了,嗓门大了,更是变成了一名地地道道的地汉（当地方言：农民），胡子拉碴，不修边幅，衣服领子脏得能刮下来二两油花花。

这里四周被沙漠和戈壁滩环绕，靠着雪山融水的滋养，整片绿洲得以繁衍。农垦师部位于喀什市南，虽说是城市，其实也只抵一个镇子那么大，一座城就那么几条主干道，站着可以从这头看到那头。师部所在的那条路斜对面就是广播电台，有一家供销社，只有过年过节的时候才人挤人。当地的巴扎倒是热闹一些，可是驴车、马车、老人、孩子、壮年男女将不大的空间挤得严严实实，莫合烟、牲畜的粪便味、人身上散发出的汗臭味让空气黏稠得几乎凝固。除了农产品，实在没什么东西好买，即使有，口袋里也没钱。

不知为何，年纪越大，他就越想家。过去认为上海种种不好的地方，如今都是最好不过的。天气好、环境好、食物好、水质好，甚至连月亮都是好的。过去不耐烦做的事情，他都巴望能再做一遍。手插裤兜再从莘庄老街趾高气扬地走一遭，顺便在江边的石头缝里扒扒螃蟹、蟋蟀。哪怕是重新坐在教室里听老师絮絮叨叨也是好的，那个女老师多温柔啊，不打不骂、循循善诱，却被他们一群小毛头骂臭老九。

对了，还有那个坐在自己前面的女生，她白色的短袖总是洗得发亮，扎眼地在他眼前晃啊晃，惹得他总想故意甩过去几点蓝墨水，扯扯她的小辫子。她生气的样子特别搞笑，嘴巴嘟起来，将脸颊鼓成圆形，像一条鼓气的河豚，张牙舞爪哇哇乱叫着抓着拖把在后面追他。而他在前面跑啊跑，跑啊跑，越跑越远，跑出了少年，跑出了莘庄，跑出了上海。

若是时间能倒回去多好啊，那样，如今的一切就都只是一场梦。

叁

1961年刚过，上海市五十多万青壮年人口无法解决就业问题，压力已经大到临界点。精力旺盛的年轻人没有工作，无所事事，整天三五成群在街头晃悠，抽烟、打架、喝酒，给正在恢复中的中国经济与社会秩序带来巨大考验。1963年6月至7月，在"各大区城市精简职工和青年学生安置工作领导小组组长会议"上，周恩来总理提出要把动员城市知识青年下乡作为党和政府的工作重点。而新疆维吾尔自治区地广人稀，急需有志青年参与建设，新疆各建设兵团也前往上海进行动员。

彼时的魏一方已经辍学，跟朋友们坐在黄浦江边，吹着江风，讨论着那个神秘的地方，彼此询问要不要去。大部分人想去，据说去了就能发绿军装，算兵团战士。能穿上绿军装在当时可是最让人艳羡的事情，可魏一方却一点儿也不想去。

为什么要去呢？那里有黄浦江吗？有棒冰吗？有螃蟹吗？有蟹壳黄吗？如果没有，为什么要去呢？

在他看来，他人生轨迹的改变，都要怪他的父亲魏长生。

他一直对此耿耿于怀，别人家都是父母想尽一切办法力劝孩子不要去那么遥远的地方，他的父亲却不顾母亲反对，反过来劝说他，让他抓紧去报名。

他并非不理解父亲的无奈，家里五个孩子，他是老大，他不去，难道让年幼的弟弟妹妹们出门去工作吗？虽然道理他都明白，但他还是觉着自己似乎是被父亲如同弃婴一般处置了。

因为他不愿去，父亲专门请了半天假押着他去居委会报名。一路上他故意磨磨蹭蹭，计划着挨一时是一时。他喜欢上海，有时偷父亲一点钱去街上找益民食品一厂肩背木箱的工人，买4分钱一根的光明棒冰。或者约几个朋友一起扒车去乡下偷芋头，抓癞蛤蟆。癞蛤蟆带回来，母亲会杀掉腌制，做样貌丑陋却无比美味的熏拉丝打牙祭，这可是只有老上海人才知道的吃法。可是这一切以后都不会有了。

他跟在父亲的后面，哭丧着脸，一步一挪，终究还是踏进了街道报名点。报名点的工作人员抬起头，盯着他瘦削的身体看了半天，又翻开户口本说："这个孩子18岁吗？看起来像16岁啊。"

父亲瞅他一眼，连忙解释："户口无错，他已经整18岁哩，侬看他个头小，力气可不小，可以扛米袋哩。"

工作人员又看看他，兴许看出了他的不开心，又问父亲："他自己乐意去伐？"

"乐意，乐意哩。"父亲边说边悄悄踢他一下说，"小赤佬快跟这位同志说侬乐意去伐？"

他噘着嘴，低下头，无奈地说："愿意。"

"看伐，侬是乐意滴。"父亲高兴地说。

工作人员摇了摇头，不再多问，掏出一枚印章，在破旧的印泥盒里用力蘸了蘸，在一张迁出证上"啪"的一声按下去，然后递给父亲说："好了。"

当父亲攥着那张纸，领着他往回走的时候，他突然强烈意识到，从这一刻起，他就不再是上海人了，也许再也不会与他出生的这座城市有任何关联。

隔了几天，当全家人一起去送他的时候，一路上热热闹闹，大家喜笑颜开，没有半分不舍。

在上海火车站，父亲把行李递给他，他接在手中，看着笑嘻嘻的兄弟姐妹，突然悲从中来，不可抑制地抽泣起来。

大家有些尴尬地看着他，父亲母亲也陪着他落下泪来。他隔着模糊的泪眼，还是选择了原谅无情的父亲。

这一场分别之后，谁也不知道多久才能再见到对方。

火车站上挤满了送行的人，锣鼓喧天，有人在哭，有人在笑。

他用袖子抹了一下脸上的眼泪,恍恍惚惚穿过人墙,看着周围陌生的一切,忽然发现自己其实并不是舍不得父母和兄弟姐妹,只是不想离开上海而已。望着站台上黑压压的人群,他的心中升起一片茫然,对明天与远方的未知充满恐惧。

可是这一切都不是他能抉择的,想了想,18岁的魏一方第一次用严肃和不容置疑的语气对父母说:"爸爸、姆妈,你们要记得留着我睡觉的位置,不许让阿二他们占,要每个月给我写信。"

想了想,他又补充说:"要给我寄东西。"

父亲睁着一双布满血丝的眼睛,因为刚流过泪,本来就已经大如蚕茧的眼袋,肿得像覆了两枚鸡蛋。他默默走上前,用力捏了捏他瘦弱的肩膀,然后说:"阿大,放心去,会给你留着,要照顾好自己,也要记得常给家里写信,省得我和姆妈惦记。"

就这样,他挥手告别了上海,钻进绿皮火车里,在闷得几乎要透不过气来的车厢里,找了个位置放下行李,满怀忧伤地坐了下去。

坐在他对面的是一位白皙清秀、戴着一副黑框眼镜的男生,他看起来非常平静,就像这只是一趟旅行,他望着眼睛哭得红肿的魏一方,咧嘴笑了笑,然后安慰他说:"分别总是让人惆怅的,习惯就好了。"然后将一个揸沙圆塞给魏一方,说,"你是哪个区的？来吃一个。"

魏一方接过来，闷闷地回答道："闵行。"

"你是哪个区的？"魏一方反问。

"徐汇。"他腾出右手中的擂沙圆，将手伸向魏一方说，"我叫陆安明。"

"我叫魏一方。"魏一方是第一次跟人握手，很别扭地伸出手，跟陆安明的手碰了碰，立刻缩了回去。

车上越来越拥挤，随着列车的启动，并没有花费太多时间，整个车厢的人都熟成了亲戚。

一路上，他们交流着彼此做过的壮举。陆安明仰靠在靠背上，骄傲地说道："你知道我是怎么来的？"

魏一方好奇地问："怎么来的？"

陆安明半闭着眼睛说："那天我从学校回去，跟我爸妈提出要去新疆参军，结果我爸妈脸色都变了，尤其我妈，眼泪唰唰地流，反复劝我不要去，我爸爸虽然没有说什么，但是悄悄把我们家的户口本锁进了抽屉里，他们以为这样我就拿不到也就去不了了，真是太小瞧我了。我趁着他们去上班，找了一把刀子，在抽屉底掏了一个洞，一下就拿到了，然后自己跑去街道办办完手续，又把户口本塞了回去。等我爸妈知道后，气得脸都绿了，连着好几天都不理我。"

"你不怕爸妈打你吗？"魏一方问。

陆安明摇了摇头，自信地说："我爸妈从不打人，而且我想做的事情，通常没有人能拦住。"

陆安明的这句话让魏一方很是佩服，他默默回想了一下自己的十八年岁月，深深地叹了一口气，心想："我要是陆安明，估计就不用去新疆了。"

陆安明跟他完全不同，车厢有多闷热，他的热情就有多高，一路上跟打了鸡血一样，要么唱歌，要么逮住谁跟谁聊，即使火车靠站的短暂间隙，他也会见缝插针地发表一段慷慨激昂的演讲，这让他瞬间拥有了一群拥趸。

就这样，伴随着陆安明永不疲倦的"革命热情"，他一口气坐了三天四夜，从上海来到了乌鲁木齐。放下一批人后，又坐上汽车，从乌鲁木齐一路往南，在又放下一批人后，剩下的人上了车，继续向南走。沿途的景色越走越荒凉，车子也颠簸得厉害，大片荒无人迹的戈壁滩像是荒野中的疤痕，覆盖着无边无垠的大地。即使像陆安明这样的乐观主义者此时也消沉了下来，坐在车厢里，隔着栏杆，茫然地看着灰蒙蒙没有尽头的大地。

汽车走走停停，时不时会抛锚，司机就将车上的人放下来，自己钻到车下面去维修。魏一方抽空拉住陆安明，神神秘秘地问："闯将，你知道会拉我们去哪里吗？"

陆安明看了看四周，迷茫地摇了摇头。

魏一方咧嘴一笑，得意地说："我刚听到司机在说，是喀什。

侬听过喀什伐？"

陆安明继续迷茫地摇了摇头，反问："你知道？"

魏一方心里说不出的得意，终究有陆安明也不知道的事情了，于是无比骄傲地回答道："嘿嘿，我也不知道。"

一路上大家啃着在乌鲁木齐给补充的干馕，吸着干燥的空气，有几个流鼻血的，在大家的共同努力下，用不知谁从破棉袄中掏出的棉花止了血。沿途村庄稀少，只有茫茫无尽的荒野和起伏的沙丘。

当车子穿过一座看起来相对繁华的城镇，终于停下来的时候，有人喊："到了，到喀什了，把行李往下搬吧，不要落下什么。"魏一方心中一震。

他从车上爬下来，站在尘土飞扬的大路上，放眼望去。

远处只有稀稀拉拉的几排房子，还有一些是半埋在地下的建筑，看着像房子，又似乎像地窖。

兵团的老职工几乎都出来迎接上海来的支青，在被好奇地围观完之后，老职工们热情地帮他们拿起行李，魏一方他们跟着前往宿舍。经过一排地窖的时候，他猛地看到有人竟然从里面钻了出来，探头一看，看清楚那里面居然是住人的地方之后，大惊失色。

那个斜着向下挖出的两米深的大坑，上面略微加高了一点，做了一些遮挡，下面的大坑就是住人的地方，被称为地窝子。为了照顾他们这些新来的支边青年，兵团安排给他们的是团场相对较好的土坯房子，并没有让他们住地窝子，但还是让他们对这里的条件充满震惊。

有的女孩子看到这样的情形后，直接哭了起来，抓着行李不肯撒手，闹着要回家，把迎接他们的兵团职工弄得手足无措。

陆安明这时似乎恢复了以往的状态，一改这两天的低迷，大义凛然地说道："毛主席教导我们，要到艰苦的地方去，要到祖国最需要我们的地方去。如今我们来到了这里，这里现在就是最需要我们的地方。我们要克服困难，不怕牺牲，排除万难，做毛主席的好战士，坚决不能做逃兵。"

也许是陆安明的话起了作用，也或者是那几个女孩子知道已经来了，想要反悔几乎不可能，于是抽抽搭搭地抹了抹眼泪，将手中的行李放开，跟着老职工们进了宿舍。

安排所有支青住进大通铺的集体宿舍后，兵团职工交代了几句，都纷纷离开了，只剩下几个好奇的孩子，还靠着门框探头探脑地观看。这时，陆安明走到魏一方的旁边，拍了一下他的肩膀，心情极好地说道："魏一方，我们还真是天赐的缘分啊，同车、同食、同路，现在又要同床。"

魏一方撇了撇嘴，想笑，可是实在笑不出来，只能嘟囔着说："那还不是难兄难弟。"

陆安明说："以后我们就是革命同志，要团结一心，并肩作战才行。"

魏一方想想，似乎跟陆安明也不吃亏，于是说："好，团结一心，并肩作战。"

晚上，白馒头和炒土豆丝、手抓羊肉、羊肉汤、洋葱炒鸡蛋还是让新来的支边青年们稍感安慰，毕竟吃得还不错。

临睡前，陆安明兴奋地将衬衣脱下来，只穿一件红色背心，手握一本毛主席语录站在大通铺前，慷慨陈词："同志们，我们响应伟大号召，从城市来到兵团，我们是毛主席派到新疆的戍边战士，我们一定要拿出我们上海支边青年的干劲，一不怕苦，二不怕死，敢教日月换新天。"

"毛主席教导我们说，城市青年要上山下乡……"

那会儿的陆安明意气风发，一心求进步，誓将边疆作故乡。可是，他若是知道1980年上海支边青年返城潮的时候，他是闹得最凶的一个，会不会感慨命运无常呢？

第二天一大早，响起一阵怪异的敲击声，像是铁器互相撞击的声音，但又不全是，中间夹杂着刺耳的摩擦声。那声音像是把一块铁从另一块铁上面拖过，格外尖锐，甚至盖过了此起彼伏的呼噜声。

大家被惊醒，揉着惺忪的睡眼，看一眼天色，隐约有一线灰白，还未大亮。陆安明顶着两个熊猫眼，率先爬起来，跑去外面一看，又跑回来喊："敲钟了，该起床出操了。"

说完，他一把将魏一方扯起来，一脸绝望地哀嚎着："魏一方，我们一路同行，为什么我一直没有发现你有这个臭毛病呢？你让人怎么活？"

魏一方一脸不解地说："我怎么了？做了什么对不起你的事了？"

"你打呼噜，比打雷还响亮。"陆安明愤然控诉道。

"为什么我不知道呢？你肯定听错了吧？会不会把别人的打呼声听成我的了？"魏一方一脸无辜地辩解道。

"你、你、你……"陆安明气结，不再搭理魏一方，掉转身，一脸悲愤地出去洗漱去了。

魏一方刚出去，便听到陆安明一声哀嚎。原来连队没有自来水，他被候在外面的老职工领到一个铁皮水桶前，让他自己舀水洗脸。据说，桶里的水是好心的老职工晚上替他们提来的。从明天开始，想要用水就要自己去提。陆安明用一个破葫芦瓢舀了一点水，一手拿瓢，一手拿水，总算洗完了脸。

魏一方也照着他的样子洗漱完，然后在老职工的引导下，跟所有新来的兵团战士一起排好队列。

队列练习，走正步，是一大早起来出操的必修科目。出完操，老职工示意他们拿饭碗去食堂吃饭。到食堂看了一眼，立刻有人不愿意了，大声质问着："昨天晚上的饭菜呢？为什么跟昨天差别这么大？这些东西能吃饱吗？"

魏一方踮起脚尖往里看了看，只见黄澄澄的苞谷面馒头堆在一个木盆里，旁边是一口大锅，锅里冒着腾腾热气的是稀粥一样的东西，吃的菜是切成丝浇了点盐和醋的洋葱。

这时有老职工看不过去了，走上前瓮声瓮气地说道："我们平时吃的都是这个，你们怎么就不能吃饱了？为了接待你们，我们几乎把连队里的好东西都拿出来了。"

这时有人小声说："吃吧，吃吧，大家都吃的这个，有什么不能吃的。"

吃完早饭，继续队列练习，走正步，学军事知识，这是第一天安排的所有项目和课程。魏一方过去未曾经历过军训，在好奇心驱使下，练习格外认真，被教官表扬了好几句。等到那个彼此摩擦的铁器撞击声再度响起，这次不用教官教他就知道，这是吃中午饭的钟声。

大家争先恐后闹哄哄地蜂拥进食堂，只见还是那样一锅汤饭盛放在大锅里，唯一不同的是，一堆黄灿灿的玉米饼子，堆在木盆里，名叫苞谷馍。另外一个大木盆里，放了满满一盆凉拌洋葱青椒胡萝卜。大概是饿狠了，打到饭，大家迫不及待地吃了起来。魏一方咬了一口，眉头紧紧皱了起来。苞谷馍实在是不好吃，粗粝割嗓，远不如玉米馒头，他看大家都在吃，于是将嘴里的苞谷馍也强行咽了下去。

从晚上开始，所有的水都需要自己去挑回来。没有自来水，吃的水要从几百米外的一口井里挑。魏一方看了看那个硕大的铁皮桶，估量着自己是否能拎得回来。

第一次用扁担，可谓洋相百出，东倒西歪，很难保持平衡，惹得大家哈哈大笑。最后还是陆安明脑瓜子转得快，他建议，舍弃扁担，两个人组合去抬水，得到了大家的热烈响应。

魏一方找来找去没有称手的木棍抬水，干脆拿了靠在墙上的一样农具，跟陆安明抬回来两桶水。

晚上快要入睡的时候起了风，不一会儿，滚滚的黄沙就从天尽头迅速奔涌而来。在鼾声与磨牙声中，换魏一方失眠了。黄昏时起的沙尘像有重量一般，压得他喘不过气来，他茫然地看着天花板，彻夜无眠。

第二天继续军训，那个怪异的钟声继续充当着军号，定时提醒着人们的作息时间。虽然声音难听，倒是格外准时。

魏一方曾专门去围观了一下那个作息钟，发现那是一根被绑在桑树上的废钢轮，大约曾经是某台拖拉机或汽车上的轮毂之类，被一根铁丝捆绑着，锈迹斑斑，在风中晃来晃去。敲击的东西则是靠着树干的一根少了一半的火钳，尖端还保留着向内的弯钩。这两样配合在一起，简直是神仙组合，难怪会发出那样奇特的声音，这让他很是赞叹。

魏一方打着哈欠，站在连队操场上，望着无边无际的沙尘暴，悲从中来。从他开始，一直到他的孩子、他的孙子，一代又一代,再与上海无缘,从此他将成为一个新疆人,在东八区与东六区的巨大时差间,慢慢遗忘掉海洋与东部潮湿温润的空气。

可是日子还得继续往前走,在训练了几天之后,他们满怀期待地列队领取了自己的武器。当武器拿出来之后,他的眼珠子都快要掉出来了,他们梦寐以求的枪杆子,竟然就是他跟陆安明抬水的那件农具。

兵团首长郑重地解释说,这叫"坎土曼",非常实用,既可以当锄头用,又可以当铁锹用,是组织交到他们手中的武器。

魏一方仔细地瞅着这件农具。它的一头由一块椭圆形铁片构成,镶嵌在木把上,真的既像铁锹,又像锄头。

魏一方握着坎土曼,心情复杂。他向往的是手握钢枪,谁知道却是农具。一直心态极好,秉承既来之则安之的陆安明则拍了拍他的肩膀安慰道:"手握坎土曼,一起守边关,忙时能挖地,战时扛在肩。革命保家国,壮志排万难。杀啊……"然后比了一个刺杀的姿势。魏一方站在旁边,回了他一个比哭还难看的笑容。农具就是农具,算什么武器吗?

他想起之前看过的那部让许多支青热血沸腾的纪录片《军垦战歌》,里面有一句话:"拿住,年轻人!这是改造大自然的武器,当然也是革命的武器。"

有了革命武器坎土曼,自然得下地修理地球。每天天刚蒙蒙亮,班长就把所有人喊起来,一起列队出去干活,其中最主要的工作就是开荒种地。

这真是战天斗地的岁月,这群不被老职工看好的城里娃,用超乎预期的速度适应了喀什恶劣的自然环境,开始了热火朝天的大生产大建设。

分到手的坎土曼果然好用,修田垄、锄草,都很称手,却也着实伤手。没过几天,基本每个人手上都打了水泡,身子也几乎累散了架。

随着秋日的来临,"秋日大会战,丰收迎国庆"也随之开始。那真是蔚为壮观的场景,一群血气方刚的年轻人,扛着坎土曼,放水排碱,松土锄地,在茫茫的戈壁滩上日夜奋战着,努力将荒漠改造成良田。

离团场的棉田大约一公里,是一大片绵延数十公里的原始胡杨林,那片胡杨林傍河而生,四周芦苇密布。在南疆的叶尔羌河与喀什噶尔河冲积平原上,这样的胡杨林随处可见,正是这些虬枝劲节、根深叶茂的树木,孕育出了绚烂多姿的绿洲文明。

那些胡杨最大的寿逾千载,需数人合抱,小的即使仅有碗口粗细,也有十年以上树龄。南疆干旱而严苛的自然环境,让它们的生长极其缓慢,而生命力却至为顽强。传说胡杨树生来三千年不死、死后三千年不倒、倒后三千年不朽,被视为这一片贫瘠土地上生生不息的生命奇迹和坚韧不拔的精神象征。

如何改造这片胡杨林,使它能够物尽其用,服务于国家建设，成为团场这一时期最重要的大事。

大家站在胡杨林边，回望着这片一眼望不到头的密林，纷纷献计献策。

有人说先伐木再挖根，立刻有人站起来反对说那可不行，那样多慢啊。

还有人建议说："用火烧，一把火烧完后草木灰还能当肥料，一举两得。"这一提议得到了大多数人的响应。烧荒这种事，古已有之，而且当地很多人也是这么干的，是最省力也是最高效的开荒方法。

平常鬼点子最多的陆安明不知为何却始终皱着眉头一言不发。当魏一方捅了捅他的腰，问他有什么好办法的时候，他的眉头皱得更紧了，表情凝重地说："胡杨林可以防风固沙，我建议不要毁林开荒，如果破坏了，以后想要重新恢复，可不是十年八年能办到的。"

他的话被旁边几个人听到，有人半开玩笑半认真地说："陆安明，你这可是资产阶级反动思想啊。"

虽然陆安明没有说过家庭成分，但是魏一方知道陆安明家庭出身不是太好，传言不久前他的父亲被打成了反动学术权威。陆安明听到这话，脸瞬间憋得通红，大声解释说："这跟阶级有什么关系呢？沙漠边缘的树木可以防风固沙，这是基本常识，怎么能随意破坏。没有防风林，沙漠很快就会侵袭到这里。"

这时有人打趣说:"陆安明,难道沙漠是活的吗?"

"沙漠从某一方面来说是活的,沙丘是会移动的。"

"哎哟喂,第一次听说沙漠是活的。哈哈哈,那山也是活的了,陆安明,你干脆让山靠过来一些,帮我们挡住沙漠不就好了。"

陆安明秀才遇见兵,有理说不清,又一张嘴难敌一群嘴,任他多能言善道都没了用武之地,只能面红耳赤地坚持着:"真的不能砍,这些胡杨长这么大,组成一片林子,至少需要几百年的时间,破坏掉,就再也没有了。"

"怎么是破坏呢?现在国家多么困难!有多少人填不饱肚子,需要粮食活下去!我们不开荒种地,却在为是否保留这片没用的野林子争论,这是什么样的立场!"

陆安明脸色难看,赌气退后几步,不再吭声。

这时大家开始分头准备,将易燃烧的枯叶枯枝聚集在一起,预备点火。

点火的支青要了火柴,先将枯叶聚拢在树下,然后让大家后退,正准备点火,谁知退后的陆安明却猛地冲上来,先将他手中的火柴一把拍掉,然后愤怒地喊道:"你们这样做是在犯罪,是犯罪。"

点火的人愣在那里,点也不是,不点也不是。大家面面相觑,这时有人小声嘀咕起来,支持起了陆安明,大家迅速分成了支持点火的和反对点火的两个阵营,开始争吵起来。

魏一方看得目瞪口呆,他从未见陆安明如此激动过。他看着明显处于弱势的反对点火一方和舌战群儒的陆安明,忽然心里生出几分敬佩,也莫名地生出信任,他相信陆安明说的应该不会错,虽然他是少数,但是他应该是对的。虽然他并不知道"真理往往掌握在少数人手中"这句话是谁说的,却选择了勇敢地相信陆安明,"团结一心,并肩作战",毫不犹豫地站在了他的那边。

最终,反对点火一方完败。在班长的严厉批评下,陆安明狠狠撂下一句"迟早有一天你们会为今天的行为感到后悔",随即掉头走开去,不再说话。

刚才激愤地支持点火的一方有些悻悻,迟疑着不知如何是好,最后还是班长定调:"屯垦是兵团的主要任务,必须得开荒种地,扩大粮食生产。"

不过,班长似乎也被陆安明的气势感染了,觉着万一他说的是对的呢?于是聪明地决定,不烧了,安排几个人慢慢砍树,砍多少算多少,砍下来的树枝,刨出来的树根,还可以当柴火烧。

砍树明显不如烧荒有效率,尤其经陆安明一闹,连队分裂成了开荒和护林两派,经常针锋相对,争论不休。连长被搞得一个头有两个大,于是报给了团部。团领导知道后勃然大怒。

兵团实行的是准军事化管理,每日按时出工、收工、出操,除了不拿枪,跟部队并没有什么两样,强调的就是纪律性,必须无条件服从指挥。现在有人不仅不听指挥，还拉帮结派，公然破坏生产，性质实在太恶劣，影响很不好。

对于这种不跟组织保持一致、公然作对之徒，必须严惩不贷。更何况这个陆安明的出身本来就有问题，说不定就是潜伏在支边青年中的反革命分子。

于是，在这群支青到来不久的一个阳光明媚的早上，还没从早起的迷糊中彻底清醒的陆安明就被几个人五花大绑地带走了，据说要押送到团部接受审查。

陆安明被抓，同宿舍的上海支青看在眼里，很是震惊。陆安明前脚被带走，魏一方立刻跳了起来，以前所未有的好口才游说连队所有上海支边青年，甚至还鼓动了几名江浙赣籍的支青，一起去团部营救陆安明。

路上魏一方就想好了，他们家根正苗红，父母都是无产阶级工人，家族往上找十代都没有一个有钱有权的。唯一算是有点家产的还是抬轿子的太爷爷，过世前给三代单传的儿子留下了一辆黄包车，而他的儿子，也就是魏一方的爷爷，靠着拉那辆黄包车买了半座小木楼，从而才有了一个真正意义上的家。新中国是无产阶级的天下，魏一方就是无产阶级的典型代表，他有什么可怕的？魏一方计划到时一口咬定，是他教陆安明说那些话的，就说都是他在书里看到的，看团部的人还有什么话说。

到底是人多力量大，支边青年们不依不饶，人数又多，若是闹出事情来，团长肯定得吃不了兜着走。于是团部的人狠狠教育了陆安明一顿后，把他给放了出来。

经此一闹，连队再开荒的时候，明显有所忌惮，晃晃悠悠地砍林造田，两三年下来，也没能赶尽杀绝，终究留下了一片林子。

而正是因为这片林子，让连队里的年轻人有了偷偷摸摸谈情说爱的掩护。多年以后，再提起这事，陆安明的形象简直高大无比，令不少受益者感恩戴德。多亏了他，要不光秃秃的戈壁滩，谈个恋爱躲都没处躲。

肆

日子一成不变地向前走着，唯一带来改变的是不断增加的支边青年队伍。从全国各地来到新疆支援边疆建设的年轻人源源不绝涌向了喀什，他们如同新鲜血液，不断灌注进老一茬的支青中，总能为他们永恒不变的生活带来些微的波澜，让老支青们日益老去的青春生出一些年轻的亮色来。

这群十六七岁的少男少女们逐渐长大，由来时的不谙世事，到慢慢情窦初开，对异性生出别样的憧憬和爱慕。

暧昧的情愫是由彼此之间互帮互助开始的，先是女支青田慧君洗衣服，需要去提水，可是她细胳膊细腿地拎着笨重的水桶明显力不从心，男支青彭新生看不过去，主动帮她拎了几桶水，而田慧君出于感激，就帮彭新生洗了所有脏衣服，彭新生觉着不好意思，下次田慧君洗衣服的时候，又帮田慧君拎了几桶水，田慧君出于感激又帮彭新生洗了几件脏衣服……如此你来我往。

当大家发觉不太对的时候，两个人互看的眼神已经明显纠缠在一起了。虽然连队有着极其严格的规定，但是依然无法阻挡青春的荷尔蒙在少男少女中悄悄地蔓延。

魏一方一直觉得，自己命运的改变，是从遇见方华开始的。

当他来到新疆，鬼使神差地被命运拣选到南疆喀什，又在喀什遇见方华的时候，他们一起跨越了漫长的距离，经历诸多的意外与可能，被精准投放到这片广袤的土地上，这常常令他感到不可思议。好像他费了如此大的周章，用一个躁动的时代来做背景，用千万人的悲欢离合来做配合，仅仅是为了在某年某月某日遇见那么一个人。

他从来没有体验过爱情，在上海的老弄堂里，他懵懂地度过了他的少年时期，而在兵团，男人和女人都裹在天地之间，同样穿黄色的军装，干同样的活，做同样的事，吃同样的饭，也迟迟没能打开他的情窦。他怎么也没有想到自己会以这样一种方式，突然心跳加速，被巨大的毫无防备的爱情力量所湮没。

那是1966年10月间，一望无际的棉花洁白如云，核桃如万千铃铛，累累垂垂地悬挂着，在秋天的微风中摇动，苍郁的胡杨林已经半黄，像万千即将铸成的金币一样，堆成层层叠叠一眼望不到边的重山。

魏一方望着眼前的一切，顿感天地于一瞬间变得明亮辽阔，无比美好起来。周围熟悉的一切，宛若巨幅油画，浓墨重彩地铺陈向天边，一切美得丰裕绚烂却又恰到好处。

第一次见到青金般迷人的胡杨林，方华完全表现出了一名十五岁少女应该有的天真与激动。

她围着一棵巨大的胡杨树来回转着圈，大声赞叹，并张开纤细的手臂，试图用她纤弱的臂膀去丈量树木饱经沧桑的年轮。

少女笑容灿烂，眸光炯炯如星辰般闪亮。那一刻的风好像瞬间静止了，万物也一齐屏住呼吸，只有青春无限的少女在宇宙的中心又蹦又跳。

魏一方目不转睛地盯着方华透明而稚气的面庞，那些淡青色的毛细血管以及脸上细小的绒毛在阳光下一览无余，令他眼眶发热，激动得想要落下泪来。他就像是独自历尽千山万水的孤儿，终于找到了自己的亲人。

他一动也不敢动，生怕惊扰到什么，只是静静地站着、看着，心脏擂鼓一般怦怦跳动。

那一刻他从心底里无限感激陆安明。如果不是陆安明，这片胡杨林就不存在了，眼前的一切也就不存在了，如果没有这片胡杨林，那这样美好的感觉一定也会消失。

那一刻魏一方暗自发誓，穷尽这一生，他都要好好守护这个女孩，等她长大之后，他一定要娶她为妻，日出而作，日入而息，一起在这片土地上一代代生活下去。

伍

方华感觉自己似乎一直停留在一个长长的梦里，无法醒来。梦里，她追着前面的男子，却怎么也追不上，只能远远地看着他的背影从她的视线中消失。

……

这个梦太长了，不断重复，像是循环播放的胶片，她在其中似乎永远不会醒来，但是若不醒来，她要怎么办呢？

她呆呆愣愣地独自一人在旷野中漫无目的地走着，不知道走了多久，直到跌倒在地。

他并没有兑现诺言，并没有再来看她，就那样无声无息地消失了，任凭她去找，却怎么也找不到。

去部队问，也没人告诉她他究竟去了哪里。

也许看她太可怜，有一次，一位叫依明江的士兵看她失魂落魄的样子实在不忍心，偷偷安慰她说："不要再来找了，他不会回来了。"

她木呆呆地站着，有些不敢相信，他会一声不吭，就这样直接抛弃自己。

可是事实摆在眼前,他甚至没有留下只言片语,就此消失不见,还有什么好说的呢?

她心中充满了愤恨,她想要找部队讨个公道,哪怕闹个鱼死网破也在所不惜。可是好几次已经准备迈脚踏入部队的大门,却又收了回来。她狠不下心肠,哪怕心里对他充满恨意,也狠不下心肠毁了他。

他的家在吕梁山区,那里土地贫瘠。为了供他读书,姐姐们早早辍学,全家人勒紧裤腰带,拼命挣工分,就为了能让他走出村子。谁知高考取消,家里想尽办法,才将他送到了部队。他是他们家的希望,如果毁了他,等于毁了他整个家庭。

但是她腹中的胎儿要怎么办呢?

她偷偷地用布条将肚子紧紧捆住,却依然越来越明显。她感觉到周围的同伴似乎已经有所怀疑,常常用揣测的眼神打量着她。

她焦急不已,偷偷地向人打听过了,没有医院证明,医院不会接收,根本无法堕胎。

但是胎儿却在腹中不停成长,她要拿他怎么办呢?

这一日连队要去给棉田浇水,一大早,大家都扛着坎土曼去下地。水主要来源于流经每一片地头的灌溉渠,那种水渠大部分宽度1至2米,渠深1米多,叶尔羌河、喀什噶尔河和克孜勒苏河的河水被导入其中用于灌溉。

方华在经过一条水渠时，盯着愣了好一会儿，下定决心，结果，狠狠摔了一跤，弄得浑身湿淋淋不说，膝盖也被水渠边的硬土块蹭破了一大片皮，鲜血直流。

魏一方看见了，赶紧冲过去，想要帮她包扎，但是身上却没有任何可用的东西，他低头看看自己的衬衣衣袖，"哧"的一声撕了下来，裹住方华的伤口，然后背起方华就往回走，全然不顾方华的挣扎与反对。

魏一方焦急地想要把方华送进医院，殊不知方华却急切地想要挣脱下来，然后悄悄让腹中那个小生命无声无息地消失。

方华被热心的魏一方送进了连队卫生室，令方华无语至极。她只能闭着眼睛，默默地躺在病床上，等卫生员为她处理伤口。

她并不知道这一跤是否有效？如果无效，那她就白摔了。她安慰着自己，孩子还未成形，应该没有太多感受，去掉了对大家都好。

团场的卫生员给方华处理完伤口，简单包扎后，叮嘱她不要乱动，等伤口结痂就好了。魏一方在旁边连连应承着，然后小心翼翼地守在她旁边，简直令方华哭笑不得。

可是，方华还是低估了那个小小的生命执意来到世间的坚韧。虽然自己的膝盖破了，但是腹中的孩子依然纹丝不动。

腿好之后，无论方华怎样折腾自己的身体，故意摔跤也好，故意挑水也好，抢着干最重的体力活也好，吃放馊的食物也好，那个孩子好像完全不在意,在她的腹中不管不顾,扎下根一般执拗地生长着。

她对他完全束手无策,她不明白他怎么会如此固执,一个不被珍视的生命,难道不应该立刻消失不见吗?

直到有一天,她正抡着坎土曼在地里干活,突然腹中被什么由内向外轻轻撞击了一下,像是一只温柔的小拳头或者是一只试探的小脚丫。她木立当场,一时不知如何是好。

她伸手去摸,触碰到那个正在温柔地蠕动的小生命。他像是急切地想要寻找什么或者探究什么,在她漆黑的腹部摸索着,想要用手脚推开阻挡他的一切,探出头来看一眼外面的世界。她惊讶地感受着他盲目的试探,在那一瞬间百感交集,不知是感动还是绝望。

那一夜,她彻夜未眠,泪水一遍遍从眼角涌出,打湿了枕头,也让她的心变得湿润起来。她将手小心地放在自己的腹部,感受着他,与他默默交流着,思忖良久,终于下定决心。

她想要他平安顺利地来到这个世界,她要他好好地活着,健康长大。

她找到了魏一方。

面前这个瘦削矮小的男子,样貌平庸,连同言语也平庸无趣。她从没见过一个人可以如此没有特征,无论看多少眼都记不住,都不会有任何印象。他比她大5岁,算是兵团老战士了,却依然没有太强的存在感，她对他从来都不屑一顾。

当魏一方1963年随着第一批上海支边青年来到喀什，开始在农田里干活的时候，方华正在南京的一所小学读书。当魏一方在新疆喀什的某处田地上扛着坎土曼耕种，并在梦里回到莘庄老镇的时候，方华的心也正飞出课堂，飞出了南京城，飞向了新疆广阔的天地。

"妈妈，我想去新疆支边。"

当方华睁着天真的大眼睛，满脸期待地向母亲撒着娇，提出想要去支边的想法后，母亲很是震惊。

"你怎么会有这样的想法？我和你爸爸只有你们两姐妹，我们家是知识分子家庭，我们希望你们两个好好读书，能够考上大学，你怎么能去那么远的地方？"母亲痛心地说道。

"知识青年要去农村锻炼，在火红的年代里为祖国奉献青春，这样的人生才有价值。"方华辩解着。

"我和你爸爸决不同意。"

母亲的话并没有打消方华的念想。

1966年10月，趁着父母不备，15岁的方华偷出了家里的户口本，悄悄办好了一切手续，瞒着父母，如愿以偿地搭上了最后一拨前往新疆的支边青年专列。

坐在靠窗的位置，她看着那些哭哭啼啼与家人告别的支边青年们，心中生出鄙薄。

革命就是康庄大道，必须义无反顾，哭哭啼啼实在太丢人了。坐在车上，她带着偷偷摸摸未被发现的舒畅与快乐，暗自庆幸自己终于可以离开了。

就在载满支边青年的列车即将启动的一刻，她蓦然看到了母亲因奔跑而变得凌乱的发髻，随后看到父母亲带着妹妹挤在送站的人群中手足无措地四处搜寻着，忽然一阵心酸。

她想将身子缩后一些，这样就不会被他们看到，但是不知道为何，当火车发出一声长鸣，车轮咔咔启动的时候，她突然不由自主地将头探向窗外，向着父母的位置拼命地挥手，大声喊着："爸爸妈妈再见，妹妹再见。"

在父母未曾来得及看清她的时候，火车已经缓慢加速，离站台越来越远。父母与妹妹的身影越来越模糊，直到消失不见。

将头缩回车窗之后，不知为什么，她忽然觉着脸上濡湿一片，用手去摸，才发现不知何时，自己满脸都是泪水。这泪水令她羞耻，却又难以克制地继续流淌着，越流越多，她干脆号啕大哭起来。

江南水乡在窗外一一闪过，车行向西，橘树、稻田已经越来越少，渐渐映入眼中的是一片片正待收割的玉米、高粱。等玉米与高粱也开始变少的时候，成片成片的土豆与棉花出现了。方华未曾在农村生活过，看到这些作物，很是兴奋，不停地问东问西。

等到了喀什，她也从未觉着这里艰苦，反而觉着充满了乐趣。兵团就像一个大家庭。方华性格开朗，与大家相处愉快，又加上她来这里本就抱着建设边疆的决心，自然乐在其中。

魏一方毫不避讳自己对方华的爱慕，每天出工的时候，他都私下央求班长将他跟方华安排在一起干活，这样离方华近一些，方便照顾她。

懵懂的方华却不知道，面对魏一方的诸多关照，她一直以为那是革命友谊，于是投桃报李，每顿饭都会将自己的口粮省下一点留给饭量大的魏一方。

这在支青中是很常见的互生情愫的表现，女孩子吃得少，男孩子每天干重体力活又正在长身体，吃得多，所以一天到晚觉得饿，支青们互相帮忙，女孩子把吃不了的粮食省给男支青，男支青帮女支青提水干重体力活。但是在魏一方看来，这绝对是方华对他也有意思，那么多人，方华为什么不给别人，只给他呢？他笃定地相信，自己和方华已经渐入佳境，只等方华长大后，自然水到渠成。

那天是方华 20 岁生日，魏一方仔细捯饬了一下，换上最好的一身衣服，揣着换来的一包奶糖，自信满满地向方华表白的时候，却将方华吓得转身就跑。

魏一方安慰自己，也许方华还小，再等等看，结果等到方华 23 岁，眼看已经算大龄女青年了，魏一方旧事重提，没想到被方华一口回绝，这让魏一方猝不及防、备受打击。

魏一方不甘心，非要问方华原因。方华半天低头不语，她不知自己该怎么说，说重了怕伤害革命友谊，说轻了不管用，真是伤脑筋。最后被魏一方逼得没办法，不得不说，只能承认自己有对象了。

魏一方追问是谁？方华含糊地回答他："同学。"

同学是谁？魏一方很长时间没有找到线索。方华就在自己身边，平日并未见她与谁来往，也很少写信，他非常怀疑是身边什么人横插一杠子，却一直没发现任何端倪。

这件事让魏一方萎靡了很久。在兵团，他的年龄已经算大龄中的大龄了，眼看奔三十，若是过了三十再找不到对象，估计就有可能打一辈子光棍了。魏一方拿定了主意，反正自己就这样了，如果方华不愿意，他宁可打光棍。

当方华约了魏一方晚上在小树林见面的时候，魏一方着实激动的心都快要跳出来了。一整个下午他都觉着自己晕乎乎的，简直像做梦一样。第一次，他觉得太阳落山怎么如此之慢，恨不得自己变成后羿，一箭把太阳射下来。

他不时望向日头，等着日头落山，天早点黑，奈何今天的太阳像是被钉在了天空一样，一动不动。好不容易挨到收工，他迅速跑回宿舍，将自己里里外外洗了一遍，换上了白衬衣，精心收拾一番后，早早就来到树林边等候方华。

一直到天黑透，连最后一抹夕阳也沉入了地平线，才看到方华慢慢向他走过来。还未开口，他已经紧张得不由自主地战栗起来，手心里全是汗。

方华在与他相隔几米的地方停了下来，站在树影下，低着头，用脚尖不停地踢着脚下一个突出的树根，不说话，也不抬头看他。魏一方鼓足勇气，想要靠过去，谁知刚走了两步，方华却警觉地抬起头，像是一头受到惊吓的小鹿。

风声从胡杨林掠过，犹如江涛起伏。方华站在那里，背后的胡杨林金黄幽深，头顶天空湛蓝无垠，星河闪烁，宛如巨大海洋。方华像是一只麋鹿，停留在他面前，美好得如同梦境一般，让他感动得几乎落下泪来。

他紧张得手心里全是汗，大气也不敢出，静静地等待方华开口，生怕有什么声音，会骤然惊扰了如此美好的梦境。等了许久，她听到方华开了口，用几不可闻的声音对他说："我有了身孕，你如果不嫌弃，我们可以结婚。"

他的脑袋"嗡"的一声，像是有什么突然在耳边炸裂。他疑惑地望着她，脑袋里不断轰鸣着，喉咙里像是含了一块刀片，干涩地疼痛着。他用力吞咽了一口唾沫，甩了甩脑袋，艰难地问道："你刚才说了什么？我……我没有听明白。"

方华的头深深地垂在胸前，远远看上去，像是一个无头的女人伫立在旷野中。她艰难地抬起头，颤抖着嘴唇，脸色苍白，却无比坚定地对他说:"我怀孕了,你如果不嫌弃,我们可以结婚。"

耳中的轰鸣声骤然停了下来,他仰头望向天空,脑袋一片空白。无垠的天幕上,星辰被大风摇晃着不断涌动明灭。刚才美丽的一切,如同肥皂泡一样瞬间被撞得粉碎,他清晰地听到碎裂的声音。心中的某一处也咔嗒一声粉碎,针扎般的尖锐疼痛迅速蔓延向四肢百骸,疼得他不得不弯下腰来。

他还能记起几分钟之前自己的雀跃与感恩。原来最大的绝望不是从来未曾得到过,而是满怀希望后的失去。良久,他的脸上露出嘲弄的表情。

他听到陌生的声音从自己的口腔里发出来,对着方华咬牙切齿地说道:"你把我当成什么人了?你怎么可以这样、这样残忍呢?"

方华呆站在那里,像是一段没有感情的木头,木然地低头呆立着,不发一言。

魏一方的心中愈发疼痛难忍,心中充满被戏弄的耻辱与愤怒。他转过身,撇下方华,开始不顾一切地用力奔跑起来,一直跑到肺部似乎要炸裂开,才放慢脚步,独自跌跌撞撞走回连队。回到宿舍,他衣服也没脱,爬到床上,用被子将自己从头到脚包了起来。汗水一层层涌出,不一会儿,被子里变得湿漉漉的,但是他却觉得冷得要命,不停地打着寒战,缩在被子里瑟瑟发抖。

心中的屈辱几乎令他发疯。同时令他发疯的,还有那个简直可以摧毁一切的消息。他觉得自己内心的某个地方已经全部崩塌,再也无法修复。刚才那一幕如同噩梦,不能想,也不敢想。一想起来,他的心就会像被无数的小刀不停地捅着。

晚上,他开始发烧。他梦见自己在一条无人的小路上走着,四周安静,没有任何声息,他走得不紧不慢,可是突然,他脚下的小路开始像蛇一样扭曲膨胀起来,像复活的蟒蛇一样,爬向他的喉咙,他忍不住剧烈呕吐起来。

就这样,魏一方大病一场,行尸走肉般浑浑噩噩过了一个月之后,他却突然找到方华,平静地对她说:"我不嫌弃,我们结婚吧。"

方华的眼泪立刻涌了出来,矛盾地望着他。

他不知道自己是怎么说出这番话的。或者是看到方华渐渐隆起的肚子几乎要藏不住。也或者是他听到流言蜚语潮水一般涌来,几乎要把方华淹没。也许是同病相怜,也许是他始终爱着这个女孩。那一刻,那个给他带来无限屈辱的女孩子,又恢复成为深林边遗世而独立的麋鹿,眨着露水般明亮而又忧郁的大眼睛,楚楚可怜地望着他。

婚礼是在三天后举行的,他们将各自的铺盖卷搬进兵团分配的一间宿舍,没有添置任何东西,甚至连红色的窗花都没有贴。他给方华买了一条红色围巾,系在方华纤细的脖子上像一团火一样,他们就这样举办了婚礼。

婚礼结束,他被闹洞房的战友送进新房,他听到有人不无嫉妒地说:"没想到魏一方那小子真有两下子,竟然不声不响就跟小方好上了。看样子,早已生米煮成了熟饭。"

他的嘴角撇了撇,心中升起莫名的酸涩与痛苦,也有几不可察的稀薄的憧憬。

当二人躺在床上,方华衣服裤子穿得整整齐齐,不肯和他亲近的时候,他心中深藏的那种强烈的屈辱又升腾起来,心中似乎燃起一股怒火。他望着她微微隆起的小腹,充满难以抑制的嫉妒与仇恨,他恶毒地固定住她的双手,居高临下俯视着她,站在道德的制高点上,带着轻蔑肆意地打量着自己眼下的这个女人,像高等动物在审视低等动物。他们的脸相隔不到20厘米的距离,却仿佛隔着一整个宇宙。

他俯视许久,眼泪不受控制地夺眶而出,满腹委屈。他渐渐放开她的手臂,像是受尽委屈的孩童,呜呜地大哭起来。

方华被他的哭声惊吓,试图挣扎的双手停了下来,一动不动地躺着,脑子嗡嗡响着,心中也充满委屈。她觉着自己在做一个奇怪的梦,似乎醒着,又似乎还在梦里,四野苍茫,她不知自己要去向哪里,也不知自己可以去向哪里,从一个梦中醒来,随即又沉入另一个更为深沉的梦中。

在那个喜庆的日子里,这两个都觉得自己受尽委屈的人,冰冷地对峙着，想要互相取暖，中间却隔着难以跨越的幽暗的深壑，只能各自孤寒。

他们并不能彼此慰藉，因着靠近，似乎生出了更深的委屈与绝望。可是，这个世界上，谁不是忍受着万般委屈与捉弄，一边万念俱灰，一边又咬紧牙关挣扎活下去的呢？

怀着委屈是一回事，放下委屈继续向前看是另外一回事，在永恒的轮回之中，生命不就是这样不断更迭繁衍、周而复始吗？

方华的肚子一天一天大了起来，直到那天，魏一方刚下地没多久，就有人大声喊他："魏一方，你老婆要生了。"

他扛着坎土曼愣了一下，然后丢下坎土曼，迅速地向家里跑去。

还未到家，他就听到方华声嘶力竭的喊声。他不顾一切冲进屋里，看到方华浑身是汗躺在床上，挣扎着，几乎昏厥。

连队的卫生员一直在喊着让她加油用力，但是她显然已经力不从心。

魏一方从未感受到如此巨大的恐惧，他的手抖得几乎没有办法握住她的手。第一次，他感受到死亡竟然如此近。

他强行命令自己镇静下来，并用颤抖的声音反复地对方华说："你要加油坚持住，你如果有什么意外，孩子也就不存在了。"

不知过了多久，在魏一方的意识中，似乎这一辈子都要到尽头了，孩子才终于生了下来。

那是一个浑身红扑扑，眼睛紧闭的小家伙。当魏一方第一次抱起这个孩子时，因为紧张，他的整个身体都变得僵硬颤抖。魏一方盯着孩子长满绒毛的红色脸颊，翕动的鼻孔，以为自己会恨他、厌恶他，谁知当孩子在他怀中，握着拳头，眼睛紧紧闭着，嘴巴不断蠕动寻找着的时候，他不自觉地将自己的食指慢慢靠近孩子粉色的嘴唇，立刻被紧紧含住，并引来一阵急切的吸吮。

魏一方浑身颤抖，大滴大滴的眼泪再一次流了下来。

这是第一次，有一个生命对他有如此完全的贴近与依赖。

抱着孩子的魏一方，百感交集。

当然，这一切魏晋无从知晓。若是知道了，他应该会无比庆幸，自己还没来得及感知人情冷暖就差点被无情地消灭，却幸运地存活了下来。也应该庆幸，那个看起来没有任何特征的魏一方的确是个心地善良的好人，没有因为与他毫无血缘关系而弃他于不顾。

陆

商定好出发路线和人员，又确定了出发时间，大家决定由魏一方开车拉大家去乌鲁木齐。

魏一方调到车队并不算久，负责开那辆解放牌大卡车。这是令多少人羡慕的工作，却偏偏砸到了窝窝囊囊的魏一方头上，大家都觉着那家伙纯属走了狗屎运。却不知道，他为了开上车，将方华珍视无比的手表送了人，疏通关系。这令方华十分愤怒，更加厌恶他。

晚上，魏一方又检查了一次车辆，给车子加满了油才回到家里。他看到方华和孩子已经睡下，便轻手轻脚地爬上床，小心地躺在她背后。

她的皮肤依然细腻白皙，因为过于消瘦，肩胛骨向外突出着，像是一对未及长出的翅膀。

魏一方盯着她的后背，心中一阵疼惜，不由得伸手去摸，还未待他的手摸到，方华像是后背上长着眼睛一样，拥着魏晋，向床里面又挪动了几分。

魏一方抬起的手静静地悬停在她的后背几厘米处，心中一阵难受。许久，他默默地放下手，将自己的身体转向另一侧，与方华背对着背，像是北极与南极。

一大早，魏一方就起了床，他没有吵醒方华和孩子，悄悄下床倒了一杯热水，把剩下的苞谷馍拿出来，就着热水吃了一块，然后又给一个军绿色帆布包里塞了几个，戴上手套和帽子，向门外走去。

人都到齐了，临出发时，或许是天冷，车子发动了好几次都失败了。

"简直见鬼了。"魏一方心里暗骂着,将酸疼的右手从手摇柄上拿下来,甩了甩,又半弯下腰,用两只手握住,用力摇了起来。

这时陆安明走了过来,跟他打了声招呼,说:"我来搭把手吧。"

于是陆安明伸出一只手握在魏一方手上,两个人一起用力摇动起来。终于,那辆老旧的解放牌汽车在发出一阵子突突声之后,总算发动了起来。

"多亏你啊,老陆。"魏一方说,"你就跟我坐在驾驶室吧。"

陆安明点了点头,从另一侧爬了上去。

车子从喀什出发,顶着寒风,向阿克苏进发。魏一方知道时间紧迫,一路上不敢耽误,跟陆安明说着闲话,车子却开得飞快。深夜,抵达阿克苏跟大部队会合后,第二天在库尔勒过了一夜,又浩浩荡荡地继续往乌鲁木齐开拔。

那天的天气有些阴沉,一路上,糁子一样的小雪时下时停,到午后慢慢转成大雪。车至天山,魏一方看看路况,跳下车,给车轮绑上防滑链,又重新爬回驾驶室,打起精神,小心地开着。

"还好你们家方华没来,这天简直要冻死人。"陆安明缩着脖子盯着前方说道。

魏一方的手几乎要冻僵了。他一手抓着方向盘,一手抓着离合器,一刻也不敢放松,陆安明的话轻飘飘从他耳边飘过,还是被他抓到了方华的名字。

他下意识地"嗯"了一声。

这时后面有人喊:"魏师傅,还有多久能到?"

魏一方还未及回话,陆安明回道:"还早呢,这么着急,是急着会情人吗?你就安心坐着吧,到地方了自然就停了。"

后面一阵骚动,有人骂道:"陆安明你小子站着说话不怕腰疼,你在驾驶室里坐着,风吹不到,雪打不到,我们在后面喝风饮雪。"

陆安明笑着骂道:"王新华你个小子,这你也眼红,要不你下来,我们换一换。"

王新华也笑骂道:"坐着吧你小子,车子掉下去你还能在前面给我们垫垫。"

陆安明没有接话,雪花噼啪噼啪敲打着玻璃,车窗瞬间就蒙上了一层雾气,他伸出手,帮魏一方擦拭着。

这时,后面有人抱怨起来:"说好了大家一起去乌鲁木齐,为什么我们都来了,有人没来呢?我们受罪,她坐享其成,天下哪有这道理?"

有人压低嗓子说:"嘘,小点声,小心魏一方听到。"

"听到就听到,难道我说得不对吗?凭什么她可以搞特殊,有本事我们请愿成功了她别回去。"

"人家有人，嘻嘻。"

"切，有什么了不起！"

"小子口无遮拦，小心挨揍。"

车厢后面瞬时陷入一片寂静，继而传来一阵窸窸窣窣的打闹声。

魏一方的心像是被锥子锥了一下，说不出的难受。想到方华对回上海这件事的态度，实在令他无语。这不是明摆着不舍得离开吗？他心里狠狠地想着，突然发现车轮似乎在打滑，他用力握紧方向盘，急忙点刹车，但是卡车却不受控制地更迅速地向旁边滑去……

如果人生就此结束，没有爱也没有恨，更不会有不甘和欲望，也很好。魏一方想着，看着迎面撞过来的山崖和大片大片的雪，紧紧闭上了眼睛。

"终于可以回家了。"他的耳边响起陆安明叹息一般的声音。

剧烈的疼痛让魏一方猛地苏醒过来。他睁大眼睛，看到周围一片雪白，脑子茫然一片。他呆呆地看着头顶的天花板，努力回想着究竟发生了什么，却头疼欲裂，怎么也想不起来。

这次车祸，死4人，伤12人。

死去的4个人中，就有陆安明。

车子向下坠落的时候，他被甩了出去，并小声地嘟囔了一句。只是醒来后的魏一方，怎么都想不起来陆安明说了什么。

魏一方摔断了几根肋骨，髋骨粉碎性骨折，幸运的是，保住了性命，却也因此错过了随之而来的回乡政策。

当大家纷纷找到地委拿到户口批件的时候，魏一方还躺在床上一动也不能动。等他能下地走动的时候，已是第二年的七月。

他拄着拐杖，缓缓地走向外面，周围明显冷清了很多。他找了一处树荫缓缓坐下来，心里一片茫然。

大约是时运不济吧，他只能这么来想。去年大部分支边青年拿到了批件，可是隔天却有人通知批件作废，有胆子大的不管三七二十一，拖家带口坚持走了，胆子小的在原地略一迟疑，便不得不留了下来。后来听说，批件没有问题，而是走的人太多，政府压力太大，所以不知谁出了这样的馊主意，将一部分胆子小的吓唬住了。

他呆呆望着不远处的吐曼河，夏天了，河水明显开始暴涨，混沌浩荡，像是要裹挟走什么，却依然徒劳地向前奔流着。

遗留在吐曼河西侧的高台民居，像是被时光腐蚀过的土坯，露出沧桑而斑驳的裂纹。他记得自己跟陆安明有一张照片就是以那里为背景拍的。无数芦苇伸展利剑一般的绿叶，像是努力在刺向什么，他和陆安明敞着白色衬衣，穿着一模一样的黑色塑料凉鞋，笑得那样没心没肺。

当初自己追求方华的时候，陆安明也没少出力，制造各种机会给他，帮他出主意。陆安明说，女孩子喜欢浪漫的东西，让他摘沙枣花送她，他不好意思地摘了一大捧，结果方华气得涨红了脸。

他鼓起勇气去问她究竟喜欢什么。方华理都不理就走了，弄得他灰心丧气。只有陆安明鼓励他说："没什么，追女孩子，开始都会碰一鼻子灰。"他有些将信将疑，他亲眼看到一起来的马毓芬给陆安明洗衣服，陆安明明明没有追马毓芬，怎么两个人就好上了呢？

那段时间，他因为方华怀孕的事情痛苦不堪。是陆安明似乎看出端倪，劝他说，人生总有些插曲，但是，要从大处着眼，有些事情是注定的，就像他们注定来到这里，注定遇见一些人，所以不要多想，遵循命运的安排就好。

这段时间，方华也尽力在照顾着他，哪怕冷漠依旧，但是，他知道她似乎也有那么一点记挂着自己。哪怕很少，但是，有一点就很好了。

他的心中忽然对这片土地生出一股眷恋，十七年的岁月，他们将戈壁荒漠改造成了良田，从他们中选拔出的老师在这里培养出了一批又一批优秀的学生，他们的技术员、技术工人也为这片土地的兴盛贡献出了全部的青春和智慧。他目睹了这片土地的变化，这里在他的心中，不仅是栖息的家园，更是他的另一个故乡。可是旋即，他的眷恋又被另一股情绪所代替。谁不想去大城市生活呢？就算自己不回去，孩子们又怎么办？自己已经为这片土地付出了这么多，理应让孩子们回到上海去享受更好的生活，接受更好的教育。更何况只有离开这里，方华才会彻底忘记过去的一些事情，跟他好好生活下去。念及此，他返城的决心更加坚定。

他相信，他们离去，总有人会再来。时光会带走不甘与抗拒、笑容和泪水，而这片土地会留下来，送走一批，再迎来一批，再送走，再迎来。就像是分娩的母体。

第三章

所有的远方都不是故乡

西地锦

———

夕拾榴花一朵,喀什风吹过。

心中猛虎,馕香细嗅,流年轻坐。

忘了世间颠簸,手鼓敲春破。

人间远阔,光阴角落,收藏烟火。

壹

人生到处知何似,应似飞鸿踏雪泥。

如果一个人悄无声息地告别熟悉的城市,来到陌生的地方,谁也不认识,也没有人知道他的存在,于他来说便算是一次重生。

从踏进村子开始,魏晋就一直好奇地左顾右盼。这是一座被繁华遗弃的古老村庄。青石砌起的院墙粗粝坚固,覆盖青瓦的屋顶上生着青苔;木屋、木门、木窗,被岁月熏染成深棕色;苍灰的屋檐下,唯一的点缀是雕刻着象征吉祥的简陋木雕。

村子里很安静,几乎没有什么人,有一些人家的大门紧锁着,铁锁上锈迹斑斑,荒草从缝隙中蔓延出来,应该很久没有人住了。

好不容易遇见一位走出院门的老人,他赶紧走上前打听。老人好奇地挺直背脊,抬头仔细看他,然后向着村子后面一排房子指去。他顺着老人指引的方向望过去,在村子的后面有一排石头房子,木门紧闭。在老人狐疑的目光中,他道过谢,向着那里走过去。

院子看起来挺大的,麻石垒起的院墙将里面遮挡得严严实实,靠着大门的墙角种着几株木芙蓉,正是花开的时节,累累坠坠的白色粉色花朵挂满枝头,像是在探头朝里张望。

他走上前，拍拍木门，门应声而开，跑出来一个六七岁的孩子，黝黑结实，大脑袋上嵌着一双细长的眼睛，倚着门，仰头看着他。他用手揉揉孩子的头发，弯下身子问："家里大人呢？"

孩子不自然地将脑袋从他的手掌下挣脱开来，往后一缩身子，大声喊："奶奶，奶奶。"

这时出来一位瘦小的老太太，穿着深蓝色的老式对襟布衣，戴着一顶泛白的蓝布帽，皱皱巴巴的脸上，一双眼睛深陷在眼眶里。

看到他，老太太露出一丝惊疑不定的欢喜，小心翼翼地问："您就是租房子住的那位老板吧？"

魏晋点头说："是的。"

老太太的眼睛亮了起来，赶忙将魏晋往院子里让。似乎是怕魏晋嫌弃，老太太不好意思地指着屋子解释说："家里条件简陋，但是很安静，不会吵到你的。"

魏晋探头看了看，由衷地说："这里挺好的，阿姨。"

老太太得到夸赞，似乎很开心，用围裙擦擦手，想要帮魏晋拎背包，魏晋连忙抢前一步说："我来拎就好，挺重的，您带我过去就行。"

老太太在前面带路，院子很宽敞，靠墙堆着柴火垛，靠近中间的位置有一口水井，一模一样、一新一旧的两套房紧挨着。

老太太将他带向靠右边的那套新房，将虚掩着的木门推开，带他走进屋子。房间里面非常简陋，一个厅堂，一间卧室，卧室没有装门，一眼就可以看到里面摆放着一张没有油漆的桌子和一张藤床。魏晋迈进屋子，闻到一股木头的气息。石墙上抹着一层泥巴，床上的蓝花被褥看起来像是新铺上的，带着还未抹平的折痕。一扇一米见方的木格窗子半开着，午后的阳光射进来，给屋里镀上一层柔和的光亮。

老太太用手抻了抻床单，小心地解释着："房子是今年新盖好的，还没有住过人，我才打扫过，都是干净的。"

看魏晋的表情似乎并没有不满，老太太像是暗自松了一口气，脸上露出笑容，对魏晋说："您先休息一下，我去准备饭，做好了叫您。"然后转身走出屋子。

未等多久，魏晋听到喊声，出门看到老太太正站在另一座房子前等着他。他跟着老太太走进去，便闻到很重的油烟味。屋子四壁被烟火熏得漆黑，除了两样粗笨的旧家具，没有一样家电。中间有几块石头围成的火塘，火塘边，有几只粗瓷碗，刚见到的那个男孩贪馋地盯着，见他进来，瞥一眼，继续紧盯着那几只碗。

魏晋走过去，在火塘边的一只小木凳上坐下来，看到那几只碗里盛着菜。一只炖鸡，一碗笋干炒腊肉，一碗山野菜，一碗豆干，老太太给空碗里盛满米饭，招呼他坐下来，将盛得最满的一碗饭递给他。魏晋刚坐下，孩子看一眼老太太，便迫不及待地伸出手，将一只鸡腿抓在手中，迅速往嘴里送去。

老太太不好意思地呵斥了一声，招呼魏晋赶紧吃饭，一边满怀歉意地说："不好意思。阿卓小，不太懂事。"

魏晋望着全神贯注猛吃猛喝的孩子，笑说："没关系，千万不要跟我客气。"

阿卓吃得很快，老太太只挑菜吃，将肉拨向魏晋和孩子那边，不大一会儿，阿卓便将肚子吃得腆了起来，才渐渐放慢速度，开始歪头偷偷打量魏晋，看到魏晋也在看他，便扮了一个鬼脸，细长眼睛笑成一条缝。

吃完饭，老太太去收拾碗筷，魏晋招手将孩子喊过来，一起围着火塘坐下来。他问孩子："你叫阿卓吗？上学了吗？"

孩子点点头又摇摇头，不说话。

他低下头，摆弄着衣角，看到魏晋的手机，似乎又有了兴趣，伸手好奇地拿过来，边翻来翻去地看边问："叔叔，这是电子表吗？"

魏晋将手机打开给他看，阿卓欢天喜地地左看右看，然后跳起来，举给老太太炫耀："奶奶你看。"

老太太温柔地看着阿卓，点头赞扬道："我们阿卓真厉害，小心啊，别给叔叔摔坏了。"

看阿卓在一边玩，魏晋问老太太："阿卓的爸爸妈妈呢？"

"出门去打工了。"老太太回答道。

"那家里还有谁呢？"

"还有我们家老头子，小儿子和大孙子。"

"他们呢？"

"老头子去地里干活了，晚上才能回来。小儿子出去了，大孙子上学去了。"说完，老太太垂下眼睑，脸上掠过一丝悲伤。

下午，魏晋在村子里走了走，整座村子分外安静。远处，一层层青绿的群山在薄雾中蔓延开去，鸬鹚在收割后的梯田间驻足，豌豆花彼此攀附着，缠绕着路旁的玉米。一些古老的悬空的木屋分为上下两层，上面住人，下面是牛羊牲畜。房前屋后，种着蔬菜，菜薹结出的细碎花朵盛放，一直蔓延向不远处波光粼粼宛如玉带的潕河。

在这里，连路过的风似乎都是安静的。

村里似乎大部分是老人和孩子，偶尔遇到年轻人，好奇地打量魏晋一眼，然后无所事事地走过。

天擦黑的时候，一位戴着同样蓝布帽子的老人佝偻着腰跨进院子。看到魏晋，他呆愣了一下，赶出来的老太太帮他接住肩膀上沉甸甸的背篓，向他介绍道："这就是租我们房子的老板。"

老大爷卸下背篓，赶紧向魏晋打招呼。魏晋也躬身问好，然后客气地说："大叔，我叫魏晋，暂住在你们家，还请您多关照。"

老大爷看到魏晋伸过来的手，一脸惶恐地伸手预备握，想想不对,将手又缩回去,在衣襟上擦了擦,才伸过去轻轻碰了碰。

他的样貌跟老太太有些像,大约是在一个屋檐下生活久了,看上去都风干瘦小、皱皱巴巴的,像是一对被岁月反复揉搓的核桃。唯一不同的是,他看起来似乎比老太太更瘦,瘦得像裹着衣服的骷髅,每一根骨头都支棱着,像是要冲破那层松弛如蜡纸般蒙在骨架上的皮肤的束缚,跑出来。

这时院外有人经过,看到老大爷,喊道:"为民大哥,刚从田里回来吗?"

老大爷探头看了看,应了一声。

这时阿卓跑出来,扯着老人的衣襟,喊了声爷爷。

老大爷弯下腰,一脸疼爱地捏了捏阿卓的小脸,问道:"阿卓今天乖不乖?"

阿卓乖巧地回答道:"很乖呢,爷爷。我今天帮奶奶干活了。"

老大爷摸索着从衣服里掏出一捧用叶子包裹着的黑紫的龙葵,摊开在掌心,慈爱地递给阿卓说:"这么能干啊,看爷爷给阿卓带什么好吃的了?"

男孩看清楚是龙葵,雀跃着抓过来,小小手掌中溢出紫色汁液,低头用嘴去啄,小小的脸上写满开心。

正在吃,却听到大门"咣当"一声被推开,一个瘦高的男子走进来。

阿卓喊:"阿禄叔叔回来啦。"

老太太似乎有些意外,问:"阿禄今天怎么这么早就回来了?"

那个叫阿禄的男子看到魏晋,只深深瞥了一眼,算是打过招呼,谁也不理会,自顾向屋里走去。

晚上的饭菜有些简单,中午的剩菜被倒在一个盘子里,重新被端了出来,另外多了一盘辣椒酱。老太太招呼魏晋坐下,阿禄自顾自地给碗里夹了点菜,也不等旁人,就端着碗默默吃起来。老太太将碗塞给魏晋,招呼他吃菜。所有人都吃得分外专心。老人端着米饭,就着菜,大口大口地吃着。吃几口,似乎被呛到了,猛地咳嗽起来,一张脸憋成了绛紫色。老太太放下碗,去倒了半碗水端过来,担忧地在旁边看着。

终于咳嗽完了,老人低头休息了一会儿,喝了碗里的水,问老太太道:"老大有没有打钱回来?"

老太太摇摇头,没有吭声。阿禄则铁青着一张脸。

老人像是想起什么似的,默默地望着火塘发呆。过了一会儿,他轻叹了一声,然后继续端起碗扒饭,但是看起来似乎有些心不在焉。

魏晋咀嚼着米粒,看着老人上下移动的喉结,想起自己的父亲,一阵心酸。

深夜的村子寂静得可怕,连露水打湿叶片的声音都清晰可闻。魏晋躺在床上，听着那边房子传来的剧烈咳嗽声，久久难眠。

潏村实在是一个小到不能再小的村庄，据说曾经有一百多户村民，后来大多数年轻人都离开村里，去城市打工或者到别处去栖身。老人离世后，再无年轻人居住的房子，又逐渐坍塌，长起荒草。算下来，如今也只剩下几十户人家，且大多都是老人和留守儿童。

村里交通非常不便，除了一条狭窄的山路可以出山，几乎与世隔绝，村民除了田里的产出以及外出务工挣的钱，并没有其他收入来源。

每日日出而作，日入而息，日子就像一遍遍复制粘贴，恒常而坚固。魏晋跟着潏村的节奏，将注意力专注于带着的书本和周围的山野。其间，苏孟来了几次电话，这是魏晋离开上海前特意留给他的新手机号，担心父母那边万一有什么状况，方便通知自己。苏孟并没有什么特别的事，只是惦记魏晋的去处以及生活。

魏晋住得久了，跟村里的人渐渐熟悉，便听人偶尔说起阿禄。

阿禄过去并不是如此阴郁。他可是潏村拔尖儿的聪明小伙子，长相俊俏，谦和有礼，学习也好，还曾经考上过城里的高中。可是家里要给老大找媳妇，实在拿不出钱供他读书，阿禄只能辍学打工。阿禄在学校时曾经有过喜欢的女孩子，女孩考上了大学，自然不可能跟阿禄在一起了。据说女孩跟阿禄分手那一日，阿禄大醉一场，就此就像换了一个人，每天喝酒打牌，东游西逛，吊儿郎当，不肯再好好工作。不过也有人说，是阿禄在外打工，一年下来，工资没拿到手，一算账还倒欠老板好几千，争执起来，被老板带人暴打一顿，就此不愿再出去打工，在村里浑浑噩噩度日。

不过无论是因为什么，阿禄不再是从前的阿禄。老人家劝过、打过也骂过，完全无计可施，干脆放任不管，由着他去。

知道阿禄的情况，魏晋心生同情，有时阿禄在家，便招手喊他过来，陪他说说话。

阿禄虽然总是垮着一张脸，其实并不凶，他只是用那样的方式来保护自己那点自尊。他通常总是安静地听着魏晋同他说话，并不多嘴，也不提问，像是理所当然如此。

那日老人家上山种地，阿禄晚起，十点多了，才顶着鸡窝一样的乱发走出来，看到魏晋在院中帮老太太浇菜，便点点头，自己抓几个煮熟的土豆，蹲在院子中边吃边看。

等魏晋浇完菜，阿禄凑上前去，指指身边一块方石，示意魏晋坐下来。等魏晋坐下来了，他却不说话，继续啃土豆，啃完土豆，拍拍手说："魏哥，你觉着潘村还有希望吗？这么穷。"

魏晋想了想，回道："怎么会没有希望呢？这里这么美，又这么安静，一定会越来越好的。"

阿禄说:"这里只有大山,交通又不便,没有几个人来过这里,你是唯一住在我们这里的城里人,听说你很有钱。"

魏晋笑了,说:"当同质化的东西越来越多的时候,这样保存完好的古老村庄就变成了稀缺的东西。发现需要一个过程,但是我相信一定会有很多人喜欢这里的。我啊,只是普通人,没什么钱。"

阿禄眼睛亮了一下,迫不及待地问道:"魏哥,您能帮帮我们吗?"

魏晋没有说话,他思考了一会儿,对阿禄说:"或者可以试试通过微博之类做一些自媒体宣传,看是否能搞原生态旅游。只是这里没有网,需要在山外完成。"

阿禄显然对这个提议不是很满意,他沉思了片刻,几度欲言又止,但最后还是鼓足勇气对魏晋说:"您刚才说我们这样的村子会变成稀缺的东西,是否能帮忙找一个老板把我们村子买下来?那样每个人都能拿到钱,就可以搬去城里生活了。"

魏晋歉疚地笑了笑说:"我不太清楚是否有公司愿意这样操作。前往潴村的道路不是很好,交通会限制文旅发展。而且我也没有这样的资源,这事只能看机缘。"

阿禄热切地盯着魏晋,继续问:"魏哥,你在大城市长大,一定认识很多大老板,能不能想想法子找关系帮我们联系一下?"

魏晋一时不知说什么才好，出来快两年的时间，对于他而言，上海似乎变成了前世虚无缥缈的梦。

他还记得伊娜知道了他做的决定后，脸色苍白地对他说："魏晋，你做选择的时候，可不可以考虑一下我的感受，跟我商量一下？"而当伊娜知道再无转圜余地的时候，愤然对他说："魏晋，你真是太自私了，我在你心里究竟算什么？"

魏晋不知道怎么回答她才好。他也不知道伊娜在自己心里究竟算什么。爱人？妹妹？或者一个寄托着远方的虚无缥缈的梦？

伊娜可能并不知道，李啸天会直接指着魏晋的鼻子告诉他，他人生中的种种殊遇以及唾手可得的那些名利，很大一部分仰赖伊娜的父母，也就是他未来的老丈人和丈母娘。离开他们的助力，他什么也不是。这些话让魏晋瞬间愣在当场。

他们谈了那么久的恋爱，却依然不了解对方，徒劳而迷茫地纠缠在一起。他没有期待关于彼此的未来，也无力去承担彼此的幸福。他承认自己恐惧婚姻，却从未如此刻般厌倦过。他不想再继续下去了，无论是对伊娜还是对自己，分开或许都是最好的选择。这样，也能让他彻底没了羁绊，可以坚定地选择跟安慕然坦诚相待，将自己的顾虑和想法和盘托出，从而让安慕然在虹科与春申之间做出最终选择，而自己也做出最终选择。

君子有所为有所不为。

安慕然做完决定后，曾苦笑着对魏晋说："这是我报复李啸天的绝佳时机,我本来有机会一击致命,彻底将他踢出春申。虽然他不会一无所有,但是失去春申对他的打击远胜于拿走他全部的钱财。可是我还是无法杀伐决断,给了李啸天垂死挣扎的机会。那一千多号人,他们中绝大多数都是跟我们一起从街道工厂一点点做起来的,我不能让他们的饭碗砸在我的手里。我也不能让春申毁在我的手里。我计划已久的报复,就到这里吧。"

魏晋无比钦佩地望着安慕然,他知道安慕然做出的牺牲有多大,若是换成他,他未必会有那样的勇气和决心,放下心中的仇恨和自己的利益而选择保全春申以及那些老员工们。但是,他也知道,自己再也没有办法留在春申了,甚至也不准备再留在上海。

他跟伊娜的感情也该画一个句号了,虽然自己深觉对不起伊娜,可是也只能如此了。

这两年,他离开上海,更换掉自己的联系方式,将旧有的一切全部清零,希望一切从头开始。无论大隐于市,还是小隐于野,他都不希望跟过去再有牵连。

时间不断向前飞奔,有的地方每分每秒都在发生巨变,有的地方却像是凝固般永恒如是。

那天魏晋从外面散步回来,刚踏进院子,阿禄就迫不及待地走了过来,对魏晋说:"魏哥,我找到一家公司了,他们对我们村子很感兴趣。"

魏晋一愣,说:"动作挺快啊,那好好努力,把握机会。"

那几天阿禄很忙碌,他挨家挨户地找村里的人,希望他们将自己的房子整理一下,能够被大老板一眼相中。

村里有人配合,有人反对,但是毫无例外地,大家都觉得这事不靠谱。这种鸟不拉屎的地方,有人愿意投资才怪。

过了没几天,阿禄领着几个人来到了潴村,领头的人西装革履,行走在潴村崎岖的石板路上,看起来格格不入。

那些人在村里四处转了转,就匆匆走了。

待那些人走后,阿禄兴冲冲回到家,等晚上父亲回来,他很自豪地跟父亲宣布:"他们觉得村子还行,计划未来在这里搞旅游康养。"

老人未吭声,过一会儿才缓缓说道:"房子没了,地也没了,根没有了,庄稼也不种了,靠什么生活呢?"

阿禄跟父亲争辩说:"你懂什么呀!旅游赚的钱可比种庄稼多多了。"

老人家不信,闷声闷气地说:"没听说把地收了,房子收了,还能有饭吃的,天底下哪有那么好的事?都像你整天游手好闲,等鸟拉下屎,早饿死了。"

"乡居康养深度旅游,这是新生事物,城里人争着抢着要来体验呢,给你说你也不懂,死脑筋。"阿禄嘟囔着。

"你当城里人傻吗?想来农村体验种地,吃糠咽菜?"老人家怒其不争，痛心疾首地对阿禄说道。

"城里人不傻，那魏晋大哥干吗来我们家住着不走呢？"阿禄反驳道。

老人语塞，屋里顿时陷入安静之中。

贰

那是离开上海后的第一站，他栖身于老城中的一家客栈，老城到处都是游客，到处都在改建开发，从早到晚，格外吵闹。

本来预备换一处地方，可是想了想，他还是决定先住上一阵子看看。

时光从来没有如此充裕过，反正不用上班，可以慢慢来，一切都不急。

魏晋的时间通常很规律，早晨沿着那条被磨得发亮的石板路向前，一直走到四方街，在街边的小馆子坐下来，花12块钱吃一顿丰盛的早餐，然后找个地方坐下来，等时光从街道的这头落到那头。

他通常坐着的地方，有一群二十多岁的年轻人，他们穿着传统服饰，列队跳着古老的舞蹈，边跳边用棍子击打出节奏，常常引来游客的阵阵欢呼与掌声。这是他们的职业，也是他们赖以生存的技能。

不远处，裹着花头巾的流浪艺人敲着一堆塑胶桶，敲打出节奏鲜明的类似玛祖卡风格的节拍。

歌手抱着手鼓，坐在各自的店门口，随着音乐敲打节奏，哼唱着民谣，吸引客人。

来来往往的人，将每一条街道都填得满满登登，不时因为拥挤而不得不停下来蠕动，像是过于臃肿的贪吃蛇。

沿街的溪流边，种满茶花与桂花树。这座城市没有四季，只有春天，以盛产艳遇而为人所称道。

这是一座渴望激情又渴望财富的城市，汇聚了天南地北的投资者，他们统一收购当地人的木屋，然后加以改建，形成客栈、酒吧、咖啡馆、食肆……又转手承包出去赚取差价。经过一拨又一拨的宣传造势，老城的禀赋被深度挖掘，无论是古老的建筑、花团锦簇的环境、舒适的气候，还是独具韵味的民俗，都吸引了大量的游客前来。

淘金者急于在这里快速致富，他们穷尽创意，将旧的事物只保留于躯壳，在一片片土地上建设房屋，然后等待游客和财富流水一般涌入。

日夜川流不息的游客，将粗粝的石板路表面踩得发亮，远远望过去，就像是一条条青灰色的溪流，奔腾于这座城市的各个角落，将五湖四海的人送到他们想去的地方。

有人在这里寻找艳遇，有人在这里寻找财富，有人在这里遁世隐居，有人在这里寻找故乡。这里接纳一切，又放弃一切。说各种方言的人来来往往，只有极少数真心热爱这里的人才会留下来，就如在故乡一样在这里驻足长留。

夜幕降临，这座城市又是另一种样貌，周围奔跑的孩童渐渐散去，打扮入时的女孩子三三两两在街头推销酒水。看到魏晋长时间在这里独坐，有女孩子过来，主动向他推销红酒。

他买了一瓶红酒，回手递给女孩子，女孩面露喜色，以为今天钓到了大客户，乖巧地坐下来，不肯再走。

女孩问他来自哪里。他回说："上海。"

女孩耸一下肩，做了一个夸张的表情，然后说："上海是魔都啊。许多明星都住在那里。我也很向往。"

他笑了笑，不置可否。

女孩实在无话可说，问他："你不想知道我来自哪里吗？"他摇摇头。

女孩尴尬一笑，然后自嘲说："其实来自哪里都不重要，此刻我们都是这里的人。"

女孩把那瓶红酒拿在手中把玩许久，才迟迟提议他能否再买一瓶，魏晋点头说："好。"

女孩笑得愈发明艳起来。她邀请魏晋去她那里坐坐，被拒绝，有些不明所以地呆看着魏晋，然后像是突然明白了什么似的笑起来，故作神秘地压低声音说："我了解。"

魏晋依旧笑了笑，未做回答。

女孩带着暧昧又遗憾的表情离去，离去时，留给他一张卡片，说："若是还需要酒，记得联系我。"

他依旧笑笑，待女孩远去，将手中的卡片揉碎。

已经住了两月，他对于这里开始厌倦。浮艳喧嚣的一切并不能让他获得平静。他不明白自己为何会相信传言选择来到这里。在这样热闹的地方，是找不到一块宁静的屋檐的。

叁

每周有两天，黄昏时，那个摆摊的女孩会来到这里。她穿波西米亚长裙，长发披肩，眼神干净清透，嘴巴微微嘴起，像是在调侃着什么。

她总是把手中的一块格子塑料布打开，铺在面前，然后将手工做的小东西摆在上面，有小颗粒的翡翠、陶瓷珠子，还会有一些和田玉、南红小挂件，都是用边角料打磨出来的。她半蹲在那里，用各色绳子做成绳结，搭配上那些小物件，摆在塑料布上卖。

她的生意不算很好，年轻人更愿意去挂着木牌的店铺里购买银饰，只有少数年轻女孩会喜欢她的手工编织，从卡片里选一种款式，站在旁边，等她现场编出来。

她非常耐心，不急不躁，只专注于自己手中的工作，无人的时候依然如此，就像编织是她全部的事情。

除了与顾客简单交流，她几乎不说话，只手指如同舞蹈一样，飞快跳跃。

他偶尔看到她被同行欺负，有人故意踩到她的塑料布上，将她的手工丢出去，挤占她的位置。她总是不吭声，就像那是别人的事情一般，弯腰将东西捡起来，整理好，再摆回去。

每次卖到深夜，直到街上没有什么人了，她才会站起来收拾东西预备离去。离去前，她会起身弯下腰将塑料布上的东西一一收起，棕色长发如同融化的巧克力般顿时滑落下来。她收拾好后便翩然离去，一如惊鸿照影。

待她远去，魏晋也会返回。

在游客眼中，他是身穿狼爪外套，气质卓然，在老城悠闲度日而又来历不明的男子。这样的人不在少数，大多已经实现了经济与人身的双重自由，每天固定来同一处地方，在同一家餐馆吃饭，同一家咖啡馆喝咖啡，规律且自律。

他的寡言与淡漠终究引起一些人的关注，一位知名旅游博主在他的文章中提到他，将他描述为在老城收敛时光的隐士，英俊而神秘，应该有很多故事。在他的博文里，他称魏晋为忘川河的隐士。

在大多数人眼中，摆摊的她是生活窘迫、在城市边缘艰难求生的流浪者。很少有人关注她的一切。她用手艺换取微薄报酬，每周会固定出现在同一处地方。

他们都是这座城市的一分子，却是两个截然不同的世界的人，除了同样的城市背景，不会有任何交集。

但是对于这座城市来说，以及无限浩渺的时空来说，他们并无差别，都只是途经此处、短暂歇脚的行人，随时会来，也随时会消失。

肆

村庄的历史可以追溯到两千多年前的古滇国。

古老的房屋因多为木石结构得以在岁月中挺立不倒，它们像是化石一样，见证着岁月的变迁。或许曾经有过辉煌，或许从第一个人在这里安家落户，这座村庄便一直寂寂无名地隐匿于崇山之中，除了那些在这里生活的人，大多数人对这里的一切一无所知。类似这样的村庄很多，它们是一小群人的宇宙中心，是一大群人的荒远之地。

每天为民老汉雷打不动地弓着腰，背着背篓去田地里干活。因为离得太远，背篓里装着午饭，通常是煮熟的土豆，极少的时候，会带上竹筒饭。他没有退休金，只能依靠子女或者自身的劳作来度过晚年，所有生活支出都寄托在那些嵌于山谷间的小块田地里。

他的背被时光越压越弯，低着头走，看到的都是土地，而不是天空。他活得平凡而知足，几亩薄田，虽然产出有限，可是他每浇一次水，每锄一次草，每松一次土，土地都会给他回报，虽然那回报并不能让他的生活更富裕，可也不至于挨饿。

为了老二的婚事，全家人省吃俭用又借了一笔钱，硬是又盖了两间房子。为了还账，老大去外面打工，为民老汉自己撅起屁股努力种地，期望早日还上欠款。

他相信只要还完外账，再攒一笔彩礼，给老二娶回媳妇，就算了了任务，他也就能歇一歇了。

不知为何，连着几个月老大都没有寄钱回来，也联系不上。自己的药可以不吃，但是化肥不能不用，种子也不能不买。

还有老二，他并非不能理解老二，若是换成年轻时候的他，大约不会比老二目前这个状态更好。他那会儿多年轻啊，天不怕地不怕，敢爱敢恨，如今虽说才五十多岁，可是已经老到像是这一辈子快要过完了一般。再想起年轻时的事，遥远得简直如同上一世。

这么多年过去了，日子依然紧巴巴的，他的生活也从来没有变过，就像一个又一个轮回。

老二曾经是多好的孩子啊，可是现在，实在让人不知该说什么好。老大也不省心,出去这么久都不回家。有传言说,老大媳妇跟一个包工头跑了。

这话他可不信,老大媳妇是多好的女人啊,又勤快,又孝顺,在家里的时候,里里外外都是一把好手,怎么会出了门就变坏呢?离婚这种伤风败俗的事,绝不可能发生在老大两口子身上。兴许等攒够钱他们就一起回来了。他这么想着,将背上的背篓又朝上推了推,佝偻着腰继续朝山上走去。

伍

她并不是传统意义上的美女,她太过瘦削,瘦削的脸上棱角突出,看起来坚韧且冷峻。这样的面孔,更适合男性。

女孩斜靠着一棵树,坐在塑料布的一侧,耐心地一边编织,一边等人来询问。她沉浸其中,似乎整个世界上最紧要的事就是编织。她专注而平静的神情,让平凡的面孔上,有了不一样的光华。

有时她会小心地从塑料布上起身,从随身带的包里掏出杯子,随手在河里舀起一杯水,一口气喝完后,又舀上满满一杯,塞进包里。

魏晋久久地看着她,终于下定决心,走到她旁边,对她说:

"结束的时候,可以请你一起吃饭吗?"

女孩诧异地抬头看他,虽不解,却并不惊慌,然后点了点头。

魏晋并未想到她会答应得如此爽快。等她收好东西,星辰已经漫天,古老的小城灯火通明,音乐声从酒吧里飘出来,歌舞升平,恍如白昼。他带着她向夜市的餐馆走去。

坐在餐馆里,她依旧不太说话,她似乎对周围的一切都不太感兴趣,淡淡地说话,淡淡地忙碌,淡淡地生活,淡淡地存在。

魏晋心想,她的名字应该叫淡淡才对,只是话到了嘴边却并未说出。

女孩的眼睛清澈透亮,当她的目光直视魏晋的时候,魏晋能感受到一股清冽的光芒似乎将他的五脏六腑看得一清二楚。

农家餐馆的菜上来了,女孩拿起筷子,并不客气,无声而专注地进食。

风从湖面上穿过,将水腥味也一并带来,湖水在灯光下明灭闪烁,朦胧如梦。

他们都是寡言的人,魏晋莫名觉着这场景分外熟悉,他忆起一段往事。

陆

那是魏晋在天上不断飞行的两年,他像是一只没有脚的鸟一样,在天地之间不断迁徙着,累了,就委身云端休息。

他不记得去过多少国家、多少地区,只记得最后一站是布拉格,那座诞生过德沃夏克与米兰·昆德拉的中欧城市。在老城广场,他坐在扬·胡斯雕塑下看流动的人潮,看被脚手架围起来的工地、正在修补的古老房屋与地面,听到天文钟楼传来的钟声与四人乐队的即兴演奏混合成滚滚声浪。

不远处,海鸥从伏尔塔瓦河上展翅掠过,一层层的云紧贴查理大桥一动不动。

这时,一名矮小的捷克男子扛着两根木棍,向他走来,对着他诡异一笑,用沾满肥皂水的绳子制造出无数彩色气泡。

气泡围绕着他上下翻飞,然后缓缓上升到空中,瞬间破碎,幻化成冰凉水滴。

米兰·昆德拉曾说:"迷途漫漫,终有一归。"

他忽然愣住,不知身在何处,也不知要去往何处。

整个世界热闹非凡,却又孤寂如磐。他突然不想再继续飞了,只想在某个地方停下来,收敛自己生命中的轻与泡沫。

他感受着自己身体上的那个透风的裂隙,那个时时让他焦躁且难受的裂隙似乎越来越大了,并没有因为时间和不断漂泊得以弥合。

他用了那么多年时间,赤手搏天下,只用了一个下午的时间,便决然放弃所有。此刻,他想要摆脱的是内心深处的空旷与迷茫。

这是他离开上海后的第一站,他知道,这绝不会是最后一站。

柒

人类的好奇心究竟来自哪里呢?在三个终极命题里,宇宙起源、生命起源、意识起源中,大约唯有意识起源最微不足道,却又最为神秘。在我们的意识中,有七情六欲、三垢八苦。那些纷繁的欲望与纷乱的意识究竟来自何处?最终又消弭于何处?

而我们自以为文明高度发达、不断进化的今天,又为我们带来了什么呢?

这些都是此时无法解答的问题,却又是实实在在的问题。

魏晋望着女孩说道:"我叫魏晋,你呢?"

"Zero。"

坐在 Zero 对面,魏晋盯着对面顶着一盏夜灯的建筑工地,那里正在大张旗鼓地装修老房子,像是对 Zero,又像是对着自己喃喃说道:"古老事物正在迅疾逝去,有一天,我们可能再也无法看到百年以上且保存完好的房屋以及古老而拙朴的生活方式了。世界趋向于同质化,一切越来越相似,城市如此,生活如此,衣食住行如此,教育如此,思想如此,审美如此,甚至连样貌也越来越相似。"

Zero 耐心听完,说道:"许多普通人渴望这样的同质化来让生活获得改善,他们没有更多的希望,只能寄望于自身独有的禀赋或者资源被发现,成为资本青睐的对象。对他们来说,那不是美好事物的逝去,而是幸运获得的新的希望,让一切有了发生剧变的可能。"

魏晋说:"我离开熟悉的城市与熟悉的环境,来到这里,想要让自己的内心安静下来。事实上这座城市喧嚣浮躁,与其他地方并没有不同,我也始终无法真正安静下来,可能接下来会换另一个城市。"

Zero 说:"你没有去过大山深处的村庄,我建议你去住一阵子。那里非常安静,那种日出而作、日落而息的简单生活,会让你看到生命的本质。在那里,你会知道如何安顿自己的身心。"

魏晋说:"我不能确定是否能将浮游于半空中的自己放回地面。我从一种喧嚣跳跃到另一种喧嚣,本质未曾改变。无论是职场,还是这里的闲居生活,都是无端的消耗。我想寻找一处可以放置身心的安稳的故乡,最后越走越远,却始终一无所获。"

Zero 说道："我一直以为人生中有些事物是注定了的，无须刻意寻找，有些东西会自动前来寻找你。来或者去都不由自己做主。当我们在幼时的梦境中，梦到从未见过的陌生东西，又在长大之后蓦然遇见，就应该坚信那些怀疑过的无从解释的东西自有它天然的合理性，并学会接纳它始终存在，与我们并行。

"我出生在边疆，父母亲是土生土长的当地人，我说的土生土长是我的家族已经在那里生活了好几代，我自然也是那里的人。我们居住的地方天高野旷，雄浑壮美。

"我是我们家唯一的孩子，从小到大，父母竭尽所能供我读书。在我考上大学那天，父亲母亲炒了一大桌菜，他们特别高兴。晚上一家人坐在一起吃饭的时候，父亲和母亲端起酒杯，对我说：'读完大学，不要回来了，就留在内地工作。等我们两个老了，就去那里生活。'我当时非常震惊，我不知道我的父母为什么会这么想。我开始以为只有他们有如此想法，后来我惊奇地发现，在我生活的地方，许多父母都有这样的想法。让孩子离开那里，走出去，再也不要回来。可是我不太明白，那是我的故乡，那么美丽的地方，为什么父母亲不想让我继续在那里生活，为什么想让我离开呢？"

魏晋听着 Zero 的话，内心非常震动，却又不知该如何回答。他问："你决定彻底离开了吗？"

Zero 握着杯子，手指因为太过用力，关节有些泛白，许久之后她的手松弛下来，然后缓缓说道："我离开不是因为我父母想让我离开，而是因为我自己的想法。我们终其一生，想要寻找的精神故乡，并非是简单的生于斯、长于斯的地方，而是此心安处。"

魏晋想了想，像是下定决心一般说："那你建议如何做？"

Zero 抬起头望着他说："去潽村。"

捌

阿禄从父母住的那栋房子慢悠悠地晃出来，穿着拖鞋，嘴里叼着烟，脸上有说不尽的落寞与疲惫。

看到魏晋，上前打声招呼。

魏晋问："阿禄，要出去吗？"

阿禄点了点头，然后径直走出了院子。

老太太正在收拾屋子，阿卓跟在她身后，她扫到哪里，阿卓跟到哪里，嘟着嘴，也不闹腾。

魏晋喊阿卓："阿卓怎么了呢？过来，到叔叔这里来。"

阿卓依然嘟着嘴，不搭理人。

老太太一边扫着地，一边说道："阿卓闹着要爸爸妈妈，可是他爸爸妈妈在外面打工，不知几时才能回来。"

魏晋过去牵阿卓的手说："阿卓乖，跟叔叔一起去田里，给你抓蚂蚱。"

阿卓却将手抽回来,又向后退了退。

魏晋又说:"那去捉小鱼。"

若是平日,阿卓听说抓小鱼就会立刻来了兴趣,屁颠屁颠跟在魏晋后面。可是今天阿卓依然不吭声,依旧嘟着嘴,跟在奶奶后面。

魏晋也不知道如何处理,他叹息一声,转身回到屋里,拿了一件衣服,向潏河边走去。潏河一如既往,波澜不惊地流淌着,河水在阳光下闪耀着银色光芒,细小的浪花在河面闪烁跳跃,宛如光带。魏晋找了一块大石头,爬上去,将身子躺平,仰望着天空。

午后的阳光平铺在石头上,将他整个包裹了起来,浑身上下暖洋洋的。他感觉到一阵倦意,干脆将手臂塞在脑袋下当枕头,闭上了眼睛。

当山风吹过来的时候,他猛地打了个冷战,蓦然醒了过来。

日已西斜,太阳像一个充气过度的橘色气球,不断膨胀着,终于在最后的一刻,"砰"的一声,瞬间炸裂,炸出漫天橙金、鹅黄、绯红、绚紫的碎片,将半边天空映得斑驳绚烂。

寒意让他一阵哆嗦,他赶紧翻身趴下来,向着潏河流淌的方向又张望了片刻,顶着破碎落日,向村子走去。

还未走进村子,魏晋就听到一阵吵闹声,循声去看,为民老汉正在跟人争吵着什么。魏晋加快步子走近前，只见为民老汉罕见地挺直背，指着村里另一对老夫妻怒骂道："这样的谣都造，不怕下拔舌地狱吗？"

那对老夫妻不服气地回骂道："一起打工的人谁不知道？做得出离婚这样的丑事，还怕被人说吗？"

为民老汉皱纹密布的脸涨得通红，他颤抖的手指着那两口子，嘴唇抖动着说不出话来，然后白眼一翻，猛地跌倒在地。

看到闯了祸，那对夫妻互相看了一眼，赶紧退回家里，将大门紧紧地关了起来。围观看热闹的人蜂拥而上，去扶为民老汉，掐人中的掐人中、拍后背的拍后背。有机灵些的，飞奔着去通知阿禄。

等阿禄赶来，为民老汉的一口气已经缓了上来，却还是不能动弹，胸口像是被装了风箱般，呼哧呼哧扇动着。

大约路上喊阿禄的人已经大致说了事情经过，所以阿禄顾不上管父亲，先赶着在那家的大门上狠狠地踹了两脚，才奔到为民老汉面前。

为民老汉脸色难看，颧骨像是涂了胭脂般紫红。阿禄紧着喊了两声，见为民老汉不答应，便猫下身子，在魏晋的帮忙下，将为民老汉背在背上，想要去山外挡车子去看病。刚走两步，便觉着父亲在抓他的后背。他扭头去看，只见为民老汉用尽力气，挣扎着对他说道："不去医院，回家。"

阿禄还欲往山下走，为民老汉怒瞪着一双眼睛，拼命挣扎着。阿禄看实在拗不过，背着为民老汉转身又回到家里。老太太哭哭啼啼在家里守着，跟阿禄一起将为民老汉放到木床上，又继续哭起来，本来就焦躁的阿禄更加焦躁，却又束手无策。

为民老汉双眼紧闭着，肺部传来巨大的响声，每一下都撕扯得人心惊肉跳。

阿禄还是想要送他去医院，可是一提起来，本来昏昏沉沉的为民老汉就会立刻惊醒，艰难地比着手势，摇头拒绝。匆忙间，阿禄想强行动手，为民老汉用力拧着头，恨恨地说道："你若是孝顺，喊白大仙来。"

阿禄无法，跺跺脚，还是跑了出去。

大约三四个小时后，阿禄带着一位胖乎乎的中年男人匆匆赶回来。看到他，魏晋不由好奇地瞪大眼睛。在他的印象里，这类被称为大仙的大神，多多少少得有些仙风道骨，可是眼前这位白大仙却健壮油腻，看起来实在没什么仙气。

只见白大仙一阵摸索，从口袋里摸出一个红色的纸包，倒出一些药粉给为民老汉。待老人家吃下去后，他在屋里屋外四处看了一圈，吩咐阿禄去抓一只大公鸡。

等阿禄抓来公鸡，他用一只手抓住，用刀子划开鸡脖子，鸡血立刻涌了出来。

他拎着鸡，在屋里来来回回走了几遭。然后将那只鸡带到了屋外，用力丢了出去。又折回来，掏出一包黄色的粉末，顺着刚才的路线撒了一遍。撒完之后，不知从哪里抽出一把桃木剑，开始上蹿下跳，嘴里叽里咕噜念叨起来。

等忙完了，他停下来，收了剑，擦擦额头上的汗说："我已经赶跑了狐仙。接下来是否能好，就看老汉的造化了。"

老太太满脸敬畏地从怀里哆嗦着掏出两张红色的钞票递了过去。白大仙接过去，转身离去。

老人依旧脸色蜡黄地躺着，但是不知是否是心理起了作用，症状似乎减轻了一些，有了一些精神，不再缩成一团。

老太太和阿禄守在旁边，满怀期待。

魏晋叹一口气，作为外人，不好说什么，于是回到自己的屋里。

第二天一大早，魏晋还未起床，就听到老太太的惊呼声。他赶紧爬起来穿好衣服，来到了隔壁。只见地上吐着一大摊血，老人家面色蜡黄，不断抽搐着，看起来奄奄一息。

魏晋见状催促着阿禄赶紧送医院。阿禄这时不管不顾，抹一把泪，背起老人家，向外跑去。魏晋在后面跟着。

好不容易下了山，挡了一辆路过的车，老人家被送到了医院。

魏晋和阿禄急切地守在急诊室。值班医生大致检查之后，开出一大沓检查单递给阿禄，示意他去缴费。阿禄抓着一沓检查单向缴费窗口走去。过了不大一会儿，又走了回来。

阿禄走向医生，吞吞吐吐地说："医生，能不能少做几项检查，我没有带那么多钱。"

医生看向阿禄说："看病不带钱，不做检查，那还看什么病呢？"

"医生，那能不能先给我阿爸看病，我回头把钱补上。"

医生不耐烦地说道："不检查怎么看病？医院有医院的规定，都像你一样要求，医院大概早就关门了。要么赶紧去拿钱缴费，要么就拉走。"

阿禄呆呆地站着，一脸无奈。

魏晋想了想，走了出去，不一会儿走了进来，手里握着一沓钱，递给阿禄说："这点钱你先拿去给老人治病。"

阿禄接过钱，感激地看了看魏晋，然后深深鞠了一躬，转身去缴费。

在折腾了一夜之后，近午时分，老人在病房中醒来，看了看四周，脸上立刻现出惊恐与愤怒。他的喉咙中发出含混模糊的声音。阿禄赶紧起来查看。

看到阿禄，老人用浑浊的眼睛狠狠地瞪着阿禄，口齿不清地说："谁让你把我送医院来的？"

阿禄赶忙说："阿爸您安心治病，别多想。"

这时魏晋闻声也走了过来，看着老人劝解道："大叔既然来了就安心治病，其他事您就别操心了，抓紧先把病治好。"

老人复杂地看了阿禄一眼，喃喃地对阿禄说道："如果你是我儿子，就立刻带我回家。"说完，紧紧闭上眼睛。

阿禄的眼里溢满泪水，他转过身，无助地看着魏晋。魏晋安慰他说，还是别管其他的，先把老人的病治好再说。

然而，像是知道阿禄的心思，老人自从说了那番话之后就不肯再睁开眼睛，也不肯进食，连医生的检查也不配合。

这样度过了三天，眼看老人越来越虚弱，阿禄打定主意，对魏晋说道："我还是带阿爸出院吧。"

办好手续，阿禄又雇了一辆车拉着老人。回来的路上，他抱着昏睡着的父亲，不发一言。当车子走到山下的时候，阿禄突然说："其实我知道我阿爸去年得了不好的病，他怕花钱，一直不肯去医院治疗。"

魏晋安慰他说："你不要自责，有些病，即使治疗，康复概率也很小。"

阿禄突然哭了起来，他将头埋在父亲身上，身体无声地抖动，泪水很快将父亲的一大片衣服打湿。良久，阿禄抬起头，哽咽着说："是我不好，我没有机会读大学，觉得活着没意思，破罐子破摔。如果家里有钱，阿爸也不会这样了。"

魏晋劝道："事已至此，往前看吧，一切总归会越来越好的。"

阿禄抬起泪水狼藉的脸说:"来不及了。即使有钱,我也没有机会救我阿爸了。"

魏晋只觉着心里一阵压抑,却想不出话来安慰阿禄,只能用力拍拍他的肩膀,长叹一声。

回到家里的老人,也只熬了三天。疼痛很厉害的时候,即使打了杜冷丁也不管用。老人家像一只大虾一样,缩成一团,将腹部紧紧按着,以此来缓解疼痛。最后实在受不了的时候,只能每隔两个小时,由阿禄打一针杜冷丁来止痛。

最后一天,他似乎不再疼痛,而是安静地躺在床上,双眼死死地盯着门口。老太太坐在他的床头,将手覆在他的额头上试探了一下,然后放下来,轻声问:"你是想老大了吗?"

老人不语,倔强的眼睛依然呆呆地盯着。老太太心疼地攥住他布满老茧的手,轻轻摩挲着说:"已经联系到老大,打过电话了,现在已在路上,快回来了。"

当夜幕开始降临的时候,老人终于收回了目光,他平和地看着周围的一切,脸上现出一团艳丽的红晕,想要说什么,却终究没有说出来,便溘然长逝了。

老人至死都没有等到老大回来。

村里人传言,他被拐卖到黑砖窑了;也有人传言他媳妇跟有钱人跑了,他受了刺激疯了。无论是什么样的传言,总之,他像是彻底地从这个世界上消失一般,再也找不到。

家里人尝试过各种方法联系，却怎么也联系不到。

老人家与老大的离去，对于这个世界来说，就像是露水从树叶上蒸发一般，悄无声息，完全无足轻重。

这座古老的村庄，没有因为一些人的离去而产生任何变化。泥土照样裸露着等待播种。庄稼树木、飞禽走兽，街坊四邻也各安其命。村民们继续日出而作、日落而息地生活，除了一些人就此消失不见，一切毫无影响。

阿禄办理完老人的后事，久久缓不过来。他的眼神迟钝且黯淡。每天一大早吃过饭就背着父亲背过的背篓去山上侍弄庄稼，至晚方归。老太太依然做饭、打扫、照看阿卓。

魏晋想要找机会跟阿禄好好聊一聊。那天他等在阿禄每天来回的路上，终于在黄昏时等到阿禄回家。他站在石板路中间挡住他的去路。阿禄惊异地望着他，然后低下头想要绕过去，却又被魏晋拦了下来。

阿禄像是知道魏晋想要做什么似的，将头用力低下去，然后闷声问："谈不谈会有所不同吗？"

魏晋说："难道你预备一直这样下去吗？"

阿禄说："那你告诉我要如何来做？"

魏晋说："有许多事可以做，你还年轻，一切皆有可能。"

阿禄沉默了片刻说："这里太穷了，没有人愿意来这里投资。上次那群人是骗子。除去出门打工，在地里刨食，最后我只会跟我爹一样。可是我打工去了我妈怎么办？阿卓怎么办？"

魏晋说："总会有办法的。"

阿禄冷笑一声说："安慰人的大话谁都会说，但凡有办法，也就不会变成现在这种局面了。"

魏晋看着阿禄，一时无语。

转眼一年将过。一日，阿禄早上没有去田里，而是跟所有村民一起等着什么。一直等到午饭时分，才见乡长陪着几位陌生人走进村里。乡长陪着那几个人在村里四处走着，不时停下脚步指指点点，一直到等天快黑了，一行人才匆匆离去。

晚上吃饭的时候，阿禄神秘而又激动地对魏晋说："乡长带来的那些人预备签约了，马上要拆迁。"

魏晋问："怎么会是拆迁？老房子都不要了吗？"

阿禄说："不要，要拆了重新改建。我听他们说，要建得高雅上档次，突出静谧的现代田园风格。"

说完，阿禄像是陷入了遐想中，脸上浮起一阵傻笑。

这里的自然环境确实适合养生。细雨过后，群山如同浣洗过一般，青碧葱茏，空气中充满木芙蓉与三角梅的清香，氧气充沛，温度适宜。可是被山峰围困，交通很不方便。

也许有人愿意投资是好事吧。虽然那些古老的房屋，它们如同凝固的相册，记录着这座村庄的历史以及时光的变迁，也承载着一代代人的原乡记忆，它们本不应该就此消失，而应该被珍视保存。可是对于村民来说，改变才意味着希望。那些破旧不堪的老宅子，已经无法支撑起崭新的希望与梦想。

比起村庄的命运，大部分人更在意的是生活的改变。他们太穷了，急需借助外力来实现质的飞跃。没有任何人有权力阻止他们过更好、更舒适、更现代的生活。这样的好事对于他们来说，如同溺水时的救命稻草。

就像 Zero 在电话里说的："这已经算情况好的了，你未见过那些更贫困的。"

是的，还有更为贫困的，那是泸沽湖边的古老村庄。光着屁股的孩子住在用草帘子围起来的四面透风的窝棚里，家徒四壁。他们每天的食物是地里刨出的土豆，一直吃到长出绿芽，剜掉，继续吃。他们的衣服破到难以蔽体，很多半大孩子光着屁股光着脚四处跑。对于他们来说，能填饱肚子就是世界上最幸福的事情。

选择什么样的活法对他们来说是遥远而又奢侈的事情，如何活下去才是首先要面对的。

但是即便如此，依然有不认同的声音。

曾经有一次，他在一次闲谈中问为民老汉："大叔，如果让你将房子卖了，搬到城里去住，是否愿意？"

老人坐在门槛上，听了魏晋的问题，将身子低下去，抱住自己的膝盖，将两只粗糙大手放在脚背上，来回摩挲着，像是在思考。片刻后，他抬起身子，说道："对于阿禄和阿卓来说，这当然是好事情。但是对于我来说，我宁可守着老房子，守着那片庄稼地。庄稼人，有地才有根，有根心里才踏实。"

魏晋相信，这是大多数生活在乡村的人的共同心声。但是，对于美好生活的向往不也是他们共同的声音吗？

究竟哪个是对的，哪个是错的呢？

也或者，这样的选择与矛盾没有对错。每个人的愿望虽然不同，但是，希望自己祖祖辈辈生活的故乡能够变得越来越好，自己的生活变得越来越好，这一点绝对是一致的。

"好"没有固定的模板，但是可以用一些朴实无华的词语来进行评价，譬如富裕、和谐、平等、安定、健康、幸福等等。千百年来，这样的标准从未变过。

对于时光来说，一切终将消失无踪，但是，有些东西也一定会留下，留下深深的痕迹。

第四章

回到喀什

满宫花

雪在前,春在左。闲与白云同座。
喧嚣巴扎暖人心,梦暖市集鞍驮。
归去来,还婀娜。彩袖弦音轻作。
时光干净自无尘,岁岁东风亲我。

壹

"你是否觉得人生飘荡如尘,没有依归,不明来处,也不知去处?"

"设问来去一直是哲学的重要探索方式。对于个体来说,此在即在,心在身在。"

坐在老城的四方街,魏晋低垂眉眼,尽力压制着心中的黑洞。他觉着那块深不可测的洞穴越来越深,也越来越可怕,像是要将他拖入黑暗的谷底。

"我一直以为走到越远、越陌生的地方,无须再追名逐利,便会获得平静与幸福。其实不是这样。"魏晋说道。

"旅行可以体验更多事物,在陌生化中扩容自身的识见,但是不代表旅行可以疗愈所有。"Zero 说。

"也许你说得对,当陌生化的生活场景越来越少,旅行提供的体验也趋向于同质化。这里与那里并无区别,一日与另一日也并无区别,人生的多少与长短不再具备实际意义,没有成长也没有改变,不知道此时的意义究竟是什么。"

"人生拥有不同的经历与体验并非为了明白什么道理,或是获得什么样的提升,而仅仅只是你需要在此阶段去感受,像是某一个器官一样,如皮肤感觉冷热,舌尖感受五味,心脏感觉疼痛,大脑感受七情六欲。若你经历种种,并感受到种种,本身就已经跨过了之前那道河流，已经抵达彼岸。

"我不以为我到达了彼岸，我在走完所有想去的地方，见完所有想见的人之后，内心反而更加迷茫。我离开学校又离开春申，以为自己放弃一种生活状态就会获得新的状态，达成自洽与满足。但不是的，我发现事业上的成就与内心的平静毫无关系，潜藏的缺失像是一个隐秘所在，不知终始，郁郁寡欢，难以自愈。"

"那你下一步有什么打算？还会继续走一些地方吗？"

"我不知道，目前还没有新的计划。"

"何不回喀什看看呢？"

魏晋愣在那里，思绪万千。

长久以来，他不是不想，而是不敢。那种近乡情怯，让他四处漂泊，却唯独无法踏上回乡之路。

这些年，他一直觉得自己的意识中有一个黑洞在不断扩大，这样的感受让他异常恐惧。那是来自对自己与一切的深深厌倦，无论将什么投进去，都不能产生光热，无论什么进入都会跌入无尽的黑暗之中。

他渐渐变得焦躁，对自己充满不信任，也对一切意兴阑珊。

或者Zero说得对，何不去喀什转转？也许，那片足够辽阔的被称作故乡的土地，可以覆盖黑洞。

九百多年前，那个跟随被贬的王定国来到岭南的歌姬柔奴，在一次宴会上语气轻柔，却又异常坚定地对喜欢提问的八卦青年苏轼说："此心安处是吾乡。"

"心安"这个词和故乡绑定在一起，看不到摸不着，却让极虚的词落在了坚硬的实地上，有了金属般的坚实质感。

那是每个人都需要找到的安置心灵的一方土地，有时是出生之地，有时是梦想之地，有时是有爱之地，有时只是传说之地……以至于很难用一个单一的词来界定它的归属。

但是总有这么一个地方，存在于这个世界的某个角落，让你心安。

喀什对于魏晋来说，也是故乡，如同父母的出生地上海。

而他去喀什，也是返乡。

从虹桥机场起飞的波音737满载着236名旅客，即将飞往喀什。而这群旅客中，有多少人是回到故乡，又有多少人是去往远方呢？236张绝不相同的面孔，不同民族，不同省份，甚至不同国度，揣着不同的目的，带着不同的情绪，在同一时间去往同一处地方。

魏晋坐在靠近舷窗的位置，一路上，中间座位上的男子一直抻着头越过他向窗外看着，大约是第一次去喀什，所以一边看，一边对窗外的山峦云海不住发出惊叹。

魏晋将头转向窗外，混沌的云层从脚下分开，大地看起来广阔而静谧，在七月炙热的阳光下，高山、荒漠与绿洲交替出现，对比强烈，令人震撼。

越过天山山脉的时候，可以看到舷窗外巨大褶皱层叠堆积，覆盖皑皑白雪的山峰在机翼下发出旷古的苍凉，缠绕的云团从山谷中盘旋上升，气流让飞机不断产生剧烈震动。

这也是魏晋第一次观察天山。他曾无数次盯着新疆"三山两盆"的地图寻找故乡的位置，如今脚下的那一道山脉，正是天山。天山在中间将准噶尔盆地与塔里木盆地分开，北望阿尔泰山脉，南眺昆仑山脉，三山余脉在克孜勒苏柯尔克孜自治州的乌恰县汇合在一起。山脉交汇处的东面，就是喀什。

大约一个小时后，随着飞行高度的降低，脚下的景色渐渐拉近。大地广阔无垠，一如画布，苍褐的是戈壁滩，黄色的是沙漠，绿色的是绿洲，蓝色的是河流与湖泊。在飞机降落前的巨大颠簸中，魏晋定睛看着外面的一切。在无数次的凝视中，这是他第一次真正俯视喀什，他坐直身子，按捺着心中莫名的紧张，等待踏上这片熟悉而又陌生的土地。

当飞机停稳，嘈杂声立刻充斥了整个机舱。机舱的门还未打开，提着行李的人便挤满过道，排队等待下飞机。魏晋安静地坐着，内心被起伏的潮流撞击，心脏擂鼓一样狂跳，像是要从身体里奔突出来。他莫名紧张，手心里攥出汗来，身体因某种不可知的原因，变得紧绷僵硬。一直等到人都走完了，魏晋才抓起行李，最后一个跨出机舱。

站在舷梯上，七月的风向着他吹过来，带着干燥而又厚实的泥土气息。他仰起头，去看头顶的天空，瓦蓝瓦蓝的一片天，像海水一样柔润而澄净。薄薄的云在低空中疾奔，奔向远处的群山。在东边隐隐能看到一片蓝色区域，他努力辨别着。

小时候，父亲偶尔会带他去那里游泳。那里是一片水库，清凉的雪山融水从帕米尔高原上狂奔而下，汇聚成一条条河流与一处处湖泊。水流深处，盛产冷水鱼，不太大的鱼，因为水温过低，生长极其缓慢，肉质紧致而细腻。

那里的冷水鱼多到不用借助工具就可以抓到。父亲准备了一个空罐头瓶子，让他把抓到的小鱼放到里面。那些鱼并不慌张，即使被关在瓶子里依然不慌不忙地摇动着尾巴，但是奇怪的是，一周之内它们都会一条不剩地全部死光。

母亲有时会用小鱼煲鱼汤给他们，有时会煎一下。对于他和魏薇来说，那些都是人间美味。他还记得老乡也会卖一种鱼，不知是从哪里捕来的。一尺多长的大鱼被剖开，被红柳枝串起来，摆在铁架子上。四周是用木头围成的篝火，熊熊燃烧起来之后，那些鱼围着篝火散发出青烟，发出滋滋的响声。当鱼开始两面焦黄的时候，浓郁的香味远远地就可以闻到。烤好的鱼被撒上盐和孜然粉出售，每咬一口，都会被幸福的感觉灌满。

他的内心被回忆充盈着，却又充满不安，他不知道在这里还可以遇见什么。前些日子在潜村所经历过的那些令人悲伤的事情,似乎并未远离,那有别于他在喀什与上海的体验,甚至完全超出了他的认知,他不知道,当一切都在加速变迁的时候,还会有多少记忆中的痕迹存在。而那些存在的古老事物,是否依然令人心生温暖,印象深刻而美好?

走下舷梯,他背起登山包,迅速地走出到达厅。站在空旷的广场上,四处张望。

候机楼前的广场上,绿色的出租车排着长队等待拉客。看到他出来,司机热情地围拢过来。一个帅气伶俐的年轻司机一把抢过他的行李,用蹩脚的普通话说:"朋友嘛,坐我的车。"然后分开人群,向自己的车挤过去。

剩余的人见生意没了,"哗"地一声散开,又去争夺下一个客人。

他跟着那位年轻司机,被带到一辆半新不旧的出租车前。司机将他的登山包放进后备厢,让他先坐进去,等魏晋坐进去之后,司机却不急着走,将魏晋独自留在开着空调的车里,自己继续去抢客人。

不一会儿工夫,年轻司机就领着一位系着爱马仕皮带的中年男士走了过来。此人浓眉,肿胀的眼泡将一双小眼睛挤得几乎看不见,头上稀疏的头发在半秃的脑袋上绕了一圈,却还是遮挡不住头皮。他的头顶上冒着汗,一边说话一边用手抹着汗。他也和魏晋一样,被塞进车子后,就被无情地留在了出租车里。好在，空调一直开着，也还坐得住。

看车子迟迟不走，那个中年人警惕地看看四周，然后打量着魏晋，攀谈起来。

"你是第一次来喀什？"

魏晋礼貌地笑笑说："不是。"

这男子立刻露出感兴趣的样子，又看了看四周，问道："我是第一次来这里考察，真实情况究竟什么样？您别瞒我，我们两个可是修了百年才同船渡的。"

魏晋一时语塞，不知如何回答。想了想，谨慎地说："我已经离开多年了，对这里的情况并不是太了解。"

男子露出失望的表情，说："哦，原来你也不知道啊。"

凑够四个人，出租车司机便不再停留，启动车子，一脚油门蹿出去。

驶出机场大门，汽车像是挣脱束缚一样在马路上狂奔，一路上，左闪右避，速度丝毫未减。西装男子紧紧抓着门上的扶手，紧张地瞪圆眼睛。

在等红绿灯的时候，司机似乎遇到了熟人，不顾绿灯亮了、后面的喇叭响成一片，押着脖子跟对面车道的司机大声交谈着。西装男子认真听着，却一句也听不懂，所以满腹疑虑地看了看魏晋。看魏晋没有反应，于是自己硬着头皮催促起司机。两个人的聊天好不容易告一段落，车子也终于再次启动，再一次弹跳般蹿了出去。

车子将魏晋丢在一栋二层楼前,司机帮他拿下行李,收了车费,便扬长而去。

这是位于老城边缘的一栋砖混小楼,位置还不错,红色砖墙上挂着一块木牌,木牌上刻着一头雄壮的公鹿,它犄角美丽,背上驮着一位猎人,下面写着"猎鹿人青年旅社"。

踏进门,是一块不太大的前厅。前厅的角落里,一道楼梯通向楼上。进门处左手边有一块墨绿色留言墙,墙上贴着花花绿绿的不干胶,看样子时间有些久远,大部分已经颜色陈旧泛黄。右手是两排卡座,木头椅子上铺着厚实的手织麻布条纹坐垫,围裹着一个粗笨的铺了同款桌布的木桌。桌上有一个磕破边缘的淡绿陶罐。陶罐空空荡荡,看不出是用来做什么的。

正对大门的红砖墙壁上挂着一个硕大的麋鹿头和一个青旅的标志。鹿头下面是一个前台样的柜台,柜台上放着一台电脑和一盆干巴巴的多肉植物,一个人也没有。

魏晋将登山包放下,扬声问:"有人吗?"

声音回旋片刻,听到头顶传来声音问:"是魏先生吗?"

魏晋抬头,看到楼顶栏杆上,一颗戴着眼镜的大脑袋正居高临下俯视着他。

魏晋点点头,那个脑袋继续伸着说:"钥匙在墙上第二个挂钩上,你自己拿,206房间。"

魏晋抬头看去，看到墙上钉了一排木头挂钩，上面悬挂着一排带着塑料吊牌的钥匙，魏晋看了看，从上面找出编号206的，摘了下来。他留意到，几乎所有钥匙都挂在那里，看样子并没有多少人入住，生意似乎并不好。

他扬起钥匙，冲楼上依然探着的脑袋晃了晃，得到肯定答复之后，拎起行李向楼梯走去。这时头顶的脑袋已经消失不见，只远远传来男子中气十足的声音："您先住，回头我找您办下手续，需要什么来楼顶找我。"

206房在走廊的尽头，旁边是男生宿舍和女生宿舍，门没有锁，可以看到架子床上的被子大多卷了起来，只有两张床上的被褥是铺好的。

魏晋踏进自己的房间，仔细打量着。房间大约二十平方米，不太大，米黄色的墙壁上挂着一块颜色绚丽的挂毯，一个仿壁炉位于挂毯下部，一张原木床摆在靠窗位置。房间地面上铺着花纹繁复的瓷砖，瓷砖一块一块延伸到中间，扭结在一起，组成一朵硕大的花朵。

靠门位置有一个狭小的洗手间，洗手间的门也是原木色。魏晋探头进去看了看，一只蟑螂肆无忌惮地从他面前的洗手台上爬过，爬向马桶后面。

安顿好行李，魏晋顺着楼梯上到屋顶的露台。露台四周是一圈红砖矮墙，装点着彩灯和仿真花朵。顶部是一个木架，被色彩艳丽的艾德莱斯绸遮挡着。放在露台中间的是一个铺着毯子的硕大的木床。

四五个人正围坐在木床上喝茶。刚才那位探出头的也在,看到魏晋上来,他招了招手,热情地说:"辛苦了,辛苦了,来一起喝茶。"

魏晋的出现并没有打断他们的节奏,稍事寒暄,其他人继续讨论。魏晋在旁边听了听,这几个人在计划前往帕米尔的路线,其中一位拿着本子在记录。

"可以先去奥依塔克,然后去慕士塔格峰。路过喀拉库勒湖的时候,可以在湖边的柯尔克孜族牧羊人的帐篷里住一晚,第二天开车上一号营地。"

"喀拉库勒湖周边大部分是柯尔克孜族民居,第二天直接上一号营地,沿途会有塔吉克族的石头房子,也能借住。"一位戴着黑色宽边眼镜的男士说道。

"晚上可以住奥依塔克吗?我查过攻略,那里的冰川很不错。"其中有一位忽然开口问道。

"我不赞成你们住奥依塔克,也不赞成借住民房。"那位招呼魏晋的店主一边说着,一边给魏晋倒上茶。

大概以为魏晋也是背包客,店主说:"你要是上去,你们可以一起结伴,人多互相有照应,到了一号营地,就会遇到其他登山队,其中有非常专业的登山队,如果要登顶,最好跟他们一起。"

停了下，他又继续说道："慕士塔格峰的登顶难度虽然不是很高，但是因为海拔高、冰川较多、山顶气候多变，跟着团队比较有保障。"

慕士塔格峰魏晋听说过，却从来没有去过。小时候依稀记得父亲说过，那里的路非常难走，碎石盘山路，经常遇到塌方或者泥石流，一断就是十天半月不通车，非常危险。

一口气说完了，那位店主才转向魏晋说道："您好，魏先生。我叫老莫，莫须有的莫，单名一个问。"

"莫问？"魏晋问道。

老莫哧地一声笑了，说："对，莫问西东的莫问，大家都叫我老莫。"

魏晋也笑了。

"您也是来登山的吧？看您肤色就知道，只有常年玩户外的人才会有这样的肤色。"老莫歪头看着魏晋，啧啧赞叹地说。

魏晋有些哭笑不得，他的皮肤被晒成小麦色，是因为在漕河边晒了太多阳光。

老莫健谈，具备"社牛"的一切特征，热情至极，不一会儿两人就亲如失散多年的兄弟。

那四个人里有两男一女是来登乔戈里峰与慕士塔格峰的，还有一位是对民俗感兴趣的旅游达人。

交代完旅行攻略，老莫才像忽然想起什么似的问魏晋："吃饭了没？"

还未等魏晋回答，老莫就热情地说："出门右转，三百米外有家蓝鲸鱼，抓饭鸽子汤实在是一绝。"

正预备继续说下去，这时楼梯上冒出一颗扎着小辫的脑袋，一位看上去三十岁左右的男子没精打采地走了上来。老莫立刻跳起来，抗议道："艾热尔，你总算回来了，你再不回来我就预备关门去找你了。"

然后转向在座的几位说："这是我的合伙人，也是本店另一位老板，最帅的巴郎——艾热尔。"

大家好奇地盯着艾热尔。艾热尔礼貌地向大家问过好，然后坐下来。

老莫往里挤了挤，让艾热尔可以坐得宽松一些，说道："艾热尔是我的大学同学，毕业后我们一起创办了这家青年旅社。"

这时，那位旅游达人帮着补充道："我每次来都会住这里，他们二位是网络达人，旅游论坛上有很多关于他们二位的文章，你们可以搜搜看。"

老莫转头问艾热尔："这次顺利吗？"

艾热尔灰蓝色的小眼睛立刻黯淡了下来，垂头丧气地说："本来说好八个人，我去接的时候，只有四个人，一半不肯来了。"

老莫似乎也受到打击，发了会儿呆，然后拍了拍艾热尔的后背说，"没事，车到山前必有路。"

魏晋不知怎么回事，看那四位，似乎是知情的。

他的腹中忽然传出一阵轰鸣，他摸了摸肚子，说了声："肚子开始抗议了，各位先聊，我先出去吃饭了，回见。"说完挥挥手，溜达出了门。

走出猎鹿人，望着眼前的喀什老城与旁边的高台民居，魏晋只觉得熟悉又陌生。他记得小时候经常过来玩，一栋栋泥巴房子，迷宫一样交错着。

他记得老城下面有一条条纵横交错的防空洞，从靠近东湖边的一个入口进去，沿着那条防空洞往里走，就可以走到老城的中心位置，然后从某一家的院子里出来。

他顺着老莫说的位置找到蓝鲸鱼。相较于客栈的冷清，蓝鲸鱼似乎分外热闹。算日子正好是周日，逢着巴扎，人乌泱乌泱的，四五十平方米的店里挤满了人。

他往支在门口的大铁锅里看了看，大约还有小半锅抓饭，一位肚子凸起的大叔正在用盘子盛着抓饭，他将盘子探进锅里，用铲子填进去一盘抓饭，又从旁边铲起两块羊肉压在上面，递给旁边等着的小二。小二一手端抓饭，一手拿起一碗配好的萝卜丝，麻利地递给客人。抓饭配凉拌萝卜丝一直是标配，再配上茯茶或者酸奶，好吃又解腻。

魏晋找了一下队伍头尾，站在后面耐心地等待着。这时又陆续有人排过来，回头一看，只是一小会儿工夫，他的身后已经又排了五六个人。一个排在他后面二十来岁的瘦削的维吾尔族小伙突然被挤了一下，一个趔趄，差点摔倒。魏晋本能地伸手扶住他。这时猛地听到旁边一个女孩子大叫一声说道："哎哟，你踩着我了。"话音未落，用力将魏晋推向一边。猝不及防之下，魏晋被推得差点摔倒。魏晋稳住身形回头看，迎面看到一张小巧的瓜子脸，一双猫一样棕色的大眼睛正滴溜溜地闪烁着，一看就是不太好惹的样子。

魏晋头皮一紧，说了声对不起，留意着脚下，往旁边让了让。那个被他扶住的小伙子站稳后，深深看了那个女孩一眼，突然头也不回地快步走掉了。

魏晋不知他们演的是哪一出，有些摸不着头脑，只能将注意力重新放在排队上面。等轮到他，他要了一份羊腿抓饭，又加了一份"老虎菜"，找了一个空位置坐了下来。他对老虎菜印象深刻，小时候，母亲经常用洋葱（新疆叫皮牙子）、青辣椒、西红柿凉拌在一起下饭，这菜当地人称为"老虎菜"。小时候，他以为"老虎菜"是专门给老虎吃的菜，后来知道不是，不过直到现在也没想明白，为什么这道菜会叫"老虎菜"。

端上来的菜白绿红分明，魏晋努力在脑子中拼凑着过去的记忆，慎重地夹了一点塞进嘴里，却还是一阵呛咳。虽然不算太辣，却跟他这些年养成的清淡的南方胃并不兼容。看样子现在真是一点辣都不能吃了，魏晋有些自嘲地想着，一抬头，却猛地看到一张笑歪了的脸贴在他的脸前。

正是刚才推他的那个女孩，魏晋正了正容，坐端正了，将加了羊腿的抓饭往跟前拉了拉，摆出一副鬼神勿近的样子。然而却挡不住那个女孩子一屁股坐在他的对面，然后挑眉看着他说："大叔，你不谢谢我吗？"

魏晋一脸困惑，心想，现在的人怎么这么脸皮厚，刚差点推倒他，平白无故还要让人谢。对于魏晋的尴尬，女孩选择性忽视，继续说："要不是我……"

"谢谢啦。"魏晋冷冷地说。

一句话，堵住了女孩子的嘴。很显然，魏晋不欲争辩，选择了结束话题最直接的方法。

女孩瞪着眼睛，张着嘴巴，要说的话被噎得咽了回去。她瞪着魏晋，有些生气地说道："狗咬吕洞宾，不识好人心。"

看魏晋无动于衷地冷冷望着她，女孩怒哼了一声，拂袖而去，换到了另一张桌上。

魏晋加快速度吃着盘子里的抓饭。抓饭果然美味。饱浸油脂的米饭粒粒分明、充满弹性，羊肉软烂、入口即化，好吃到停不下来。三两下吃完一大盘抓饭，魏晋起身走到外面。看天色还早，他想了想，挡住了一辆出租车，让司机拉着他在城区转一圈。司机大概没听懂他说了些什么，只是茫然地盯着他，他用手画了个圈，比划着说："绕着，转一圈。"

司机露出一脸释然的憨笑，说："好的。"一脚油门，向前冲了出去。

城市的街景从眼前疾掠而过，过去未有过的高楼一栋栋映入他的眼中。这是一座趁着时代红利急遽发展的城市，一切方兴未艾，如同城市里到处悬挂的宣传牌上所写的一样：实现跨越式发展。

这也是无数其他城市曾经历过的一个阶段：一些值得借鉴的发展模式快速成为示范，不断被复刻出来，高速、有效、集约、相似。当达到量变后，方寻求质变，在其中再重新提炼地域特色。

而喀什的特色是否会被有效提炼呢？魏晋不知道。他的脑海中划过记忆中的影像，两相比对着。直到出租车戛然而止，才将他从沉思中拉了回来。

司机比划了一个到了的手势，魏晋掏出钱包付了款，钻出车来，猛然发现自己站在了喀什火车站。

这是他离开喀什时最后的记忆。父母带着大包小包，领着他和妹妹，挤在车站的人群中，缓慢地向前挪动着，等待检票进站。火车站变大了许多，但是基本还是原来的样子，尤其是车站广场周围的一行行垂柳，虽然长粗了不少，却依旧守在原地，纷披着枝条。

他有些恍惚,不明白为何司机会把他拉到火车站。看到出租车将他放下,却未走,而是停在路边等待拉客,他于是走过去问:"师傅,您怎么把我拉到火车站来啦?"

司机一脸茫然地看着他,看样子,他大约不懂普通话,自然无法理解魏晋说了什么。

魏晋无奈地摇了摇头,指指自己,又指指老城的方向,做了个往回走的手势。他钻回了出租车,在司机的一脸疑惑中,车发动了。

半小时左右,他又回到了蓝鲸鱼。魏晋不由一阵苦笑。

下了车,魏晋独自顺着老城西侧走了进去。

纵横交错的老城经过了改造,街道重重交织,如同一张蛛网。一些重要巷子口都标注了名称和地图,有些名字似乎很熟悉,可是看上去却格外陌生。房子都是新建的仿旧传统土木结构民居,若不仔细看,根本看不出来里面是钢筋铁骨。

一路上并没有太多游客。这里太过偏远,并不为大多数人所熟知,除了一些旅游达人会慕名远道而来,感受不同的民族风情,剩下的便是大量前来登山的驴友。他们大多携带昂贵装备,在专业向导的带领下组成登山队,攀登有世界第二高峰之称的乔戈里峰。或者退而求其次,攀登有"雪山之父"之称的慕士塔格峰。

老城的路边到处堆着沙子砖头，像是一个巨型的工地，搅拌机轰隆隆响着，推着水泥车的工人穿梭运送着建材。这是快速发展中的城市常能看到的景象。

魏晋照着地上铺着的青砖走，"人"字形的标识代表通畅，"一"字形的标识代表前路不通，但还是有好几次差点走进了死胡同。他不由得自嘲地想，对于喀什来说，自己真算是陌生的游客了。

他记得小时候，就在老城不远处的小学上学。他有时会绕一下路，绕到同学家，和他们一起去上学。

那会儿有一个同学叫阿布都，他的爸爸是铁匠，和自己关系不错。

前面不远处应该就是阿布都家，那么久了，不知一切是否依旧，阿布都还在这里住吗？会不会碰到他？

当他走到记忆中的位置的时候，却完全找不到旧日的样子。他记得阿布都家的土房子，恰好在一座过街楼旁边，两扇黑色的木门由两根木柱支撑，木门原本没有上色，不知被多少双手反复推过，又不知经过岁月多久的浸染，才变成了包浆般的油黑色。

推门进去，里面是一个狭小的天井，种着一棵枝繁叶茂的石榴树。石榴树后面的房檐下堆着一堆工具和几个旧的木质大车轮。走进堂屋，一张脏兮兮的大土炕正对着院子，土炕上铺着一张看不出颜色也看不出花纹的地毯。阿布都的奶奶年复一年，像一尊泥塑般坐在那里，背靠着被烟熏得黑黢黢的墙壁一动不动，几乎跟墙壁融为了一体。

旁边挨着的房子，厨房和卧室是一体的，灶头上连着一张大土炕，可以并排睡五六个人。而阿布都家的大土炕也的确睡了五六个人。所有的孩子跟大人睡在一起，炕头放着几床脏兮兮的破棉被，屋里光线昏暗，采光仅靠一扇开在一人多高的半墙上一尺见方的一扇小窗，若是要写作业，必须到天井里去写。

就在那棵石榴树下，他们头挨着头，趴在一张破石板上写过作业。

如今，一扇朱红色的大门虚掩着，门上包着的瓶盖大的铜钉泛着金色的光芒，棕色的立柱顶端雕着繁复的石榴缠枝图案，下端刻着团花纹，颇有几分奢华的味道。魏晋探头往屋里瞄了瞄，什么也看不到。抬起头，却看到一棵枝繁叶茂的巨大的石榴树从墙头露出了枝叶。他仰头望着，内心震荡。

这一定是阿布都的家了，石榴树还在，便一定错不了。

就在他踌躇是否要进去看看的时候，突然背后有人呵斥："你这家伙，竟然跟踪我到这里来了。"魏晋受惊，猛然回头去看，正是在蓝鲸鱼遇到的那位女孩，此刻她双手叉腰，一副凶巴巴的样子。魏晋心里暗叹，还真是有缘啊。他无可奈何地解释道："姑娘您误会了，在下只是在老城转转，没想到会遇见，而且在您前面，也不可能跟踪。"

女孩怒气不减，气哼哼地说："谁信你？天底下哪有那么巧的事？老城这么大，我怎么没有遇到别人？"

魏晋一口老血差点没喷出来，心想，遇到别人你也不认识啊。看样子，今天真遇到了一个胡搅蛮缠的主。他只能硬着头皮继续解释道："我跟踪你总要有个理由才对，姑娘以为我是因为什么理由想要跟着你的？"

"我怎么知道你有什么奇怪的理由，你这种忘恩负义的人，什么事做不出来。"

魏晋一个头有两个大，问道："我怎么就成了忘恩负义的人了？"

"你不识好人心、恩将仇报，不是忘恩负义是什么？难道是有眼无珠、倒打一耙？"女孩气势十足咄咄逼人地说。

魏晋知道大约一时半会儿说不清了，暗自叹息一声说："姑娘说的是，你说什么都是对的。"然后预备离去。

谁知女孩却横跨一步，站在他前面，拦住去路，不依不饶地说："你做错了就想偷偷溜走？既然我说的是对的，今天你必须先道歉，不道歉别想走。"

听到吵闹声，不一会儿便围过来一群人，看到女孩和陌生男人争吵，众人立刻一边倒地站在了女孩一方，个个义愤填膺的样子，纷纷指责魏晋。

魏晋在心底一声长叹，原来未必所有的见义勇为都是好事。

好汉不吃眼前亏,他后退一步,拱手为礼,诚心诚意地弯腰致歉说:"真是对不起,在下错了,不该一而再再而三地偶遇姑娘。"

女孩面露得意之色,煞有介事地摆了摆手说:"好吧,原谅你了,你可以走了。"

魏晋趁机预备赶紧抽身离去。刚转身,猛听背后一声怒吼:"混账,你竟然敢戏弄我?"

魏晋闻言,加快了脚步,想要赶紧离开这块是非之地。

谁知却被人猛地揪住了衣服,一阵暴雷一样的声音在身后响起:"哪来的坏小子,竟然敢调戏我妹妹?"

魏晋心中暗自叫苦,没文化真可怕,调戏跟戏弄差远了去了,性质完全不同。他挣扎着转过身,不由一愣,一个横眉立目,远远看上去像一个移动的铁塔的壮汉站在自己身后,正居高临下怒视着自己,浓眉大眼,配着一头自来卷和雕塑般笔挺的鼻子,似曾相识。

魏晋试探地喊了一声:"阿布都?"

那个壮汉一愣,问:"你怎么知道我名字?"

魏晋趁机从他手中挣脱,稍微退后一点说:"围巾,围巾……"

对面的壮汉傻傻地看着他,然后喃喃地重复着:"围巾,围巾?"

"啊!"他猛地大吼一声,"魏晋,你是魏晋?你回来啦?"

得到肯定的答复后,他像孩子一样跳跃着,喊道:"魏晋啊,是魏晋,魏晋回来了。"

"天哪,魏晋阿达西你是什么时候回来的?"阿布都夸张地摇晃着魏晋的肩膀,像是预备将他摇散。

"才回来。阿布都,刚出来就遇到你,真是太巧了。"魏晋用手抹了一把头上的汗,暗自舒了一口气,说道。

"我还以为你在大城市早就忘记我们这个小地方了。"阿布都继续摇晃着他。

"走走走,到家里去,这么久没见你,我得好好跟你聊聊。"阿布都一边说,一边拉着魏晋往屋里让。

女孩瞪着眼睛,呆呆地看着,一时有些手足无措,看到他们往屋里走,也跟了进来。

魏晋跟着阿布都穿过铺了花瓷砖的门厅,进入院子,那棵老石榴树被围在用砖头垒起来的一个花圃里,树上缀满果子,还未成熟。旁边放了一张木床,床中间摆放着一张铺着绣花布的长桌,上面摆着各色干果。贴了菱形图案瓷砖的台阶向前延伸着,一直延伸到宽大的回廊下。回廊用雕花木板包裹着,雕刻着繁复无比的纹饰。身后砖木结构的三层楼,仰头去看,每一层的花纹似乎都有所不同。加装了玻璃的天井穹顶,将夏日的阳光筛成柔和的光影,晒落下来,在地砖上留下摇曳的图案——被涂成金色与黄色的、点缀着几何形状的图案。可以看出来,阿布都建房时花了极大心思。

魏晋上前拍了拍老石榴树,感慨地说:"这么多年,这棵树依旧在这里,真好。"

阿布都双手叉腰,挺着肚子,得意地说:"怎么样,我的房子还可以吧?"

魏晋真心地赞叹说:"不是一般可以,很可以啊!"

阿布都面露得意之色说:"我花了一百多万建起来的。"一边说,一边比划着。

说完,拍了拍那张巨大的木床,让魏晋坐下来。

然后冲着楼上喊:"古赞丽,来客人啦。"

楼上探出一张圆润的脸盘,过了片刻,只见木楼梯上走下来一位丰腴的女子,看腰身似乎比阿布都还壮硕。她向魏晋打了声招呼,便无声无息地消失了,隔不多久,只见她托着一只硕大的玻璃水果盘走出来,里面摆放着切好的哈密瓜和西瓜,放好之后,她又折返回屋内,不一会儿又托着茶壶和蜂蜜走了出来,摆放在木床上,先是用汤匙给杯子里添加了两勺蜂蜜,然后拎起壶加满茶水。做完这些,她便笑眯眯地站在旁边望着他们。

魏晋赶忙让她坐下,古赞丽却摇摇头,只是笑着看着他们,并不肯坐。

"这是我媳妇古赞丽。"阿布都介绍说。

说完,他回头看了一眼古赞丽,换成维吾尔语说:"这就是我经常给你提起的我的好兄弟魏晋。"

又指向刚才的女子，介绍说："帕夏，我最小的妹妹，你走了之后出生的，小丫头嘛，有些淘气。"

她竟然是阿布都的妹妹，单从长相来说，还真是看不出来两个人有血缘关系。魏晋在心里感叹着。

这时只见帕夏嘟着嘴委屈地说："我今天在蓝鲸鱼门口看到小偷要偷魏晋大哥钱包，帮他把小偷赶跑了，他大概误会了。"

魏晋一听，立刻明白为何在蓝鲸鱼门口，帕夏会故意把他推开。

他有些不好意思地对帕夏说："实在对不起啊，我误会了，谢谢你，帕夏。"

这回换帕夏不好意思了，她的脸涨得通红，不复刚才的刁蛮，连声说："没关系，没关系。"

喝着茶，魏晋真诚地对阿布都说："看来这些年你混得不错。"

阿布都毫不谦逊，得意一笑说："我开了一家特产店，是目前喀什最大的特产店，生意嘛还可以，也赚了一些钱。"

"你怎么样？你们上海可是大城市呢。"说完，阿布都上下打量着魏晋，似乎要从他的穿着来判断他的生活状况。一件白色纯棉T恤，一条米色中裤，一双棕色户外鞋，黝黑的皮肤。单从外表，实在看不出魏晋的生活状况。魏晋哂然一笑说："这两年赋闲，四处走走看看。"

阿布都狐疑地打量着魏晋，说道："大城市怎么会让你闲下来呢？"

魏晋不愿多解释，只说："干累了，想放慢节奏，回来看看。"

阿布都恍然大悟，说："你这样的，应该就是你们大城市的人所说的实现财富自由了。"

阿布都接着说："你还记得我们小时吗？我们去我家旁边的地道里探险，结果我被蛇咬了差点出不来，后来是你带我出来的。我记得你对我说，你长大了要做伟大的人。"

魏晋笑了，也只有小时候敢存这样的梦想，想在历史中留下自己的印记，最终却发现归于平凡才是绝大多数人的宿命。

魏晋还记得那条地道，那是深挖洞广积粮时期的产物，四通八达，延伸到老城的角角落落，跟老城里居民家的菜窖连为一个整体。那是建在地下的神秘城市，绝大部分没有机会使用，最终沦为蚂蚁和孩子们的冒险乐园。

每个周末，高台旁边的那条地道口都是小孩子们的首选游戏场。孩子们在那里探险寻宝，充满刺激。据说有人在里面捡到过子弹壳，而且是铜的，在石头上稍事打磨，立刻金光灿灿，十分耀眼。所有孩子都想要捡到几颗那样的铜弹壳，弹壳可以作为"硬通货"，换最美的糖纸还有弹珠。而他和阿布都就是在那里成为朋友的。

那会儿他刚上二年级，放学后跟几个同学背着书包前去探险。站在地道口，大家研究了一会儿，先选择了一条向北的地道走了进去。干燥幽暗的地道里，只有几点拿在手中的烛光在摇晃着，脚下磕磕绊绊，不时能踢到什么东西，大多是树根或者石块。走不太远，看到有好几条岔路，究竟走哪一条路，大家一时犯了难，结果号称"大聪明"的晓东对大家说，一人选择一条路走，在洞口集合，这样一次就可以多走几条路了。

大家都对"大聪明"晓东的建议佩服万分，分别选了一条地道就迫不及待钻了进去。开始时还隐约能听到小伙伴的喊话声音，渐渐地声音就完全消失了。

魏晋选了一条向北延伸的路，等没有声音的时候，他向来时的路瞅了瞅，发现洞口的光亮已经完全看不到了，前面黑蒙蒙一片，充满阴森的气息。魏晋不由自主地放慢了脚步，他的心中生出胆怯，可是又不可能退回去做狗熊，这样会被大家笑话死，只能硬着头皮往前走。

按照进来的方位，这条地道应该是通往西北方向。魏晋定了定神，高举着自制的土蜡烛，像举了一把火炬一样，罩着自己的影子，独自往前摸索。地道里的地面不算太平整，所以磕磕绊绊的，他尽量居中一步步往前挪。

自制的蜡烛是他用积攒的蜡烛头和一根棉线做出来的。将蜡烛头和蜡油全都装进暖水瓶的金属盖子里,在蜂窝煤炉上加热,等蜡油都融化了,用纸壳子做一个圆筒形的模子,将搓好的棉花芯放进去,再将融化的蜡油倒进去,等晾干就可以用了。

蜡烛虽然不好看,但是胜在个头大、棉芯粗,比买来的蜡烛明亮不少。他小心地举着蜡烛,每走几步就回头张望一下,总感觉背后似乎有什么东西在跟着他。可是每一次张望,背后都空空荡荡的,除了烛光下他扁扁的影子,什么也没有。

他继续向前走着,用脚探着地面,一路上,踢到过一只破罐子、一个瓶子,还有一截树根。他举着蜡烛研究过,发现这几样东西没有什么特殊的,就依旧留在了原地。

中途,他还撞见过一只硕大无比的老鼠,像小猪那么大,瞪着圆溜溜的眼睛,一点都不害怕地死死盯着他,吓得他站在原地不敢动弹。对峙了好一会儿,一直到那只老鼠无聊了,甩了一下长尾巴,像是美女将长辫子甩到身后一样,神气十足地转身离开了。

就在他长出一口气,预备继续向前走的时候,突然隐约听到前面似乎有喊声,不由愣了一下。刚才进来这条地道时似乎只有他一个人,应该不会再有其他人了。可是那声音听起来显然是人声,想了想,他决定过去看看。

循着声音,他加快脚步,走了两三百米之后,那个声音越来越清晰。当他举着蜡烛快要接近那声音的时候,显然对方也发现了他，一迭声地喊："我在这里，我在这里……"走到跟前之后，他才发现有一个人坐在地上，他将蜡烛举近一看，竟然是阿布都。

阿布都在学校里跟魏晋同级不同班，经常仗着身强力壮欺负人，喊魏晋外号的孩子中，数他喊得最凶，但是这次只见他满脸惊恐，再也不复小霸王的样子。

阿布都坐在地上，看到魏晋，突然委屈地哇哇大哭起来说："围巾，我被蛇咬了，快要死了，救救我啊。"

魏晋赶紧去扶他，阿布都却大喊着："别动，千万别动。"吓得魏晋赶紧缩回了手。

他不知所措地望着阿布都，不知如何是好，阿布都则边哭边说道："一条蛇咬了我的脚……脚一口……呜呜……艾力说千万不能动，一动就会死，呜呜……他去找人来救我，可是等了很久都没有看到他，呜呜……"

魏晋一脸疑惑，他从来没听说喀什有这么厉害的蛇，阿布都怎么会被蛇咬？

他蹲下来，将手中的蜡烛靠近阿布都，看见他踏踏实实坐在地上，一只脚向前伸着，一动也不敢动。

魏晋将蜡烛照向他的脚，看到脚脖子处有一处伤痕，那道伤痕不深，呈弧形，并不能肯定是咬的，倒像是被什么划了一下。

他狐疑地问阿布都："你确定是被蛇咬了吗？"

"呜呜……是被蛇咬了,艾力都看到了。"

魏晋只能选择相信。他跟阿布都商量道:"要不我扶着你出去吧,你这样坐着也不是办法。"

"我不能站起来走,艾力说咬我的蛇叫七步倒,我要是走七步就会死,呜呜……"

魏晋发愁地看着坐在地上痛哭流涕的阿布都,一时不知如何是好。他又仔细看了看阿布都的伤口,看到伤口并没有红肿或者发黑,于是问阿布都:"你难受吗,譬如头晕恶心什么的?"

阿布都说:"没有,呜呜……我没有走,毒性就不会发作。"

"那你很疼吗?"魏晋继续启发着阿布都。

"没有很疼,开始时有些疼,现在已经不疼了,呜呜……"

魏晋心下了然,他站起来拍拍手,向阿布都宣布:"艾力在骗你,你没有被蛇咬,只是被划伤了。"

"呜呜,你骗人,我明明被蛇咬了,呜呜……"阿布都一边呜咽着,一边坚定地反驳着魏晋。

魏晋说:"你站起来走走看就知道了,你根本没中毒。"

阿布都却完全不信,他抹了一把脸上的眼泪,泪眼模糊地抬头瞪着魏晋,哽咽着说:"我又没得罪过你,你为什么想害我?"

魏晋叹了一口气,心想,原来跟呆瓜真的不能讲道理啊。

他对阿布都说:"那你想好了,如果你不走,我就走了,你坐在这里等人来救你吧。"

说完直起身子预备离开,却被阿布都一把拽住裤腿说:"你不能走,你走了我怎么办啊?"

魏晋的裤子都快要被阿布都拽下来了,他用两只手拎着裤腰,使劲想要拔出腿,却被阿布都紧紧抱住。

魏晋没有办法,只能无奈地出主意说:"那你受伤的那只脚不要走,用那只好的脚跛着走,不就不用担心会超过七步了。"

阿布都呆呆地想了想,立刻喜笑颜开地对魏晋说:"我怎么没想到呢?魏晋你可真是太聪明了,我用一只脚蹦出去就可以了嘛。"说着将手伸向魏晋。

魏晋在心里又深深地叹了一口气,双手用力将他拉了起来。

那真是一段艰难的路程,阿布都缩着一只脚,一只脚金鸡独立一步步往前蹦,沉重的身子半倚在魏晋瘦弱的肩膀上,几乎将他压倒,远远看上去简直像是一只藏獒靠着一只小羊。

两个人一步步往洞口方向挪,直到天黑,才蹦了出来。

往事如烟,魏晋望着面前的阿布都,实在没想到那个蛮横又呆笨的阿布都,如今竟然财大气粗、事业有成。

"你觉得我的房子怎么样?"阿布都得意地问魏晋,等待着魏晋的夸赞。

魏晋由衷地说:"很漂亮,有特色而且看起来很豪华。"

阿布都听到魏晋夸赞他的房子,立刻像被人夸了孩子的老父亲般,面上露出得意之色,说:"这房子建成目前这样子,实在不容易，中间发生了很多事情，等以后有机会了我讲给你听。"

"你还预备回上海吗？"阿布都话锋一转，毫不避讳地问魏晋道。

魏晋笑了，说："还不确定。目前只是四处走走，未来去哪里，还没有考虑过。"

阿布都一拍大腿说："别走了，就留在喀什好了。这里你地方也熟，人也熟，这几年喀什发展挺快的，正是需要人才的时候，一定有你的用武之地。"

魏晋笑了笑，没有接话。

阿布都继续问："你从大城市来，刚好我有一些问题想请教你，我听说现在流行在网上卖东西，这个网是怎么卖东西的呢？"

魏晋问："你是不是想在互联网上卖东西？"

阿布都用力地点了点头。

魏晋说："其实跟你开店卖东西一样，网店只是把你卖的东西的信息发到购物网站上，这样即使没有办法来喀什买你东西的人也可以通过网站买到你的商品。他们付款后，平台负责替你保管购物款，你把东西邮寄过去，完成交易后，平台会把你的货款转到你的账户。这样等于互联网延伸到哪里，你的产品就能卖到哪里。"

阿布都眼睛发亮，他咽了口唾沫，热切地问魏晋："那我要怎么才能在网上开店呢？"

魏晋说："通常购物平台会有相关介绍，你看下，了解了解。"

阿布都连连点头。

正在说着话，大门被人推开了，一位六十多岁的老人走了进来，一进来他就喊着："阿布都，帕夏，你们在做什么？让你们去买煤，怎么还在家里？"

阿布都应了一声，然后转过身，给魏晋做了个鬼脸，小声说："我阿达（维吾尔语爸爸的意思）依然在给牲口钉掌，整天叮叮当当地敲，其实赚不了几个钱。"

阿布都的父亲跟阿布都长得完全不像，干干瘦瘦的，弓着背，像是把所有的脂肪都抽掉了，只余下一层皮肤包着骨头，也不知道他是怎么养出这样健壮的阿布都的。

魏晋连忙站起来说："你先去忙，等回头我们再约。"

阿布都说："羊娃子肉都没吃就回去，这可不是我们的待客之道。你先等我一会儿，我买完东西看是否能联系到其他发小，我们一起好好聚聚。"

魏晋忙说："我这次回来只是悄悄看看，你可千万别惊动其他人。你有事先忙，等忙完我们有时间再约。"

阿布都点点头说："那让帕夏陪着你四处转转，我先去买煤。"

说完转向帕夏说:"帕夏,你陪你魏晋大哥四处走走。"

帕夏说:"放心好了,哥。有我在,一定招待好魏晋大哥。"

目送阿布都离去,魏晋对帕夏说:"有事你也去忙你的,房子虽然变了,但是这些巷子基本还保持着原来的走向,我不会走丢的。"

帕夏说:"您就听我哥的安排,带着我,可是带着活地图呢。"

看她如此说,魏晋也不再坚持。

两个人重新步入小巷深处,望着熟悉的小巷,魏晋说:"小时候的事我现在印象还很深。我跟你哥哥,还有艾力、买买提经常一起在巷子里玩,钻地道、养鸽子、崩弹珠、捉迷藏……"

两个人边聊边向前走着,帕夏突然问魏晋:"魏晋大哥,有一个问题想请教你,我们喀什老城这么有特色,为什么游客一直不多呢?"

魏晋停住脚步,认真想了想说:"我才来喀什,具体情况不了解,说得不一定正确。个人觉得可能有三点原因:第一是特色还需要深层次打造和提炼,提炼出文旅内核;第二是配套设施还不够完善;第三是宣传可能还不够。"

帕夏问道:"那你觉着喀什老城最大的特色是什么呢?用一句话概括。"

魏晋被逗笑了,说道:"你这是考我吗?那我可得好好想想了。"

他略微沉吟了一下说道:"我觉得用八个字可以概括——'喀什一日,丝路千年'。"

帕夏重复了一遍,拍手叫好,无限崇拜地说道:"魏晋大哥,我觉着你总结得太对了,确实在喀什一天内就能感受到丝绸之路千年的历史。"

走到老城边缘,依然有一些破旧的房屋未曾改造,看起来像是锦绣丛中的一块苔藓。帕夏指着前面一处破破烂烂的房子,说道:"魏晋大哥,您还记得吗?那里是我爸爸钉马掌的铺子,要不要去看看?"

魏晋点头说好,两个人向着马掌铺走去。

叮叮当当的敲打声从马掌铺传出来,只见阿布都的父亲克尤木围着一条又脏又破的围裙,跟一个精壮的小伙子两个人一锤一锤地敲打着马蹄铁。

看到帕夏来了,那个精壮的小伙子脸上露出惊喜的表情,随后又警觉地看了一眼帕夏身边的魏晋,轻轻喊了一声:"克尤木。"克尤木假装没有听到,依然按照自己的节奏一下一下抡着铁锤。

马蹄铁逐渐成型,克尤木走到屋外拴着的一匹马跟前,将马在木架子上固定好,示意马的主人拉住缰头,克尤木和那个小伙子先将一只马蹄拉到后面,仔细检查了一下,拿出刀子,将马蹄边缘不平整的地方修平整,又拿马蹄铁比划了一下,然后才将马蹄铁一锤锤钉了上去。

钉完马掌，将马蹄放下来，克尤木退后一步，瞅了瞅马的身姿，然后点了点头，示意马主人牵着马先遛遛看是否合适。

做完这一切，克尤木才冲着魏晋和帕夏点点头，算是打过招呼了。他指指旁边的木凳，示意他们坐，自己先坐了下来，卷了一支莫合烟，心事重重地抽了起来。

精壮小伙凑到帕夏旁边，用维吾尔语跟帕夏说着什么，帕夏心不在焉地应着。

几个人正在休息，只见一个干部模样的人走过来，远远地就喊："阿达西，阿达西……"克尤木一看见他，脸立刻黑了下来，扭过脸，假装没看到。帕夏却赶忙站起来喊了一声胡主任。胡主任叫胡明，他跟帕夏打过招呼后，瞅了魏晋一眼，点点头，将注意力转移到克尤木身上。

克尤木一看他凑过来，气哼哼地站起来，招呼精壮小伙子将屋子里的铁炉子捅着火，又重新拿起铁锤自顾自打起了铁。

胡主任也不生气，耐心地在旁边看着。他看到一块烧红的铁块在砧板上不一会儿就被克尤木他们敲成薄铁片，在旁边夸赞了一声，却被克尤木丢过来一个嫌弃的眼神。

胡主任继续乐呵呵地看着，一边对克尤木说："克尤木大叔，您这老手艺，在整个喀什市，恐怕也没几个人能比得过。"

看克尤木还是不理他，他将注意力转向了帕夏，像是对帕夏，其实依然是对克尤木说："回头给你爸爸准备一间新的店铺，绝对比这个亮堂排场。"

帕夏连连点头，故意扬声附和着说："我爸爸一直想要一个大一些的店铺，等搬家的时候，一定请您来剪彩。"

克尤木这时却冷不丁地冒出一句："谁说我要搬了？我在这里已经干了大半辈子，说什么我都不会搬。谁爱搬谁搬，反正我是不搬。"

胡明无奈，给帕夏一个苦笑，开导道："克尤木大叔，您好好考虑一下，政府肯定不会让您吃亏的，您这个铺子实在太破旧，冬冷夏热不说，还是危房，一来地震就什么都没了。"

克尤木却完全不为所动，继续打他的铁，对胡明的话充耳不闻。胡明全然不受影响，继续孜孜不倦地做着工作，直到有人喊他，才匆匆告辞离去。

等胡明走了，帕夏抱怨道："阿达，您别总是这样，胡主任也是为您好，您又没吃亏，还占了大便宜，为什么不搬呢？"

克尤木"啪"地一声丢掉铁锤，冲着帕夏吼道："你懂什么，这地方是其他地方能比的吗？你还能找到一块比这里更好的地方吗？"

帕夏气结，一跺脚小声骂了一句："死脑筋。"然后扯着魏晋，头也不回地走了。

走出去几步，魏晋转回头去看，只见克尤木拎着锤子，低头站在铺子前,一动不动,身影充满了萧瑟感。

他忍不住问帕夏:"大叔怎么了?这块地方有什么不一样吗?"

帕夏委屈地说:"具体的我也不是很清楚,只是听我爸爸说,我爷爷年轻时候给地主巴依老爷赶马车,是喀什当地最有名的马车夫。后来车马店公私合营,我爷爷没机会赶马车了,就在车马店边搭了这个棚子,给骡马钉掌。"

魏晋若有所思地"嗯"了一声,想起他和阿布都在老城里四处乱晃的日子。在他的记忆里,小时候这间铺子就是这个样子,乌黑的墙上乱七八糟地挂满各种工具,抹了芦苇与泥巴的屋顶挂着蜘蛛网,不停地往下掉土。坑洼不平的地上,不时有蟑螂出没,速度极快,而且身体健硕,个头出众,简直是蟑螂中的战斗机。那会儿这里是合作社打铁的地方,据说更早前是车马店的一部分。不过从记事开始,魏晋就没有看到过那里有车马的影子,倒是木头做的大车辐辘有很多。

黄昏时,巨大的太阳也像是一个大车轮,沉重地向前滚动着,像是要将身后的地球拖进黑夜中。他和帕夏站在巷子尽头,回望老城。夕阳碎金一般,将老城映得通红。那个看过千百次的巨大落日,正在越来越快地远去。一日将逝,新的一日复来,似乎唯有老城如故,魏晋心中溢满不知名的感动。

贰

第二天，一觉醒来已经接近十二点，魏晋少有地没有做梦。七月的阳光透过窗帘投射进来，似乎连呼吸都开始变得滚烫。

魏晋起来上下看了看，静悄悄的没有一个人在。他看到留言墙上新贴了一条信息，凑过去看，看到这两日会有一次大规模去慕士塔格峰的登山活动。

胡乱吃了点东西，魏晋走出门去。站在客栈大门口，一时踌躇，不知该往哪个方向走。仔细辨了辨方向，向着曾经家的位置走去。

正午的老城，铜器铺叮叮当当地敲打着，乐器店里传来热瓦普断断续续的弹奏声，卖莫合烟的小贩大声吆喝着。今天正是赶巴扎的日子，旧日里，逢双开集，便也有差不多这般的热闹。主人会拽着牛羊，互相在袖筒里比划着价格，谈妥后，在袖筒里握握手，一边交钱，一边交出手中的缰绳。

花了钱和赚了钱的，都不急着走，找一个卖面肺子、烤包子的摊位坐下来，谨慎地掏出钱，不一会儿，就有一个大盘子盛着小山一样的食物被推到面前。于是说话声便消失了，只有吃食物所发出的声音。一直吃到连汤汁也不剩一滴，人们才站起来。

那终究是贫困的日子。此刻，一切在阳光下热气腾腾，不再有破衣烂衫，也不再有窘迫局促，人们脸上的笑容也热烈了许多。

卖酸奶粽子的大妈笑颜如花，卖瓜子的老汉守着堆满白色马牙瓜子的大铁盆，看见有人过来，远远地就打着招呼，赶着驴车卖老汉瓜的大叔喊："朋友，好吃的老汉瓜，不好吃不要钱。"

人间烟火，依然炙热。喀什不挽留任何一个离去的人，也不思念任何一个离去的人，然而被人反复思念着的，大约就是这份热气腾腾的烟火气息。

赶巴扎的日子里，无论走到哪里，都是人头攒动，在阳光下拥拥挤挤。穿过巴扎，往南再走几百米，便可以远远望到家的方向了。可是，旧日的痕迹却已经完全看不到了，一栋栋高楼占据了原有的位置。

魏晋站在那里，逡巡不前，怅然若失。虽然一切都在预料中，但是，沧海桑田依然让他心惊。

他站在那里，似乎看到五六岁的自己被背上的书包拍打着屁股去上学，下午又一路蹦蹦跳跳地放学回来。他似乎看到被大孩子堵在路上的自己，满脸惊慌，却故作镇静，然后突然撒腿狂奔，一口气跑到家门口。他似乎看到自己因害怕挨打，哭着闹着不想再去学校，父亲喊来隔壁的哥哥，推了推他说道："跟你哥一起去。"

大哥哥走在前面，他怯怯地跟在后面，走出去几步，那个已经有了绒毛般胡楂儿的大男孩回头说:"别怕,有我呢。"

他还是被人欺负。那些孩子追着他,喊他上海阿拉,给他起外号,叫他"围巾"。他们在他的身后高喊着:"围巾长,围巾短,围巾是个阿拉样。"这让小小的他万念俱灰,痛苦不已。

第一次跟人打架,大哥哥站在他的身后,手臂交叉着抱在胸前,对他说:"别怕,去跟他们打。"

他心里像是擂鼓一般,胆怯地看向身后,脚上像是被绳子拽着,艰难地走出几步,想起什么,又退回来扯下书包,小心放好,一步步艰难地走过去。

那几步,是他长那么大走得最痛苦的几步,每一步都惊慌失措,却又不得不假装出视死如归的样子。他走得满头大汗,心慌得要命,直到走到对方面前,猛然看到对方脸上比他更强烈的慌张,在一瞬间突然一点都不害怕了。

他猛地冲了过去,能用手抓就用手抓,能用头顶就用头顶,能用牙齿咬就用牙齿咬,能用脚踢就用脚踢。他不会打架也没有章法,只是不要命地横冲直撞,小小的身子被大力推倒在地,然后又爬起来,不管不顾地再冲过去……衣衫被撕破,脸上带着抓痕,手臂上青一块紫一块,他却依然像凶猛的小兽一样,瞪着眼睛恶狠狠地往前冲。每向前一步,对方就后退一步,直到退无可退。然后,对方出人意料地哇的一声号啕大哭起来,就像是他一直在霸凌对方,而不是他们经常霸凌他一样。

他满身伤痕，衣衫破碎，却像个英雄一样，目光坚毅冷峻，充满骄傲。从此，他一战成名，再也没有人敢惹他。

大哥哥名叫宋疆，是宋云帆叔叔家的老大，宋江的宋，新疆的疆。在他眼里，宋疆就像《水浒传》里的及时雨宋江一样了不起。

三年之后，当他站在莘庄小学，谁也不认识，没有一个朋友，当他被捉弄嘲笑的时候，他没有丝毫害怕。他知道，有些事必须得去面对，只有当他毫不畏惧地冲过去，才有可能打败对方。这也成为他处事的原则：绝不畏惧，一往无前。春申与虹科股权之争时，他敢得罪两边，明知道会失去一切，依然不顾一切地去阻止，大约也是因为如此。如果不去做，他永远无法原谅自己的怯懦；如果去做了，无非就像现在一样——远离上海，遁迹江湖，又能怎样？

不知宋疆大哥现在是否还在喀什，过得怎样？

一路想着宋疆，魏晋沿着路边的一个菜市场，向里走去。那个位置过去有几排平房，灰色的砖墙上刷了一层一米多高的白色石灰，天蓝色的窗户油漆龟裂，露出一道道纵横的纹路，屋顶上的砖头缝里，竖起的天线像是一只长耳朵。从北往南数第五家是他家，一间半的小房子，父母睡里屋，他睡外屋。

第七家是宋疆大哥家，他的父母和弟弟总是喜欢坐在门口吃饭，父子三人齐刷刷蹲着，只有他瘦削的母亲坐着，三个男人和一个瘦小的女人，全都食量惊人，吃起饭来神情专注。四颗脑袋凑在一起，简直狼吞虎咽。无论什么饭，他们都能吃出山珍海味的感觉来，盘子干净得几乎不用洗。

他们太能吃了，因而经常"闹饥荒"，孩子们不懂父母的为难，在他们眼里，"闹饥荒"就会有肉吃。没有粮食了，邻居们一起凑钱，三元钱就能去巴扎上买一只鸡，若是再添几元钱，就可以买一只羊，不吃粮食，只吃肉，一直吃到能再一次接上粮食。

中间位置，有一个水泥修的水槽，自来水龙头就在那里，是公用水龙头，大家轮流接水。

他轻轻向前挪步，心跳剧烈，像是害怕惊扰到那个守在水龙头前、用一个铁皮桶接水的男孩。他正吃力地挪动水桶，用两只手抓住桶沿，再往外拖。一抬头，那隐在岁月深处的黑色瞳孔与他撞个满怀。

大人们正在陆陆续续回家，再过一会儿，每家的屋顶上都会陆续飘起炊烟。再过一会儿，喊孩子吃饭和打骂孩子的声音以及孩子的笑声哭闹声就会此起彼伏。

吃完饭，照样是兵荒马乱，父母们急着上班，自行车的声音和噼里啪啦跑步的声音交错响起。不大一会儿，那一方天地又会恢复平静。

他们会一路丢着弹珠去上学，有时是拍画片，他最厉害的时候，集齐了整套《三国演义》和《水浒传》的画片。

对，还有宋达，宋家的老二。宋云帆叔叔说，老大叫宋疆，结果我们一直待在新疆回不了老家，老二就叫宋达吧，等我们发达了，想去哪里，立刻就可以去。

但是，直到魏晋一家离去，他们终究没有发达，也没有能够返回老家。

也许是因为宋达不在了。

无论魏晋怎么想，都想不起来宋达的样貌，这个跟他一般大的孩子，整天跟在宋疆后面，像是宋疆的影子。他天生聋哑，不会说话，也不乱跑，永远隐藏在哥哥身后。他们去吐曼河边找野鸭蛋、游泳。宋达悄无声息地跟他们一起找野鸭蛋、游泳。

那会儿的野鸡、野鸭真是多，简直跟麻雀一样多。它们羽毛闪亮，狂妄骄傲，不惧人地在河边踱步。若是运气好，就会捉到一两只，带回家，父母会炖肉吃。那才是世间少有的美味，加上几滴昆仑特老酒，再加几块土豆胡萝卜，可以俘获所有挑剔的味蕾。但是大多数时候它们机警而灵巧，怎么都抓不住，最后只能任由它们飞去，留下芦苇丛中的一堆蛋和水面上的一道涟漪。

孩子们都渴望能抓到野鸭，实在不行，抓到野鸡也好。

吐曼河是一条由雪山融水汇聚而成的宽阔河流。冬日时候，河面上常常大雾弥漫。当浓雾散去，混沌的河水裹挟着草茎以及泥沙，一路打着旋涡，浩浩荡荡由北向南流去，汇入喀什噶尔河。吐曼河里经年夹带的淤泥沉淀下来，滋养着河边的灌木与芦苇，却也像是陷阱，一旦踩进去，就会被淤泥和杂草纠缠住。

孩子们大多难得吃一次肉，所以才会常常三五成群去抓野鸭。他们到了河边就分散开，扒开芦苇四处去寻找。

那一次，宋达也发现了一只。他看到一只漂亮的绿头鸭，想到全家人四颗脑袋能顶在一起啃鸭肉他就格外开心。他目不斜视地飞奔着追了过去。

大约他是喊了吧？当他被草茎绊住跌入河中往下沉的时候，一定大声呼喊了，可是，却没法发出声音。他是一个哑巴，听不到也说不出，只能大张着嘴，无声地喊着。可是嘴一张开，水就会咕嘟咕嘟涌进来。他隔着水雾，看到不远处的哥哥宋疆正在指挥一帮小孩找野鸭蛋、野鸡蛋。他努力张大嘴想发出声音，努力想要喊哥哥，却怎么也喊不出声音。直到宋疆走出很远转过身发现他没跟在后面，惊慌失措地找回来，才发现宋达像是一只被吹得胀鼓鼓的羊皮筏子，头朝下漂在水面上。

那是魏晋第一次见证死亡。原来死亡并不可怕，就像是一个人喝醉了，不省人事，怎么摇晃都醒不过来。

他记得宋达的一只手紧紧地攥着一把芦苇叶，肚皮被撑得胀鼓鼓的，几乎变成透明，像是随时要炸开。

大人提着他的脚，将他倒背在背上，撒开腿，一颠一颠地拼命向前跑，一个人累了，就换另一个人，河水从宋达的嘴里流出来，他却始终一动不动。最后，他的肚子瘪下来了，却还是没有任何动静。他被大人重新放在地上，魏晋趁人不备的时候小心地伸手去摸，却像是摸到了一块橡皮，冰凉的，略微有些弹性，却毫无生命的气息。

宋达的母亲哭昏死过去好几次。最后是一位好心的阿姨拉开宋达的母亲，给宋达蜡黄的脸上盖上了一块手帕。

那是一方淡黄色的、上面绘着淡褐色竹子的手帕。那块手帕被风吹动，不断扬起一角，像是被呼吸掀起来一样。似乎宋达正在淘气，随时可以掀开手帕坐起来，咧开嘴，露出淘气的表情，无声无息地笑起来。

往事历历，可是，他依旧想不起来宋达的样子，他的脸也像是岁月深处的一团雾气，被裹在那方淡黄色的手帕里。

如今，这一切都荡然无存。在高层住宅的中心位置，这个菜市场，像是陷落在群岛上的一片斑斓湖泊，将生活摊开在炙热的阳光下。而唯一没有改变的，是那个他自小就叫的名字——六运司。

他心怀惆怅，像是湖水退去，湖心遗留的鲢鱼，一身七月银亮的阳光，赤条条裸露着，无处藏身，找不到归途。

他蹲下，在大概是他家的位置抓起一把土，用力握了握，又松开。泥土不会留存记忆，它跟时光一样，总是在用力抹去一切痕迹。

他起身，看到不远处一家卖调料的商铺，于是走过去询问道："您好，这里的房子是什么时候拆的？"

卖调料的大妈抬头看他一眼，脸上带着诧异，用河南话回道："一早就拆了，我来的时候就这样。"

看魏晋没有吭声，又接着问："你找人吗？找谁哩？"

魏晋不想跟大妈说太多，于是说："我家亲戚原来住这里，我来发现这一片全都拆了。"

大妈大约是生意冷清，好不容易碰到有人跟她搭话，展示出了过分的热情，热切地问："你亲戚弄啥哩？你说说，俺看能帮你打听出来不？"

魏晋想了想说："比我大一些，叫宋疆。"

大妈说："只说名字俺不一定能打听到，不过俺记住了，你留个电话，有消息了俺通知你，或者过阵子你来也行。"

魏晋留了电话，跟大妈告辞后穿过菜市场，穿过天南路，再踏进人民公园，在游乐场巨大的音乐声中，沿着白杨树围起来的一条小溪流，走到公园的北门。

在那里一眼便能看到巨大的毛主席雕像，是他父亲母亲那个时代的城市标志。据说这样的标志曾经随处可见，如今只剩下仅有的几座。这座雕像如今依然是这座城市的地标，常常有游客慕名来寻。

再向西，就是大十字了，那里是整个喀什最繁华的地方，第一座商场在那里,第一座电影院在那里,第一块招牌也在那里,那里是每个孩子心目中的宇宙中心,喀什最好最有趣的东西都在那里。

他还记得新华书店旁边的那家杂货店,一毛钱可以买 5 颗水果糖或 8 个摔炮,如果选择瓜子,老板会拿出一个搪瓷缸子,从装瓜子的袋子里舀出一缸子,刚好一毛钱。满满一口袋,焦香酥脆,可以嗑一整天。

还有蜡纸包的泡泡糖,一毛钱只能买一个,不过,那一个可以从早吹到晚。

如今站在这里,他的心中生出无限感慨。这里似乎跟他毫无瓜葛,却又有着千丝万缕割不断的联系。

回到住处,已经是午后,客栈里依旧没有人,魏晋有些纳闷,按理还没有到登山的日子,不可能所有人都出发了吧?

一直等到黄昏,灯光依次亮起。老莫先回来了,脸色难看,看到魏晋在大堂的布沙发上坐着,只点点头,就匆匆进去了,只停留了片刻,又匆匆走了出去。

一直快到十二点,老莫和艾热尔才走了进来。艾热尔脸上有伤,衣服也破烂不堪。一进门,两个人坐在长椅上,一副灰心丧气的样子。

魏晋不知发生了什么,守在旁边,给两人一人倒了一杯水,老莫和艾热尔也不喝,呆呆地坐着,看上去苦恼至极。

魏晋去前台翻了翻，找出分别小药箱，拿出消毒喷雾，帮艾热尔处理了一下伤口。

老莫对魏晋挤出一个苦笑，转向艾热尔说："我实在不想再撑了，生意不好，又总是有人破坏，实在不行就放弃吧。"

艾热尔脸色铁青，依旧不吭声，只是倔强地摇摇头，从牙缝里挤出一个"不"字。

老莫又低下了头，不再多说什么。他和艾热尔做了四年同窗，彼此熟得不能再熟。当初是他游说艾热尔一起开这家青年旅社的，虽说是店，但是对他们两个来说，这已经是家了，他又何尝想放弃。

艾热尔看到魏晋关切的表情，对魏晋说道："魏大哥，您先休息吧，发生了点小事，别担心。"

他们不说，魏晋也不便多问，便自行去洗漱休息。

老城的夜并不安静，远处大约谁家在娶亲，纳格拉鼓的鼓声像是在击鼓传花，叮叮咚咚地不断响着，一路往下传着。

第五章

古怪的朋友圈

少年游

天南地北总无依,家在暮云西。

半生出走,归来时候,还似少年时。

西窗剪烛良宵短,弦乐碎琉璃。

初心不昧,橘温茶暖,明日几多期。

壹

二十多年的时光就像是一场梦，盯着依明江，魏晋恍惚又回到从前。

在鞋匠中，依明江是最特别的一个，不是因为他在一群老鞋匠中最为年轻壮实，而是因为他最为干净体面。

依明江总是穿着一件洗旧的白衬衣，夏天穿在外面，冬天穿在里面，磨破的衣袖被一双劳动布套袖严严实实地包裹着，哪怕是在灰尘四起的街头，裹着的那条磨得发亮的羊皮围裙，也始终一尘不染、干干净净。这让依明江有了一股特别的味道。

每一次魏晋的母亲带着他补鞋，都要多走几步路，绕过吐曼河河堤，再走过一段台阶，专门去寻依明江的鞋摊。

芦苇已有半米高，像是从淤泥中冒出的一段段箭头，河边的馒头柳新绿的叶子带着一抹淡黄，河水平缓凝滞，几乎不动。母亲在前面走，魏晋跟在后面，偷眼去看河面，正在吐泡的小鱼将一泓春水弄出许多涟漪。

近河的淤泥稀软，总惹得魏晋忍不住偷偷跑过去踩，母亲回头看一眼，低声呵斥，魏晋便又跑回来，像尾巴一样重新跟在母亲后面。自从宋达出事后，母亲对这条河充满恐惧，严令禁止魏晋到河边去玩。

穿过高台前的巴扎，牛羊和小吃摊挨挨簇簇地拥挤在一处，站在一旁观望等候的买主袖着手,一边低声交谈一边东张西望。看到自己喜欢吃的酸奶粽子,魏晋慢下脚步,却被母亲扯了一把,于是又一路小跑着跟上。

绕过巴扎,母亲紧走两步,催促魏晋快一些,魏晋只能紧跟着母亲专心赶路。

母亲似乎与依明江熟识,到了鞋摊前,恭敬地打声招呼,便四下张望,自顾拉一个小凳子坐下来,将魏晋拉进怀中,低头将他的鞋子脱下来,客气地递过去。

魏晋总觉得母亲对依明江有着一种近乎讨好的殷勤多礼,却又不明白为什么。

依明江倒是不动声色,像是对所有顾客一样,将他露出脚指头的破球鞋放在膝盖上,用手中的锥子拨弄着,将破洞口的毛边清理整齐,比划着剪出一块碎牛皮,垫到里面,再换上同样颜色的尼龙绳,密密实实地缝了一圈又一圈。

母亲恍恍惚惚呆坐着,不知在想些什么。有熟人路过打招呼,母亲惊醒般点点头,重又回到心不在焉的状态。

魏晋光着一只脚,无法跑开,只能将头转来转去四处张望。

布拉克贝希巷一头衔着吐曼路,一头衔着为民路,巷子前是一串凹凸不平的台阶,台阶两侧依着坡势,密集地挤着一栋又一栋房子。房子有老有新,却无一例外都是土坯房,和着草屑的泥墙被雨水冲刷出一道又一道疤痕。

补完之后，依明江将鞋子递给魏晋，示意他穿上踩踩。魏晋的脚指头向前探着，触到坚硬的尼龙绳，暗自叹一口气，还是乖巧地点点头，表示合适，然后看着母亲付过钱之后，客客气气地道别，再带着他离开。

走出去，魏晋常会回头去看，依明江不知在想些什么，呆呆望着他们的背影，一动也不动。

时光过去了三十年，却又似乎完全没有移动。

依明江还是坐在布拉克贝希巷的拐角处，曾经饱满的额头上生满了细密的皱纹，因为低着头，一眼就能看到反着光亮的毛发稀疏的头顶。因为长期弯着腰干活，他的背驼得厉害，这让他宽大的身躯像一段倾斜的墙一样垮塌着。可他还是固执地顶在巷口，扼守着蛛网一样四散蔓延、节节攀升的古老街道。

据说这条路以及背后的民居已经有八百年历史。魏晋曾不止一次在搜集到的图片中端详过它的样子：那株长在巷口的老榆树，像是一根路标，缓慢而又倔强地生长着；由夯土和木材建成的房屋，任性而随意地一层层向上搭建着。据说，曾祖父母的在最下面，祖父母的高出一层，父母的又高出一层，年轻人在成家后，会在父母的屋顶上面再加盖一层。于是，经世累积，终于成为今天如城堡般巍峨的样子。

只是，岁月迁延，雨打风吹，夯土上早已布满斑驳的痕迹，雨水在上面冲刷出一道道沟壑。除去沟壑，还有地震留下的裂痕。那是亚欧板块与印度洋板块在这里彼此碰撞,从而不断引发地震留下的创伤。近百年间,在喀什所在的南天山地震带与帕米尔—西昆仑地震带,所爆发的七级以上的强震有三次,更不用说三天一摇,五天一晃的小震了。

因而这高耸于土丘之上的巍峨民居,在年复一年日复一日的自然伟力下,看似壮观,实则危如累卵。

依明江已经不再用手工来缝补鞋子了,他的面前多了一台手摇补鞋机。

唯一没有改变的是他的白衬衣,方领棉布衬衣,依旧干干净净地包裹在他的皮围裙下。

感觉到有人来了,依明江用力抬起头来,打量着站在他眼前的男子。他大概无法将眼前的中年人与三十年前那个孩子联系在一起,只是带着一丝平静的审视,似乎在问:"有什么是我能修补的?"

魏晋静静地站在他的对面,望着他,像是回望着既往的岁月,然后摇了摇头。依明江笑了一下,却突然面容凝滞,若有所思地望着魏晋。他的眼神中充满难以言说的惊讶和矛盾,探究地看着他,继而摇摇头,又低下头,继续着手中的工作。

魏晋看着依明江用一把小刀熟练地切割下一块牛皮,然后拿起围裙上放着的一只破皮鞋,比着破洞的位置,抹上胶水,塞进鞋子里,贴紧了,用一把榔头咣咣地敲起来,敲完了,又用一只手扶着，另一只手摇动补鞋机，将那个位置密密麻麻地缝了一圈又一圈，才剪断线头，放下鞋子。

依明江补完鞋子，站起来，拍了拍围裙上落着的碎屑，将目光再次转向魏晋，却不再停留，迅速又转向他脚上的鞋子。

魏晋的脚上穿着一双棕黄色磨砂皮户外鞋，一眼能看出来质地非常好，而且几乎是全新的。

依明江不懂这个男子，对方看起来与他记忆中的一张脸有部分重合，却又明明不是同一个人，他不知道此人站在自己的鞋摊前，呆呆地看他补鞋有什么意思。

这个世界变化越来越快，也有越来越多的事物是他所不懂的了。想到这里，依明江将身旁的一只凳子挪向魏晋，示意他坐下来。不懂也没关系，对于他来说，世界就是补鞋机和那一双双破了裂了的鞋子。

这已经是魏晋来到喀什的第十天，那些失散的细节像是被丢作一堆的拼图，等待着他的复原。

魏晋曾经就坐在同样的位置，一只光脚踩在另一只光脚上，等依明江将自己的破帆布球鞋补起来，穿回脚上，感受补丁处突起的部分磨到脚趾，候着母亲递上两角钱，然后跟着母亲回家。

随着依明江的敲打声，在他手臂一抬一落的缝隙里，慢慢晃进来一个人影。那个人影居高临下地停在依明江头顶，像是投下来的一片云，从上往下观察着。依明江保持着自己的节奏。

"咣咣咣"的声音像是鼓点，丝毫不乱。

那个人看了一阵子，直起身迈入依明江背后的店里。依明江的鞋店很小，那是倚着大门在墙边开出的一个只有五六平方米的店铺，角落放着一台老式缝纫机和一个狭窄的工作台。靠墙的架子上摆放着一些鞋样，有女式的皮鞋皮靴，也有男式皮鞋和皮拖鞋；架子下堆放着皮革和各种辅料。

那人在里面漫不经心地翻看着。他的背影瘦削，屁股后面背着一只羊皮包，那真是一个纯正的羊皮包，羊毛还挂在上面，远远看上去像是一条肥硕的羊尾巴，晃晃悠悠地拍打着他的屁股。他站在巴掌大的小店中间，没话找话地喊："乔鲁克靴有吗？"

依明江抬起头，看那人正在胡乱翻捡着皮革，便有些不悦，不肯搭话，只摇了摇头。那人一脸不屑，用略带沙哑的嗓音说："不做乔鲁克靴，算什么鞋匠。"

一句话让依明江平和的脸涨得通红，他忍不住开口反驳道："小巴郎，这时节可没人再穿乔鲁克靴了。"

那人确实看起来像个半大孩子，可是显然并不愿意让人将他当作小巴郎，于是反驳说："谁是小巴郎啊？我明明是大人。"说完，抬起自己的脚说："喏，我就穿……"但是他抬起的脚上分明是一双破烂的凉拖鞋。大约曾经是棕色或者米白色，如今成了脏兮兮的黑褐色。看到自己的鞋子，他的鼻子抽了抽，然后淡定自若地补了一句："天凉下来的时候穿。"

说完，他走出来，拉过来一张凳子，坐在依明江另一侧，像是在围观依明江钉鞋，其实什么都没有看，只是四仰八叉舒舒服服地坐着。

远远看上去，倒像是他在陪着魏晋修鞋子。

"哎，阿达西，我叫艾山江。你叫什么呢？"

魏晋好奇地看过去，又看了看四周，确定没人，指指自己问："你是跟我说话吗？"

那个看起来长了一张少年面孔的人噗嗤笑了，露出一口雪白的牙齿，面带讥笑地说："除了你，还有谁呀。"

魏晋无语地指了指依明江："喏，那不是人吗？"

那人显然明白他的意思，讥笑的表情更重："他是鞋匠，他不算。"

魏晋无奈地看着他，回道："哦，我姓魏。"

少年撇撇嘴说："那我叫你'喂'。"

魏晋咧嘴笑了笑，他不想再接话，不置可否地点了点头。

眼看到了中午，当魏晋站起来告辞的时候，依明江看了一眼，没有起身，就像魏晋是在向别人道别一样。他手中握着针线，歪着头，继续一针一针地缝着他的鞋子。

魏晋走出去几步，觉着似乎哪里不太对，回头一看，发现艾山江紧紧跟在他后面，羊皮袋子吧嗒吧嗒拍打着屁股。他大约没有料到魏晋会突然回头看他，差点收不住步子，撞到魏晋身上。

魏晋脸上带着疑问，望着艾山江，似乎在问：你要去哪里？干吗跟着我？

艾山江耸了耸肩，摊开手比了一个"别介意"的手势。

魏晋摇摇头，觉着有些好笑，转身继续向前走，任由艾山江跟在他的后面。

两个人走到猎鹿人门口，魏晋问："你还预备跟着我吗？"

艾山江满脸堆笑，坦然地点点头说："你去哪里我就去哪里。"

艾山江跟着魏晋，魏晋吃饭他端碗，魏晋休息他睡觉，反正他也不挑剔，吃饱了，就往天台上那张大木床上一躺，不一会儿就能呼呼睡着。

客栈最近没什么生意，那几位登山客爬完慕士塔格峰，又转战去爬乔戈里峰。他们离开之后，就只剩下魏晋和另外一对男女。那两人是这里的老住客，据说二人在喀什偶遇，一见投缘，再加男未婚女未嫁，便有些暧昧起来。那次女生去村里迷了路，问路却语言不通，因为初来不久，在喀什谁也不认识，只有男生和店老板的电话她凭直觉先打给男生，哭诉道："我在村里，找不到回去的路，怎么办？"

男生二话不说，只让女生在原地等他。两个小时后，男生出现在女生面前，开着艾热尔的小破车。他不知绕了多少路才找到那里。女生正等得绝望，乍见之下，即刻落下泪来。两人四目相对，恍如生死重逢，都有说不出的激动，从此情定喀什。

不过即使两人好上了，也未想搬离猎鹿人，只是把两间房换成了一间大床房，时不时出门同游，也兼职给内地来的小型旅游团做导游，赚些生活费。

老莫和艾热尔也默认了艾山江的存在，有时在天台喝啤酒也会喊艾山江一起。其实喊不喊都不打紧，艾山江从没拿自己当过外人，该吃的时候吃，该躺的时候躺，当机立断、手脚麻利，从不拖泥带水。

这一天，四个人睡到日上三竿才起来，艾山江从楼顶下来，转了一圈，抽着鼻子说："怎么这么臭。"魏晋他们也闻到了味道，一路循着臭味四处查找，一直找到大门口，开门一看，愣在了当地。不知谁将一堆污浊不堪的垃圾堆在了大门口，一堆苍蝇在上面嘤嘤嗡嗡地飞着，连门上也被刻意糊上了垃圾，腐烂的褐色汁液顺着门楣往下流，臭气熏天，令人作呕。

魏晋捂住口鼻，一阵恶心。老莫和艾热尔看了一眼后，脸色难看地退了回去。过了一会儿，他们拿了拖把和水桶出来，屏住呼吸去清理大门。

艾山江不等吩咐，用一条破毛巾绑住口鼻，拿了一个啤酒箱当垃圾箱，帮忙去打扫。

魏晋也挽起袖子，过去帮忙一起收拾。

四个人忙活了一个多小时，才清理干净。可是，难闻的臭味却怎么也驱不掉，招惹得一群绿头苍蝇像生了绿锈的钉子一样趴在门上不肯离去。

老莫黑着脸，把整瓶空气清新剂都喷出去了也没有太大作用。他气哼哼地把喷空了的罐子往地上一丢，生气地骂道："真他妈缺德，这种下三滥的事干了不是一次两次了，我们在这里碍着谁的眼了？"

大家的脸色都不太好，气氛也变得格外压抑。艾山江想把门掩上，艾热尔喝道："门打开，不仅要开，还要大开。我看谁能把我们赶走？"说完，侧身到街上，对着四处怒骂："有本事当面冲着我们来，少在背后干那种不是儿子娃娃干的事情，我艾热尔在这里等着，看看到底是哪个坏种！"骂了半天，无人应答，于是悻悻地转身回到店里。

四个人默默走上露台，端坐一排，面色沉重，谁都不说话。

最后是魏晋打破了沉默，他问："是谁干的呢？跟你们有什么仇什么怨，做这种缺德事？"

艾热尔默默低下头，过了半天才说："已经遇到过好几次了，有些人不想让猎鹿人存在在这里。"

魏晋问："为什么？"

老莫愤愤插话说："因为我们代表了外来、时尚、现代，我们的存在让有些人不舒服，在他们眼里我们是不该存在于此的……"他还预备继续说，可是看了一眼艾热尔，将后面的话咽了回去。

艾山江静静听着，这时插话说："我知道那是一些什么样的人，我想我能揪出他们。"

魏晋和艾热尔、老莫抬头望向艾山江。

"相信我，我有办法。"年轻的艾山江笃定地说着。

艾热尔摇摇头说："抓住或者抓不住，都于事无补，那是一股阴暗的流沙。他们在见不得光的地方伺机而动，捕获与他们不同的事物，想要消灭掉，让周围的世界没有音乐、舞蹈、笑声……让一切按照他们的意愿隐藏于面纱之后。若不是他们，老城早就热闹起来了。"

艾山江说："哪怕于事无补，我也要把他们揪到阳光下看看。等着吧。"

贰

接到电话大约是中午十一点，两个多小时的时差，在喀什这会儿还算早上。

一个尖锐的男声在电话中说："我听我弟媳妇说你在打听宋疆，说是他们家亲戚？宋疆我认识，但是只知道他在县里工作，暂时没有他的联系方式。"

停顿了一下,他又接着说:"我叫夏鸣生,我们家过去跟他们家住在一个院子里,你记下我的电话,我可以带你去找他。"

魏晋在记忆中搜索着夏鸣生这个名字,却实在想不起来。于是他跟夏鸣生说:"多谢了,若是您方便,我们能否约个时间见一下?有些事还想向您当面请教。"

电话那头的夏鸣生略微迟疑了一下说:"也好,不过我今天有事,明天下午我们约在老茶馆见。"魏晋答应了一声,听到对面挂了电话。

放下电话,魏晋又在记忆中努力搜索着夏鸣生的名字,却依旧没有任何印象,索性不再去想。

看看时间还早,今天也没什么安排,他想着四处转转,认认路。刚走出门,却见艾山江不知从哪里冒了出来,乐滋滋地跟着他,也不问他预备去哪里。

有时帕夏也在,他们两个紧跟着魏晋,不时像刺猬一样针锋相对,魏晋甚至怀疑,他们两个有深仇大恨。

据说,喀什老城总共有七七四十九条巷子,有的宽阔平整,有的狭窄曲折,渐渐地,小巷子扩大,成了九九八十一条,大巷子更大,成了大街。传说当然是传说,似乎没有人统计过喀什老城有多少条巷子,错落无序的土房子杂乱无章地堆叠起来,就如烟熏火燎又随心所欲的生活。

魏晋前几日前往库木代尔瓦扎看过,在那道被完整保留下来的沙门前，感慨万千。

他记得小时候，这段城墙破败不堪，焦黄的沙土墙顶上，雨水过后长出的几茎荒草早已枯死于城头。荒草的生长与枯萎，皆取决于雨水。这正是绿洲文明的特质：因水而筑城，因水而繁盛，因水而荒废。楼兰古城便是典型的因水而荒废的绿洲城市，因河流改道断流而逐渐荒芜废弃。而喀什老城的几度迁徙也大多因为水源。现在的老城建在克孜勒苏与吐曼河之间的高台上，一是可以保证用水，二是遇到雨水多的年份不至于有水患之忧。

眼前的老城，看似保留了旧有的样貌，依然是土木结构，事实上里面已经换成了钢筋铁骨。

大规模改造始于2010年，沿袭了传统的铺路方法，泥土路一律用青砖来铺。如果是人字形青砖，就意味着此路通畅，可以放心地走。若是一字形青砖，则意味着前方不通，是"断头路"，应尽早转回。照着青砖路走，便如同带了路标，可以少走许多冤枉路，更不会在纵横交错的巷子中迷路。

不知为何，魏晋每次站在老城都记忆恍惚，一切似是而非。仿佛旧日的光阴就躺在他的记忆里，迷途一般走不出来，无法与此刻重合。这让他常常生出怀疑，那些躺在记忆深处的存在，是否是真实的。

他经常会恍然不知身在何处。儿时的喀什、此刻的喀什、少年时的上海，离开前的上海，它们如同层叠在一起的多维空间，而他则被丢弃在其中的某一个空间里,可以看到所有的片段,却又无法近前相拥。

走到转角的位置,他在一家书店停下来,不理会艾山江质疑的目光,买了一张地图。

艾山江看到魏晋拿着地图出来,总是玩世不恭的脸不高兴地垮了下来:竟然买地图,这绝对是对他个人能力赤裸裸的挑战,他是谁啊?他可是大名鼎鼎的艾山江,有他在还需要地图吗?他就是个活地图好吧。

可是,魏晋似乎完全没有考虑他的自尊,刚拿到手里,便打开来,他想要对比一下,在宏观视角下,如今的老城和记忆中的分布有哪些出入。这让艾山江极为受伤。

他刚想说:"唉,魏晋阿达西,你也考虑下我的感受嘛……"谁知道,话还未出口,地图立刻被一只手飞快地夺了过去。

艾山江转身一看,只见帕夏站在他的身后,笑盈盈地看着他,并快人快语地说:"魏晋阿达西,有我在你还需要地图吗?"

这句话瞬间让艾山江激动得差点热泪盈眶。知音啊,没想到自己的知音竟然是这个整天跟他吵吵闹闹的傻丫头。

艾山江赶紧跟风补充道:"对啊,有我们在你还买地图,这不就是对我们最大的侮辱吗。"

魏晋哭笑不得,他解释说:"我想了解一下都有哪些变化,这么久没回来,变化实在有点太大。你看,前面那个位置,那个十字街口原来有一个压水井，我们小时候在那里压水玩过，现在什么都没有了。还有那里，那里原来有一间公厕，每天都排着长长的队，现在也没有了。"

帕夏探头看了一眼，她对这一切完全没有印象，而艾山江更不会有印象了。在她的记忆里，那里本来有一排水龙头，各家各户都在那里排队接水洗菜洗衣服，她小时候就常干这样的事情，拿着一只洗干净的上面印着"天山油漆，环保健康之选"的铁皮油漆桶接水。那还是隔壁玉山江大叔在建筑工地干活时带回来的，一共十个，送了他们家两个作为水桶。这两只桶比旧木桶好用太多，轻而结实。

她提着这两只水桶，被大人指派去排队。挤在长蛇一样的人群中，不时会有人来插队，边插边假装解释："我让我们家玛依拉早早就来排队啦，那个孩子嘛，上厕所跑开了。"然后拎着水桶，毫不客气地挤进队伍里面。大家都知道她在找借口，却没有人愿意去拆穿，只能假装没看到，将脸拧到别处。

等快要轮到她了，她就会扯开嗓子用力喊阿帕。听到声音的母亲会走出来，粗壮的腰身随着她的脚步左右摆动。

而厕所她更是不记得了，她疑惑地问魏晋："十字路口怎么会有公共厕所？你是不是记错了？"

魏晋摇摇头，帕夏那会儿还没出生，怎么会记得这些呢？

他不知该怎样讲述这样的改变。他知道，这些变化都呈现出越来越好的趋势——生活设施越来越完善，生活越来越便利、越来越现代化，日子越过越好。但是他心中却有着莫名的惆怅，那些停留在时光深处的记忆，他希望永不会改变：城市是熟悉的城市，街道是熟悉的街道，房子是住惯的房子，人们是旧日的人们，父母是年轻的父母，闭着眼就能找到年幼时在墙壁上随手画的画，刻在树上的名字和掏过的鸟窝。

这本来没有绝对的对错，只是情感取向不同。不过对于城市来说，唯有不断向前发展，苟日新，日日新，日新月异，才能从时光厚重的尘埃中散发出永不褪色的光芒。

他从不以为自己是一个充满好奇的人，这些年不断地游历，让他对这个世界的好奇越来越少。可是，回到喀什情况却完全不同，这是离家经年的人的一次回归，更是对旧日记忆的一次回访。他在这里，与幼年的记忆撞个满怀，急切地想要看清楚却又惴惴不安。

这时艾山江也帮腔说："没有比我们更精准的地图了，跟着我们走就好。"说完一左一右拉着魏晋就向前走去。这让魏晋有些好笑——喀什也是他的家，不是吗？

路上遇到一群群孩子在巷子里踢球。对于足球的热爱，有着久远的历史，几乎被融进了当地孩子的血液中。当球滚到魏晋脚下时，他抬脚，将球踢回给他们。然后看着孩子们奔跑着去抢球，最后吵闹着消失在老城深处。

眼前的世界，是完全属于他们的，而未来，也是他们的。

对于喀什老城，魏晋觉得自己是陌生的，却又是熟悉的，似乎从未接近过，又明明无限接近。

才走过一个十字路口，艾山江与帕夏又吵了起来。艾山江要向左，帕夏要向右，各不相让。

帕夏气哼哼地说："我要带魏晋大哥去帕蒂古丽家看她家的古董，你如果不想看就不要跟过来。"

艾山江说："昨天有人给我们门口丢了一堆臭气熏天的垃圾，我要带你们去找那个给我们丢垃圾的人。"

帕夏说："那个人又不会跑，迟一天有什么关系？"

艾山江寸步不让："帕蒂古丽家的古董也不会丢，迟一天看有什么关系？"

友谊的小船说翻就翻，两个人彼此怒目而视，都不肯退让。

魏晋抽身事外，看着两个人站在那里争吵，也不去劝解。他知道，无论劝哪个似乎都会给自己惹上麻烦。

最后还是处于劣势的艾山江自知吵不过帕夏，悻悻地让步："好吧，好吧，你是常有理，今天听你的。"

沿着铺成人字形砖头的巷子向右拐，向前走五六百米是一堵由巨大的木车轮围起来的围墙，远远看上去，像是墙上贴了一大排眼睛。

车轮数量之多，令人震惊。中间是一扇铁门。帕夏一脸兴奋：“那就是帕蒂古丽家。”

也不敲门，走到跟前，帕夏直接伸手推门走了进去，然后招呼魏晋和艾山江也进来，理直气壮得就像这是她家一样。

等三个人都站定在院子里，帕夏转头悄悄对魏晋说："你小时候认识木沙江吗？"

魏晋在脑子里搜索着这个名字，却一无所获，于是摇了摇头。

帕夏提示说："巴依老爷家。"

魏晋的脑海中浮现出一个小卷毛的身影。他长长的睫毛像是两把扇子，在棕色的大眼睛上扇啊扇，把老师和同学的眼睛都扇到自己身上，让所有跟他说话的人都变得细声细气起来，不敢再大声吵嚷。稍微大声一点，他的大眼睛里就会立刻积满泪水，稍微晃动一下，就会滑落。

小时候魏晋跟在一大群孩子后面去过巴依老爷家，只是不知道那就是木沙江的家。

那时的围墙并不是这样用马车轮子围起来的，是高大的土墙，墙壁上有一排暗红色的大字："抓革命，促生产。"这些字被粉刷过，却因为涂料太薄，没有完全遮挡住，还是一眼就能看到。

两扇铜绿色不同凡响的核桃木大门上，布满了浮雕玫瑰花图案。本来神气地镶着金灿灿的铜扣和铜环，却被抠掉了，只余下两个眼睛一样的窟窿，木然地望着前方。而靠近门框处的金色铜钉也被拆掉了，像得了天花生出的一脸大麻子。漆皮剥落的木头，像伤口一样裸露在外，露出核桃木的纹路。

那里曾经是老城里最豪华的庭院和房子，占地大约有一亩。不仅有地上两层楼房，还有一层地下室。据说，地下室不仅藏满金银珠宝，还有水牢。

那所院子，由一位头发花白的老太太看守着。她不分白天黑夜，总是独自坐在庭院里的土炕上。每一个踏进去的人，都会率先经过她凌厉而又凶狠的目光审视，往往不得不瑟缩着退出来。

魏晋一直没有勇气进去，每次他都站在大门口观望，远远看到老太太似乎将目光投向他这里，立刻撒腿就跑。

帕夏狡黠地笑着说："想起来了吧？"

魏晋点了点头。

"帕蒂古丽就是木沙江的妹妹。他们家在很久以前是马车行，我阿达的马掌店就开在过去他们家车马店的房子里。"帕夏补充道。

就在这时，从屋里走出一个圆脸的姑娘，看到帕夏之后，立刻开心地直奔过来说："你今天怎么有时间过来呢？我还预备去找你呢。"

还未等帕夏开口，一旁的艾山江目不转睛地盯着圆脸姑娘，抢在帕夏前面接话说："我们来这里参观一下。"

"这是帕蒂古丽。"帕夏向魏晋他们介绍说。

"这是魏晋大哥和艾山江。"提到艾山江,帕夏明显地露出一个嫌弃的表情,撇了撇嘴角。

可是不妨碍艾山江的一张大脸笑成一朵花。

三个人跟着帕蒂古丽走进屋里,暑热立刻消退了下来。

四方庭院里,宽大的回廊下面立着四根粗壮的立柱,立柱是用质量上乘的杨木做的,柱头和柱尾都雕刻着莲花图案,柱身雕刻着互相交错的菱形图案。立柱后面是一床如同舞台一样宽大的土炕,铺满华丽而又厚实的地毯。土炕背后的墙上,挂着花纹繁复的挂毯。土炕中间是一张彩绘长条矮桌,上面有十几个高脚水晶盘,盛着各种各样的干果、糖果、点心。

回廊顶上,彩绘着枝叶缠绕的牡丹、石榴图案,配合着繁复的砖雕、木雕,看起来无比奢华。

一切虽然有着岁月晕染的痕迹,但是看起来依旧富丽堂皇。

"土炕是我爷爷招待客人的地方,他们就坐在这里,喝茶吃饭聊天看节目,节目有时在里屋那个位置表演。"帕蒂古丽指了指窗户敞开的一间屋子。

魏晋顺着她的手指看过去,窗户被一圈栏杆围着,墙上嵌着壁龛,很是宽敞。

"这个土炕的后面就是客房,你们跟我进来。"帕蒂古丽继续在前面引导着。后面的客房魏晋知道,他们曾经进去玩过,只是当时并不知道那是客房，只当成普通的卧室，如今被布置一新，看起来宽敞又舒适。

进入右手的一道门，就会进入客房，客房分男宾客房与女宾客房，房里包括婴儿床在内，一应俱全。愿意留宿的人，几乎什么都不用带，直接入住就行。

往东拐入主客厅，客厅也有土炕，但是与回廊下的土炕又有所不同，装饰更为华丽。靠近墙壁的位置，有一面巨大的壁炉，壁炉上放置着陶瓷花瓶和铜制饰物。靠另一侧墙壁前，摆放着厚厚的一摞棉被。而棉被的多少，往往被视为财力的象征。

穿过客厅，来到院子另一头，是上二楼的楼梯。木质楼梯虽然被岁月腐蚀掉了上面的棕红色油漆，却依然坚固。楼梯口是用人的房间，穿过去，是老爷的房间。房间里放着几样精巧的家具，都是黑漆描金的，靠里放着一张雕花大床，床头位置有一道锁着的暗门，是用来存放银钱地契以及贵重物品的。房间另一头有一扇窗户，窗户前铺着坐垫，坐在那里，可以俯瞰到门前的情况。

从楼上下来，魏晋好奇地问："平常做饭在哪里呢？"

帕蒂古丽笑了笑，对魏晋说："别急，跟我来。"

众人跟在帕蒂古丽后面，走向回廊尽头向下的一段台阶，一排房子出现在眼前。每间房子的窗户都被设计在回廊下面的土炕边，从上面看像是装饰，对于地下室来说，则恰好可以采光。

那一排房子，除了厨房以外，还有两间巨大的储藏室，分别用于储藏食材和日用品。沿着整面墙安放的木架上，摆放着土陶、瓷器、褡裢以及各种衣帽。

厨房的隔壁是用人的房间，相较于上面的华丽，用人的房间非常简陋，除了一面铺着简陋地毯的大土炕，屋里几乎空无一物。

魏晋留意到在厨房和用人房间中间的地面上，有一道挂着锁子的木板，于是问帕蒂古丽："这是什么？"

帕蒂古丽停下脚步，想了想，还是从口袋里掏出一串钥匙，然后俯下身，打开了那把锁子，然后示意艾山江帮她抬起那块木板。

艾山江看到帕蒂古丽让他打开，立刻志得意满地挤上前去，用两只手将那块木板抬了起来。

木板下面漆黑一片，适应了黑暗之后，隐约看到下面有四五平方米。

"可以下去看看。"帕蒂古丽善解人意地鼓励道。

魏晋好奇地弯下腰，顺着倾斜的台阶，走了下去。房间逼仄幽暗，屋顶上装着铁链，墙上钉着铁环。

帕蒂古丽在身后解释说："这里是我们家的地牢。"

"过去会把犯错的农奴拉到这里关起来惩罚。"

屋顶与墙上的铁器，让人生出一阵阵寒意，空气也变得莫名压抑起来。

一行人从地下室出来,站在庭院中,魏晋长出了一口气。

几个人并排坐在那面大土炕上,仰头望着头顶的天空,一时间都没有说话。

天空蓝得像是一张饱吸蓝色墨汁的吸水纸,深邃而柔韧。一道丝线一样的白色云彩像一道粉笔印痕,鲜明地书写在广袤的天宇中,静止不动。

这座凝聚着当地建筑艺术精华的奢华庭院,代表了那个时代最富裕的生活,却也隐藏着残酷与阴暗。

在漫长的历史时光中,这里经历过农奴制,贫富分化严重到宛如天上地下。确切地说,喀什农奴制的消失,是从新中国成立之后开始的。而在此之前,这里充斥着大量的农奴,他们不仅身无片瓦,地无寸土,甚至连自己都不是自己的,而是巴依老爷家的财产,跟马牛羊没什么区别,很多时候,甚至不如牲畜。

有奢华如此的庭院,但更多的是残破而低矮的泥巴房子。

那些房子昏暗而且低矮,半墙上开着一尺见方用木条隔开的窗户。从那里,微弱的天光艰难地灌进来,为屋子里带来一丝丝有限的光亮。这样的结构,可以最大限度隔绝夏天的阳光与冬天的寒潮。

那样的房子属于赤贫的家庭。他们几乎一无所有,没有田地也没有牛羊，依靠给牧主打工和放牧勉强糊口。他们裹着破衣烂衫的身子，白天在尘土中谋生，晚上则紧贴着光秃秃的土炕。尘土、土地、土房子、土炕、土墙……除了土还是土，就像他们也是泥土的一部分。

农奴与贫民占据了绝大多数，他们用泥土一样的身子，撑起了屋顶，撑起了生活，撑起了天地。

寂静中，帕夏望着天空，忽然问道："你们说，有没有人可以在天空中写字？"

魏晋一震，扭头望向帕夏。他没想到，这位跟他相识不久的维吾尔族姑娘，心中隐秘的感触竟会与他如出一辙。

他看到她浮雕般的侧脸，在天空下犹如清透的瓷器，朝向天空，微闭的棕褐色的眼眸，犹如琥珀，里面流淌着清可见底的光亮。

唯愿这清澈始终如一，不被世俗沾染，不被生活改变吧。魏晋在心里轻叹，竟一时痴了。

"以后有时间，随时欢迎你们来我家做客。过几天我姑奶奶回来了，她可知道很多故事呢。"帕蒂古丽的声音瞬间将魏晋拉了回来。

似乎是觉察到自己的失态，像是刻意回避刚才那一瞬间的尴尬，魏晋指着那一大排车轮，问帕蒂古丽道："你们家怎么会有这么多车轮？"

帕蒂古丽往车轮墙那里瞥了一眼，得意地笑了起来。"那个呀，是我的主意。我爷爷过去开车马店，后来公私合营，他将车马店上交给了国家。但是很快马车就被汽车取代了，城里的马车越来越少，渐渐地都被淘汰了，现在大概连农村也很少见了。我爷爷每次提起他的车马店来就特别感慨，一直不停地念叨。所以重新收拾庭院的时候，我就想到了用旧马车的车轮做围墙，一来可以做装饰，二来有纪念意义，三来可以收藏。我这里可是车轮最多的地方，已经有很多人问过我，想买车轮收藏，以后这些车轮可就是古董了。"

"你爷爷还在世吗？"魏晋好奇地问道。

"在世呀，我爷爷身体可好了，除了耳朵听不到，其他可不比小伙子差。"

"那你爷爷呢？"

"他呀，他可在家坐不住，每天一大早就出门溜达，中午也不回来，跟他几个老弟兄喝茶聊天，不知道他们怎么会有那么多事可以聊。"

魏晋暗自算了一下，按照帕蒂古丽的年龄，她爷爷差不多百岁了。

他听说过世界女性最长寿纪录保持者是来自旁边疏勒县的一位老人，已一百二十多岁。据说她的长寿秘诀就是百无禁忌，有什么吃什么，从来不讲究。或许，真正的长寿秘诀应该是性格吧。洒脱无碍，无论命运给予什么都欣然接受。

而自己呢？是性格还是命运在替自己做抉择？

叁

穿过阿热亚路，又拐到热闹的欧尔达希克路，穿过高大的罕巴扎大门，越过马路，再从艾提尕尔清真寺前的广场穿过去，踏上吾斯塘博依路。阳光明晃晃地照着，炽烈又干燥，洒在魏晋的身上，有细密的灼热。

魏晋尽量将身子贴着靠近房子遮挡的阴凉一面走，跟在他身后的艾山江则完全无视阳光的炙热，黝黑的皮肤暴露在阳光下，散发着光泽。

吾斯塘博依路的两边商铺林立，商铺前的白色凉伞撑起一小片阴凉，店主们百无聊赖地坐在躺椅上，等着顾客上门。

吾斯塘博依路与诺尔贝希路分别位于艾提尕尔清真寺两侧。诺尔贝希路要比吾斯塘博依路更热闹一些，魏晋过去常去，那里有合作社的奶站，夏天的时候，会制作牛奶棒冰和手工冰激凌，当地人叫"买玛馁伊拉"。那是孩子们夏天最喜欢的美味，尤其是加一勺果酱的冰激凌，谁能吃到，便会惹来许多孩子的羡慕。

还有沙朗刀克——酸奶刨冰。

那是南疆独有的美味冷饮。冬天最冷的时节，采冰人会赶着马车来到大亚郎水库。他们找到冰冻得最厚最结实的地方，用工具将冰凿成一米见方的冰块，然后拖出来，装上马车，运到冰窖里储存起来。等第二年夏天，那些储存的冰块会被拿出来，随取随用，铲成冰屑，加酸奶和熬制的糖稀，搅拌均匀食用。

对于当地人来说，只有喝了沙朗刀克，才能算过了完整的夏天。

吾斯塘博依路的位置没有变，他知道这家茶馆，只是过去并不叫这个名字，后来经常在网上刷到关于它的故事，倒让魏晋有些诧异。

那只是一家简陋的小茶肆，小时候他跟着阿布都他们进去玩过。一扇淡蓝色的破木门，一张临街的大土炕，炕头紧挨着一个茶水灶。一群上了年纪的老人，挨挨挤挤地坐在土炕上，一边心不在焉地喝着浓黑的茯茶，一边注视着路边的行人。

在他们身边的炕面上，放着手织粗布，粗布上堆着几个圆形的窝窝馕。

这是喀什地区特有的一种馕，有点像特大号的甜甜圈，中间也有一个孔。窝窝馕跟圆馕最大的区别是，窝窝馕更为厚实松软一些，容易浸泡，丢进水里，很快就会变得膨胀软烂。因而更受老年人欢迎。

他们每天都像是有大把的时间可以消耗，通常从大清早起一直坐到黄昏，才会慢悠悠地踱回家。饿的时候，掰下来一块馕，在茶水里蘸一下，泡软了，送进嘴里，然后蠕动着没有牙的嘴巴，慢慢吞下去。

他们似乎在听着身旁的人说话，又像是什么也没有听，完全沉浸在自己将睡未睡、将醒未醒的恍惚中。时间对他们失去了效力，只有月亮出来，才能将他们送回家去。

第二天，太阳出来的时候，他们又会跟着太阳再一次来到老茶馆。

位于吾斯塘博依路与库木代尔瓦扎路交叉路口的老茶馆，早已不再是原来那样寒酸局促的样子。茶馆变成了两层，据说这已经是第三次改建后的样子。一楼的门脸两侧，添了缸子肉和烤肉店。

老茶馆门口并没有什么人，倒是斜对面的爱乐热木肉馕烤包子店前挤着一群人。一座有年岁的古老的城市很容易培养出一大堆专注于传统风味的挑剔的肠胃。他们的主人会循着老字号而去，无论藏得多深，都会被找出来，成为偏僻处的热闹场所，一天到晚食客不断，挤满了人和氤氲的蒸汽。

跟爱乐热木肉馕烤包子店隔了几十米，位于库木代尔瓦扎路上的是另一家老字号——艾孜买提烤包子店。该店以用料扎实、口味香浓而著称。老板是一个热情又喜兴的中年人，看到人就会远远地打招呼，同时一脸合欢花般的灿烂笑容看得人心情愉悦，全然不像爱乐热木肉馕烤包子店的老板那般傲慢冷漠，总摆着一张爱吃不吃的臭脸。

但是奇怪之处恰恰在这里，哪怕两家烤包子的味道严格说来不相上下，哪怕老板喜兴又热情，艾孜买提烤包子店却总是不及爱乐热木肉馕烤包子店食客众多。

魏晋和艾山江跨进那道淡蓝色的大门，顺着一道木楼梯，来到了二楼。

二楼的楼梯口处，有一个小小的柜台，两个食客正在说话，看到有人来了，淡淡地瞥了一眼，继续着他们的谈话，因为说的是维吾尔语，魏晋完全听不懂他们在说些什么。

绕过二人，魏晋环顾茶楼，看到靠墙处有三面大炕。正对着楼梯的大炕上，挂着一幅巨大的挂毯。几个老先生正坐在上面，守着一个搪瓷茶壶、几个不锈钢茶碗和一个搪瓷痰盂，交头接耳。

靠近里面的大炕上有几个外地游客，正在摆着姿势互相拍照。楼梯一侧的大炕上坐着几位戴着绒线花的当地乐师，给他们付钱就可以让他们弹一首曲子。

魏晋一时踌躇，不知道谁是夏鸣生。听其声音，应该是个六十多岁的人，可是里面那面大炕上的几个人，看起来大概都在二三十岁，并没有那么大年纪的。

正当魏晋站在那里，忖度着需不需要给夏鸣生打个电话的时候，楼梯口说话的两个人中的一个走了过来。

那人站在魏晋前面，打量着魏晋和他身后的艾山江。魏晋也将搜索的目光收回来，看了过去。

"你是魏晋？"那人问道。

"您是夏鸣生先生吗？"魏晋点点头反问道。

"是啊，我是夏鸣生。"

大约六十岁的夏鸣生身材有些发福，一头浓密的自来卷，脸庞方正，目光温和而热切，有一股子熟悉的喀什味道。

夏鸣生将探究的目光转向魏晋身后的艾山江，问道："这位是？"

魏晋连忙解释说："这是我的朋友艾山江。"

夏鸣生点点头，开门见山地说道："我过去住在六运司大院里，在那里工作，我听我弟媳说你在找宋疆一家？"

魏晋回答道："宋疆家过去住我们家隔壁，我们过去也住六运司大院，我父亲是魏一方。"

夏鸣生愣了一下，仔仔细细地看了看魏晋，然后问道："你是魏一方的儿子啊？那你还记得我吗？我是由连队调到六运司的，你们小时候都见过。你父亲开车，经常帮我们捎土豆。"

魏晋仔仔细细地在脑子里搜索着夏鸣生的身影，却一无所获，不好意思地摇了摇头。

夏鸣生倒是无所谓，神情自若地说："你不记得我也不奇怪，毕竟你那时还小嘛。农三师那么多人，不可能都认识。"

魏晋抱歉地笑了笑，不知如何接话。

好在夏鸣生话多，继续自说自话道："宋云帆他们家我挺熟的，当年宋达出事，师部专门开了安全会，强调要管好家里的孩子，不要下河道去玩。"

"你还记得你们过去跟纺织厂那帮孩子们在喀什噶尔河抢地盘比赛吗？那可是每年暑假的重头戏，不少人过去凑热闹。"

魏晋当然记得当年孩子们之间的大战。

纺织厂在喀什市的东边，构成东片工厂区，与之相对应的是城西的机关单位区。两边的孩子活动场地不在一起，平时玩也不大在一起。

相较于吐曼河，孩子们夏天更愿意在水流更清澈的喀什噶尔河游泳。而喀什噶尔河最适合游泳的地段只有靠近城南的那一段，那里河面开阔，河床平整，水流平缓，两边的孩子都喜欢那里，但都不愿意对方去那里。

因此，每年都会爆发"大规模竞赛"。

所谓竞赛，先是比赛跳水，再比赛游泳，最后干脆改为比赛创造力——制作各种"先进武器"。

而他们这边的领袖通常都是宋疆。之所以选宋疆，不仅仅是因为他黝黑壮实，穿着红色的跨栏背心，威风凛凛，有领导风范，最主要的他善于制作"武器"。当年，他用父亲的自行车链条，自造了喀什第一把可以发射火柴头的"火柴枪"。那绝对是那个年代玩具发明的天花板,霸气程度类似于核弹,远胜于小儿科的纸飞机、竹棍飞镖之类。

据说这把火柴枪的构思,来源于青岛的一位年仅9岁的胡姓天才少年,制造成本低廉到几乎可以忽略不计,不过直到图纸落在宋疆手中的时候,才真正让火柴枪大放异彩。

凤眼高挑的宋疆慧眼独具,他第一次看到那张手绘的画工拙劣的图纸,就立刻看出这把火柴枪的不同凡响之处——它不仅设计精妙无比,而且所有的材料都简单到可以就地解决。

没过几天,他就凑齐了大部分链条,但是等到快要安装完成的时候,才发现竟然还差一截链条。

为了补上那部分链条,他四处徘徊,寻找了好几天,最后在无可奈何之下,将目光瞄准了自己父亲骑的那辆梅花牌自行车。

那是一辆老式自行车,除了铃不响哪里都响,所以隔三岔五,宋云帆就得把它拆开,在每个轴承上都抹上机油,再重新组装起来。这样才能保证骑车的时候,它不就地罢工。

宋疆盯了好几天,发现周末是最合适下手的时间。平常父亲都要骑车上下班,只有周末他会在吃完晚饭后,坐在院子里保养那辆老梅花。抹完机油重新组装好之后,父亲会将车子锁在屋檐下。

于是周日一大早,他趁着父亲母亲出门的时候,让宋达望风,自己三下五除二拆下了链条,从上面截下来一段,想再装上，却发现怎么也装不上。最后一咬牙，把链条挂在车上，就去安装他的火柴枪了。

当他在周日黄昏，拿着沉甸甸的火柴枪，站在大家面前的时候，骄傲之情溢于言表。

没见过世面的小孩子们好奇地围着他看，宋疆一脸严肃，将火柴枪插在自己皮带上，在蓝布裤子口袋里摸了半天，摸出一盒火柴，抽出火柴枪，低头将火柴插进去，然后扣动扳机……

对武器充满天然热爱的男孩子们敬佩无比，激动地围在宋疆身边，想要探求制造火柴枪的秘密，却被宋疆轻蔑地拒绝了。

直到腰上插着火柴枪被推选为首长，站在这一群5至15岁不等的孩子们最前面的时候，他才意气风发地轻轻一笑，将那张图纸和盘托出。

不过第二天，前一天还春风得意的宋疆就迎来了自出生以来最猛烈的一顿暴揍。

那辆无法再骑的梅花车以及龇牙咧嘴的宋疆，被怒气冲天的宋云帆拎到了屋子后面，丢在地上，然后气哼哼地走路去上班了。

不过等宋云帆揣着一段新链条下班回来的时候，眼前的景象简直让他彻底傻了眼。

剩下的那段链条，早已经被瓜分得一点不剩。

第一次与纺织厂子弟的抢河大战，爆发在放暑假的第二天。

宋疆裤腰上插着他那把开天辟地的火柴枪，肩上扛着一根芦苇，威风凛凛地站在河堤上，身后是一群高矮胖瘦参差不齐的"战士"。

双方一碰面，几乎没有废话，就爆发了彼此之间有史以来最大规模的对抗大战。

一开始，单位子弟就利用火柴枪抢占了优势。纺织厂子弟面对这样的奇怪火器，一时之间反应不过来，惊慌失措之后纷纷溃败。不过在短暂的惊讶与混乱之后，没过几天他们立刻稳住了军心，开发出了用纸折叠的盒子枪。虽然只能看不能用，但是胜在外形更逼真，个头也更大。

不出所料，彪悍又狡猾的纺织厂子弟压倒性胜出。他们消除了宋疆他们火柴枪的微弱优势，又乘胜追击，开发出了报纸做的坦克等一系列"武器"，用酷炫的高科技手工，将宋疆他们赶出了河道。

事后痛不欲生的宋疆悲壮地总结了失败原因，事后诸葛亮地为大家做出规划："必须大规模开发新型武器。"

在这件事上，宋疆的创造天赋被发挥得淋漓尽致。

他冒着会被父亲抓住暴打的风险，毅然决然地偷了他父亲一根崭新的备用自行车气门芯，外加一个小方凳，做出了射程极远的弹射器。又拿了家里的万花筒，并鼓动张爱国、田晓华分别拿了他们家的万花筒，用三把万花筒制作出了螺旋桨。

而这还不算什么，没多久，宋疆又用家里报废了的日光灯管，制作出了喀什玩具史上创纪元的金箍棒……

不过，这里发生了一段小插曲。在宋疆还未带着单位子弟鏖战纺织厂子弟之前，他偷父亲自行车气门芯的事东窗事发。为此，他被一贯好脾气的父亲第二次捆在长凳上，门都没关，用皮带抽了整整半个小时。

大院的孩子们在宋疆声嘶力竭的嚎叫声中，围观了他这次受刑的过程，大家感同身受，对他生出了更大的敬畏。

依靠强大的意志力，宋疆顽强地扛住了他父亲的"暴行"所带来的伤害。第二天，宋云帆上班刚走，他就一瘸一拐地跑了出来，带着视死如归、大义凛然的英雄气概，主持了单位子弟的反攻大会，丝毫没有提及他所遭受过的皮肉之苦，而是浑然忘我地跟大家商量起了反攻计划。

终于，在暑假结束的头一天，宋疆带领单位子弟，带着"全部装备"，在喀什噶尔河边，大胜纺织厂子弟，扳回一局，赢得了那一片河段的使用权。

但是胜利的喜悦还未消退，所有人都绝望地发现，他们的假期已经余额不足，完全没有时间再下河去游泳了。仅剩的一天时间，得争分夺秒，赶紧补完暑假作业。

魏晋就是在那时候学会了成语"望洋兴叹"的。那是由喜欢读书的田晓华率先说出来的。为此，田晓华重复了两遍，还专门花了十几分钟时间,对他们解释什么是"望洋兴叹"。

为时四十天的假期,无声地来,又无声地去,只留下单位子弟撒落一地的稀碎梦想。

魏晋也是从夏鸣生的口中知道,当年那一场在孩子们眼里自以为机密的"军备竞赛",其实早已被大人们看在眼里,成为他们上班闲聊时的快乐源泉。如今想来,也不排除是大人们睁一只眼闭一只眼且故意帮助孩子们完成了他们的小发明,并在他们的游戏中,圆满着自己的童年梦想。

不过,据冷眼旁观了整个"战局"的有识之士私下讨论,单位子弟之所以能胜出,是因为纺织厂子弟开始赶作业,选择了战略性偃旗息鼓,才让宋疆他们赢得了那次胜利。

这话后来传到了宋疆耳中,他在沉默了片刻之后,跳起脚声嘶力竭地痛骂造谣者……

因着这样一段共同的记忆,魏晋很快消除了和夏鸣生之间的隔阂,两人像是久别重逢的老朋友一样聊了起来。魏晋猛然发现,自己不知何时已经悄然改变,不再是那个隐身都市中谨言慎行的中年人,变得简单且健谈。

夏鸣生快人快语,提起宋云帆和宋疆父子,话匣子就有点收不住。他滔滔不绝地说起宋疆父子截然不同的性格,感叹道:"明明是亲父子,性格怎么会那么不同呢?宋云帆那样温和的一个人,却生了宋疆那样天不怕地不怕的小霸王。肯定是那个名字惹的祸，宋疆，宋江，不就是梁山上的草莽吗？"

他又感叹起宋达的过早离世，感叹起支边青年的陆续离开，感叹起单位的人事变迁……临了，长叹一声："有时拆得太快，感觉连记忆也一起拆掉了。几十年前的那些往事，越老越常想起，却连个念想也没能留住。可是，不拆吧，这破破烂烂的城市，让人住着也不舒服，像老古董一样，除了藏着点记忆，实在没有太大用处。这人啊，真是矛盾，想要改变又不想彻底改变。可是，世间的事怎么可能处处都随人意呢？"

魏晋静静地听着，他理解夏鸣生的感受，对于变迁，自己何尝不是如此想呢？改变的不只是喀什，还有潘村、上海。他上学时每天都走的那条小巷、石库门房子、狭小的阁楼，都曾经让他痛苦不堪，可是等真的回不去了，却又发现每一块长满苔藓的砖头都有未曾觉察的美好，都是满满的回忆。

夏鸣生忽然道："你看我，一直自顾自念叨这些陈芝麻烂谷子的事情，忘了问你的情况，你父母都好吗？你回来是因为发生什么事了吗？"

魏晋一一回答道："没发生什么事，我爸妈一切都好，只是离开这么久，想回来看看——喀什也算是我的故乡。"

夏鸣生点了点头，说道："论起来，喀什的确是你的故乡，你可是在这里出生的。你父亲魏一方是个大好人，热心肠，喜欢帮人忙，平时没少帮我们。他跟你妈妈一走就是三十年，再也没有回来。要是这次他们能跟你一起回来看看就好了,再不回来,估计老喀什就完全变样了。"

魏晋附和道:"我这次回来,发现变化确实太大。许多地方都不敢认了,总是怀疑自己是不是记错了。"

夏鸣生笑了,又问道:"除了宋疆,你还有没有其他想见的人?"

魏晋的脑中浮现出一个身影,魏晋在吐曼河边玩耍的时候与他相遇,又结成忘年交,他教魏晋吹筚篥,请魏晋吃好吃的东西,教魏晋很多有趣的事,却让魏晋保密,对谁都不能提起。魏晋一度觉得他是人贩子,可是看他的样貌、举止、衣着却又不像坏人。魏晋莫名其妙遇见他,那人又莫名其妙消失。除了他送魏晋的那根筚篥,几乎没有任何东西可以佐证他曾经出现过。他的面孔经常出现在魏晋的梦境中,时远时近,亲近又疏离,魏晋不知道他的名字,不知道他是做什么的,来自哪里。

魏晋一时想得出神,直到夏鸣生的声音再度响起,才恍惚回过神来。他望着夏鸣生想,难道去问夏鸣生认不认识一个会吹筚篥的男人?他的心中一阵怅惘,摇了摇头。

夏鸣生望着魏晋,似乎想说什么,思考片刻,欲言又止,只是交代道:"听说宋疆在县里工作,但是具体在哪个部门我不知道。你稍等,我问一个人,他应该知道。"

说着,夏鸣生拿起手机拨了一个电话。打完电话他对魏晋说:"宋疆在莎车县,你记一下,这是他的电话。"

存了宋疆的电话,又跟夏鸣生说了一会儿话,魏晋向夏鸣生告别。望着魏晋,夏鸣生再一次欲言又止,只是拍了拍魏晋的肩膀,交代道:"照顾好自己,在喀什有什么事,来找你夏叔。"

魏晋心里一热,郑重地点了点头。

离开老茶馆,魏晋跟艾山江重新回到大街上。阳光依旧炙热,魏晋顶着烈日,站在街上想了想,决定还是先回去。

他的手机中,躺着一个电话,它属于一个经常出现在他记忆中的身影,这个身影如今离他无比接近。

刚才夏鸣生提议让他立刻打过去的时候,不知为什么,他却迟疑着没有勇气拨出电话。

接近三十年未见,他不知如何在电话里与宋疆寒暄。

或许还是等等吧,他亲自去见宋疆,或许那样会好一点。

魏晋没有想到的是,一切总是会朝着预想之外发展。

第六章

喀什博依

西江月

风雨几番春乱,平生东徙西迁。
乡思十万淬心尖,一片胡杨遮眼。
回首疆南疆北,发梢悄染流年。
夜深不敢立窗前,唯恐无休眷念。

壹

　　车子一路向东，沿途不时遇到渣土车，风驰电掣，扬起漫天尘土，一条贯通县际的公路正在修建中。

　　被施工阻断的车子沿着恰克马克河拐来拐去，拐上一条乡道，那是串联各个乡镇的一条狭窄柏油路，曾经也热闹非常，却逐渐被高速路所代替。双车道路面因为缺少养护，柏油开始龟裂，破损严重。被挤到乡道上的车辆，带来许久未有的热闹，喇叭声响成一片，让挤在中间的驴车乱了步伐，惊恐万分地交替着四蹄。所有车子都不得不放慢速度，慢慢向前挪动。

　　帕夏将额头抵着玻璃，从窗内望着波光粼粼的恰克马克河以及郁郁葱葱的原野，情绪略微舒缓了一些。

　　五月，正是喀什孟夏最饱满的时节，白色与紫色的桑子在枝头熟透，杏子将黄未黄，累累垂垂缀满枝头，空气里飘荡着甜蜜的味道。青绿的麦穗支棱着好奇的脑袋，一层又一层地在风中上下起伏。远处，依稀可见芦苇与红柳组成的褐色荒野，那是大地调色板上的另一种颜色。大自然用写意手法大开大阖，挥洒出率性而又斑斓的色块，自然的元气在这片土地上释放得淋漓尽致，深紫浅黄翠绿苍褐，如同重彩油画。

　　喀什的地形图神似一只牧羊犬，四蹄分明，抬头观望，像是在顾盼什么。这片广袤的土地,山川雄浑开阔,河岳粗犷而苍凉。塔克拉玛干沙漠、昆仑山脉、天山山脉,这些至为醒目的壮阔景致纵横交错、连绵起伏。千万股雪山融水从崇山之巅奔腾而下,汇聚在一起,形成宽阔而汹涌的江河,一路奔涌向前,裹挟着泥沙,沉淀出广袤的绿洲。

以山为阳,以水为阴;以石为刚,以风为柔……大自然据阳守阴,刚柔并济,分割出了喀什玉砌之城独有的地貌:一面贫瘠干旱,寸草不生;一面水草丰美,万物蓬勃。

在绿洲与沙漠的交界处,大片大片的荒野渗出白花花的盐碱,像是经年不化的浮雪,岁岁年年,覆压在大地的额头。这是积淀在喀什沧桑面容上的岁月风霜,一层风霜便是一段华年。

这样广袤而平整的荒野夹在良田与沙漠之间,等待着被改造。这是一项需要付出艰巨劳动的工程,俗称排碱。根据千百年总结出来的经验,最简单的法子是在盐碱地里挖出深沟,然后大水漫灌,再排水,再漫灌,再排水,如此反复冲洗。在时光与水流的夹持中,沙土中的盐碱会逐渐被冲洗干净,再栽种耐盐碱的植物或者加入熟土,进一步进行土壤改善,等土地养肥以后,这里便是种植棉花、牧草之类作物最好的场所。

这是绿洲农业所独有的倨傲特质,用一道道自然的伟力,考验着人类的毅力与耐心,却又以极度的慷慨,纵容着这片土地上的生命。

喀什噶尔河与叶尔羌河冲破山峰的阻碍，在开阔的盆地里一泻千里，冲积出肥沃而开阔的平原，麦子、玉米、棉花、葡萄、无花果、桑子、杏子、枣子……随便什么种子撒进泥土中，都会像懂事的孩子一般，自顾扎下根，茁壮生长，结出果实。

而巍峨耸立的昆仑山则挡住了从南面而来的暖湿气流，造就了世界第二大流动沙漠——塔克拉玛干大沙漠。稀少的雨水如金子般珍贵，无以浸润的广袤土地成为被漠风吹动的沙粒。

肥沃的绿洲与干旱的沙漠是喀什同时具有的两种极端地貌，它们给勤劳者以丰厚的回报。

越往东走越是荒凉，等快走到绿洲尽头，已隐约可以看到一望无际的泛着白色盐碱的茫茫戈壁，以及更远处起伏的沙丘。车子追着沙风，在起伏的沙丘间奔驰，一切越来越陌生，当终于望见一处绿洲的时候，车子停了下来。

帕夏灰头土脸地下了车，回头再看她乘坐的那辆SUV（运动型多用途汽车），早已灰尘密布，连颜色都几乎看不清楚。

虽说自己是土生土长的喀什人，但是自小生活在城市里，乡村的体验并不多，来到乡里驻村更是第一次，她好奇地四处打量着。

接她的村干部姓吴，看上去二十来岁，戴着眼镜，斯斯文文，说话不急不慌。

小吴帮她从后备厢里拎出行李，说道："书记开会去了，交代我安顿好您,您如果有什么需要可以跟我说。"

说完,看帕夏探着头张望,小吴便拎起行李说:"我帮您把行李先拿进去,您先四处看看。"

小吴拎着行李进去了,独留下帕夏站在村委会门口顾盼。

村子不大,东西南北,两横两竖,四四方方,刚好构成一个"井"字形,村委会正在井字中间的位置。农户以村委会为中心,沿着井字辐射开去。

村子里的房子新旧交替,连村道也是水泥路和土路交错在一起,有着一种说不出的错落感。

村里格外安静,正是午饭时节,只有袅袅的炊烟从屋顶上缓缓升起。她正预备转身进去,却看到一个四五岁的小巴郎光着屁股从一座庭院里跑了出来,看到帕夏,便停下来,仰着一张脏污的小脸,含着手指,歪着头打量她。

帕夏也学着他的样子,歪着头看着他。巴郎咧着嘴笑起来,正要靠近,却听到身后有人喊,便转回头看,又转回头看一眼帕夏,还是恋恋不舍地往回走了。一步三回头,既纠结又好奇。这时一个黑瘦的看起来像中学生的女孩子走了过来,看样子像小巴郎的姐姐,穿着一条皱皱巴巴的艾德莱斯绸裙子,裹着一条蓝色头巾,光脚踩着一双橘黄色塑料拖鞋,走近孩子,拉住他的手,低头责怪着。转身欲走,正好迎上帕夏的目光,也不说话,只局促地低下头,拖着孩子回家了。

这时一辆拖拉机驶来，灰尘张牙舞爪地扑了过来，帕夏跳着脚逃也似的跑回了村委会。

来之前，管委会林主任找她谈话："喀什是三区三州深度贫困地区。"帕夏当时一愣，她一直不觉得自己的生活缺少什么，不知道喀什怎么会是贫困地区。

喀什市虽说不大，但是跟其他十八线小城比，并无两样。

都会有几条人民路、解放路、团结路、建设路，所有的路上都跑着咣当咣当响的宇通公交车。

都有一个市中心，在别的城市开着的连锁店在那里也能找到。

都有一个人民公园，每天早上或者晚上，总会有一群精力旺盛的老头老太太在那里顶着日出日落跳广场舞、打太极拳。

都有一个农贸市场，想要的蔬菜水果都能在那里找到。

都有一个人民广场，用来举行大型集会和活动，偶尔也被当作城市对外的门脸。

也会有一家新华书店，摆放的图书和其他城市的新华书店别无二致……

那里的人们也会忧愁，为孩子上学、疾病就医、车贷房贷、邻里纠纷、职务升迁……

那里的人们也有快乐，因家庭和睦、老人健康、儿女优秀、夫妻恩爱、事业有成……

若说不同，只能是那些衣食住行和工作家庭上的细节：吃的食物，穿的衣服，住的房子，玩的游戏……

总之，地不分东西，人不分南北，千百个小城其实都是类似的样子。

但是长期生活在城市中的帕夏，似乎并不知道，地级市集中了地区里最好的资源，县级市集中了县里最好的资源。像喀什市这样的城市，应该算是喀什十二县市里"城市中的城市"，集中了整个地区最好的资源，自然不会太差。

而资源的差异，也让贫富拉开了距离，年收入不足两千元的人不在少数。

眼前斑斑驳驳处于变革中的小村庄，正在蜕变的过程中。她虽然未曾更深地了解贫困究竟能到什么程度，但是已开始相信林主任说的话——喀什有的地方的确很落后。

她不知自己是否能承担起这样一份工作，心中的负担骤然加重，对自己的选择感到怅然。

她有些后悔听从魏晋的建议考进社区工作，又因负气报名前来驻村参与脱贫工作，不知这几年的日子要怎么过。可是，不来的话，她觉得自己迟早会疯掉。对于她来说，没有比先逃开更重要的事情了。

她和魏晋已经认识这么久了，她试探来试探去，他却完全没有喜欢她的心思。

那个话不多、总是将自己包裹得严严实实的中年男子，让她无法靠近又无法远离。她不清楚，他是从什么时候开始，一点一点走进自己心里的。是他站在老城的城头给自己讲老城的故事时，还是从他帮哥哥做起网店时，又或者是两人在老城漫无目的地闲走时？

最初，她对他只有妹妹对哥哥的心思，因为她知道，如果她选择魏晋，父亲肯定不会同意——父亲是那样保守又固执的人，他肯定不愿意让她选择汉族男子作为丈夫。都是帕蒂古丽跟她开玩笑的一句话，让她萌动的情愫再也按捺不住，变成了一股汹涌的浪潮。

"帕夏，你是不是喜欢魏晋大哥呀？我看你看他的眼神，都快拉出丝来了。"帕蒂古丽调侃着说。

她平静的心猛跳起来，那些自己不敢触碰的细小而又隐秘的心思，像是突然被揭开了遮挡，完全暴露了出来。

想起魏晋，她的脸热得发烫，但随即一阵心酸，眼泪慢慢涌了出来。

他怎么可以那样不近人情呢？

那天她实在忍不住，直接向他表白，没想到他却低着头沉默着不说话，良久才抬起头对她淡淡地说道："我只是过客，迟早会离开。"

既然要离开，为什么要回喀什呢？为什么要自称是喀什人？

他这样子，跟那些一边拎着行李箱随时预备离开，另一边却拿着算盘在喀什四处盘算商机的投机者有什么区别？

他曾经多次说过，喀什是他的故乡。一个人怎么能毫无留恋地随时离开故乡？说放弃就放弃的地方不能算是故乡。

如今他们中间相隔168公里，这距离说长不长、说短不短，却足以成为一道屏障，将他们分隔开。也许等她回去休假的时候，他就已经离开了，从此就像飞鸟与鱼，再也不会遇见。

看到她在擦拭眼泪，出来找她的小吴吓了一跳。

小吴赶忙解释道："咱们这里虽然条件比城里差，但是正在努力改善。一定会越来越好的。"

谁知道，不解释还好，越解释帕夏哭得越厉害，弄得小吴手足无措，只能语无伦次地重复着："唉，别哭呀，你别哭呀。"

帕夏的眼泪终于停了下来，倒不是小吴劝解的结果，而是她突然意识到，站在村委会门口哭实在不合适。就在她哭的当口，已经有路过的人停下来好奇地看着。

不得不说，喀什人的好奇心，绝对是全国各地之冠。在这片阳光充沛、节奏缓慢的土地上，当有人停下脚步开始围观的时候，立刻就会有第二个、第三个人出现，直至聚起一群人来围观。

看到帕夏不哭了，小吴赶紧说："我们进去吧，宿舍安顿好了，您先进去休息一会儿，然后我带您四处看看，认识下同事。"

帕夏默默点了点头，跟在小吴后面来到了村委会。宿舍在院子尽头，有七八间房，用于住宿和办公。宿舍不大，几个人合住的房间中有四张乳白色架子床，下面住人，上面放行李，中间横着两张书桌，像极了大学宿舍。

帕夏让小吴先去忙，她在其中一张空着的床上安置好行李，独自坐在床上发起了呆。

帕蒂古丽若是知道她来驻村，会不会惊掉下巴？她的心中充满怅惘。

等小吴忙完过来，带着帕夏去办公室认识新同事的时候，她已经尽力调整好了情绪。

一排简陋的平房，囊括了生活区和办公区，吃住办公几乎都在这里。

小吴见识过帕夏的梨花带雨，担心又会引起连锁反应，所以未雨绸缪，又向帕夏唠叨了一遍："村委会预备跟村里剩余的安居房同步建设，砖头都拉来了，我们还准备修建活动室和小广场，到时候条件就会更好了。"然后眨巴着小眼睛，紧张地等着帕夏的反应。

帕夏苦着脸无从解释，只能配合地用力点点头。小吴长出了一口气，肉眼可见地放松了下来。

村委会人员并不多，除了四个本村的干部，其余的都是驻村干部，刚好都在。看到帕夏进来，大家停下手中的工作，纷纷向她打着招呼。

带帕夏在村委会转了一圈，认完所有同事，小吴如释重负，快速逃了出去。

村党支部书记是半夜十二点多才回来的，车灯闪过，帕夏听到院子里响起一阵沙哑的男声问负责值班的小吴："今天开会又晚了，新来的古丽安顿好了吗？"

小吴说："您放心，都安顿好了。"

"那就好，没什么特殊情况吧？我先去厨房吃点东西，快饿死了。"

"没什么情况，放心吧书记。祖合热大姐应该给您留了饭，您快去吃，有事您喊我。"小吴说。

片刻后，随着发动机熄火，村委会又恢复了寂静。

一整晚，帕夏都翻来翻去，怎么也睡不着。黎明时分，刚恍恍惚惚睡着，就听到了歌声响起：

> 我的梦说别停留等待
> 就让光芒折射泪湿的瞳孔
> 映出心中最想拥有的彩虹
> 带我奔向那片有你的天空
> ……

她在梦里静静地听着，不知道是谁在唱，想起魏晋，心里空落落的，酸涩又难过。突然一个激灵，帕夏似乎想起了什么，伸手摸索着将手机抓到手中，关掉铃声，一把掀开被子，坐了起来。

该死，第一天上班，可千万不能迟到。

去公用卫生间洗脸刷牙收拾完毕，时间已经不早，帕夏顶着两个硕大的黑眼圈，去厨房吃饭，发现大家都已经在吃了，都是昨天见过的面孔，并没有看到新面孔。

她小声问小吴："书记没在吗？"

小吴咽下嘴里的饭，回她道："书记习惯早起在村子里四处走走，应该快回来了。"

话音未落，一个瘦高个子的中年男子走了进来。大概是太高的缘故，他的背有些微弓，走起路来晃晃悠悠的，同样瘦长的脸上架着一副黑框眼镜，看起来像是一名疲惫不堪的中学教师。

小吴看到他，站起来，将自己的凳子往旁边拉，让留出的位置更为宽敞一些，然后说道："书记您回来了？祖合热、祖合热，书记回来了。"

随着一声回应，不一会儿，一位维吾尔族大姐从厨房出来，手里端着预留的饭菜。

瘦高男子坐了下去，看到帕夏，友善地打了声招呼，然后伸手边倒奶茶边问道:"你是才来的帕夏古丽吧?"

帕夏闻声站起来,点头说是。这时小吴介绍说:"这是咱们村支部刘书记。"

刘书记用手势比划着:"坐坐坐,坐着说话。大家在同一个屋檐下工作生活,同吃同住同劳动同学习,千万别客气。"

帕夏重又坐下来。

刘书记接着又说:"你才来,按理应该先熟悉熟悉情况,可是咱们村脱贫工作目前正处于攻坚阶段,事多人少,我们一直期待着你的到来,所以只能边熟悉情况边工作。咱们这里条件有限,可要做好吃苦的准备。不过我相信过上三五年,这里肯定会有翻天覆地的改变,不会比城里差。"

帕夏保证说:"书记放心,我来这里已经做好了艰苦奋斗的准备,一定会努力完成工作任务,绝不会拖大家伙的后腿。"

刘书记满意地点了点头,边吃边交代起了工作。

贰

匆匆吃完饭,第一天的工作开始。刘书记给所有人进行了任务分工:两个人一组,民汉搭配,负责入户走访,了解家庭基本情况,完善资料,建立贫困户档案。

因为帕夏才来,便让她跟经验比较丰富的老杨搭班,以老带新。

老杨四十多岁，头顶的头发几乎掉得一根不剩，仅有的几根被纹丝不乱地从头顶左侧搭到右侧，起到以少胜多、聊胜于无的作用，这让他看起来有些滑稽，也凭空老了许多。也许是因为头发少，老杨对头发分外重视，看人总是习惯性地先从头顶看起。

老杨看着帕夏的头顶，若有所思，对这个昨天一来就哭鼻子的同事不是很看好。不过，他依然保持前辈的风范，耐心地向帕夏介绍着村里的情况。

喀什博依村共有487户村民，但是人口数却是个谜，一直无法统计清楚。老村委会之前除了下拨低保，几乎什么事都没弄清楚，村里的具体情况简直就是一团乱麻。驻村工作队来了后，所有的资料都得重新核对。

刘书记之前做过老师，后来调到市里，现在又被派来驻村，做驻村工作队队长和村党支部书记。早上在饭桌上，他敲着桌子强调："村里每家每户的基本情况都摸不清楚，还怎么一村一策、一户一策进行精准脱贫？"

帕夏在心里暗自嘀咕，查清每家每户的情况还不是最简单的事吗？挨家挨户问不就完了。这事都干不好，那什么事能干好呢？

可是看大家愁眉苦脸的表情，帕夏又本能地觉着这件事应该不会这么简单。

老杨眉头紧锁，走得很慢，一方面是他要一边走一边给帕夏介绍情况，另一方面他实在有些担忧。帕夏昨天刚来，就哭得大家心惊胆战：这么爱哭鼻子，肯定是娇滴滴的主。工作队人少事多，一个萝卜下面有好几个坑等着填，大家伙盼星星盼月亮，就盼着能分来几个能干的驻村干部，谁知来了一位娇弱的大小姐。更不幸的是，这位大小姐还摊给了他。今天第一天搭档，不知道会出什么幺蛾子。

老杨暗自埋怨自己时运不济，难免形诸色，看起来又颓又丧。

帕夏看老杨的脸色，并不知道是自己的缘故，而是觉着这件事大约并不好做，心里也打起了鼓。

两个人各怀心事，来到西头第一户人家。这家的户主叫麦哈提，是个泥瓦匠，有手艺，生活也比一般村民滋润一些。

第一次入户工作，帕夏进门后，神情严肃，目不斜视，一副公事公办的样子，不待老杨开口，就坐下来拿起笔，抢先问刚从侧院喂完羊坐下来的麦哈提："你叫什么名字？"

麦哈提不明就里，看到帕夏面沉如水，紧张地搓着两只手，忐忑地回答："麦哈提。"

帕夏工工整整地在登记表上填上"买合提"，然后认真负责地递给麦哈提："喏，看一下，看清楚，是不是这几个字？"

麦哈提认认真真地看了一遍，奈何他大字不识，完全看不懂上面写的是什么，却又不好意思说，只能用力地点头说："对，对呢，都对。"

帕夏继续询问麦哈提家的情况，问得老杨一头冷汗，哭笑不得。这个古丽说话火力全开，太生硬了。

帕夏边写边记，三两下问完写完，干净利落，毫不拖泥带水，连给老杨插话的机会都没留下。

帕夏满意地整理好表格，整个人也立刻放松了下来，心里暗自得意，觉着摸底似乎并没有什么难度，于是意气风发地对老杨说："我已经问完了，我们走吧。"那派头像极了发号施令的领导。

老杨心中苦笑，也不与她一般见识，耐心说道："让麦哈提拿身份证和户口本过来，我们再核对一下。"

帕夏心中顿生不悦，觉着老杨这样多事的举动，纯属无能之辈的羡慕嫉妒恨，不由怒道："杨老师看样子不太信任我啊。"

老杨知道被误解了，一脸苦相，解释道："不是不信任你，我是错怕了，所以多复核几遍。"

帕夏皱眉，心中对老杨充满敌意：何苦装呢？难怪那么久都没把档案建起来，这不就是典型的内耗吗？完全是没事找事。

不过，老杨坚持，她也无可奈何，还是将老杨的话翻译给麦哈提听。麦哈提听完，赶紧回屋里翻出身份证、户口本，然后小心翼翼交到帕夏手中。

帕夏翻开一看，脸腾地红了。

她恼怒地问道："你身份证上明明写的是'麦哈提'，怎么会是'买合提'？"

麦哈提不知该怎样解释，唯唯诺诺半天答不上来。

帕夏恼怒地修改了资料，然后气鼓鼓地问麦哈提："你自己的名字都看不出来对不对吗？"

麦哈提挠挠头，像做错事的孩子，老老实实地回答道："我跟字嘛，谁也不认识谁。"

麦哈提不识字，让帕夏一阵无语。

麦哈提今年刚37岁，算起来是妥妥的"80后"，竟然不识字。而且他已经结过三次婚了，现在跟他生活在一起的是第三任妻子和两个孩子。

这时老杨拿过麦哈提的户口本看了看，户口本上写得倒是清清楚楚，只是，两个孩子都是"10后"，却让他不由得心生疑惑。

老杨示意帕夏帮忙翻译，问："你前两任老婆没有生孩子吗？"

麦哈提说："生了三个娃娃。"

"那三个孩子呢？"老杨问。

"被羊缸子（维吾尔语对老婆的称呼）带走了。"麦哈提说。

"孩子们没在你户口本上吗？"

麦哈提摇摇头，老老实实回答道："不在。"

"你一个都不管吗？"帕夏忍不住抢白道。

"那是羊缸子的事情。"麦哈提耸耸肩说道。

帕夏在心里翻了个白眼，继续问道："都三个娃娃了，怎么还离婚呢？"

麦哈提比划着说道："第一个羊缸子嘛不会生娃娃，第二个羊缸子嘛太能生娃娃，生了一个又一个，生了娃娃以后嘛，不打扮，丑死了。"

就你这样子还嫌弃老婆丑，帕夏在心里腹诽，不过还是好奇地问道："那你第二任老婆和孩子在哪里呢？"

"羊缸子嘛又嫁人了，娃娃嘛，不知道。"

……

渣男，典型的渣男。帕夏无语至极，在心里默默地怒骂着。

老杨倒是见怪不怪，他耐心地反复询问之后，大致可以确认，麦哈提应该还有三个孩子跟随第二任妻子回了外婆家。至于具体情况究竟如何，改嫁之后有没有带上孩子们，以及孩子们现在在哪里，都无法下结论，只能找到他前妻，实地走访，了解清楚全部情况后才能确定。

叁

好不容易将麦哈提家的情况基本厘清,帕夏怀揣一颗饱受"摧残"的心,一脸悲愤地跟着老杨去走访下一户人家。

"应该再不会遇到那么奇葩的人了吧？"帕夏边走边委屈地问老杨。

老杨心情复杂地看她一眼,回道:"这仅仅只是开始,麦哈提家情况不算太复杂。"

帕夏闻言一脸无语,这不算复杂,那什么算是复杂呢？她闷闷不乐地跟在老杨后面,不复之前的激情满怀。

才进来的这家房屋看起来破旧不堪,却很干净,凹凸不平的泥巴小院被打扫得一尘不染。在庭院一侧的羊圈旁,堆着一大堆大大小小的石头,一大一小两个孩子正蹲在石头旁一个硕大的塑料盆前洗衣服。

看到有人进来,大一些的孩子抬头望了一下,立刻站了起来。帕夏一眼认出来是昨天看到的那个黑瘦的女中学生,而地上蹲着的正是她的弟弟。

看到老杨,两人似乎都很惊喜,女孩不知如何表示,局促地在衣襟上擦干手,连忙将自己刚才坐着的凳子拿过来递给老杨。小一些的孩子则从水盆里抽出手,甩着水花,欢快地奔向老杨，一把抱住他的腿，湿漉漉的手掌，瞬时在老杨的卡其色裤子上留下两个小手印。

老杨却毫不介意，他伸手摸了摸男孩的小脑袋，然后用生硬的维吾尔语向大一些的孩子打招呼说："茹仙古丽，在洗衣服啊。"又低头向小男孩问道，"努尔兰最近乖不乖呢？"

得到肯定的回答之后，老杨乐呵呵地从口袋里掏出两颗糖果塞给努尔兰，然后看着他心满意足地跑开了。

茹仙古丽感激地望着老杨，羞涩地笑了笑，点了点头。

帕夏也上前打招呼道："你好啊，茹仙古丽，又见面了。"

女孩看看帕夏，点了点头没有吭声，算是打过招呼。

"只有你和你弟弟在家啊？阿达阿娜（爸爸妈妈）不在吗？"帕夏好奇地问道。

女孩一张脸瞬时变得通红，看了看老杨，窘迫地握紧手，不知怎么回答。

老杨走过去，向帕夏使了个眼色，想让她不要再继续说下去。帕夏却完全会错了老杨的意思，一脸疑惑地问道："怎么了杨老师？他们家大人好像不在家，咱们还要继续核对吗？"

老杨一脸无奈，叹一口气，指指女孩说："唉，帕夏，茹仙古丽就是家长。"

帕夏瞬间呆住，瞪圆眼睛望着茹仙古丽，一脸震惊地问道："你怎么会是家长？你看起来比我小那么多，你们家没有大人吗？你还是一个孩子，怎么会是家长？"

女孩脸颊绯红，嚅嗫着不知怎么回答。

"她今年已经26岁了，只是看起来比较瘦小。"老杨在一边尴尬地低声解释道。

老杨似乎跟茹仙古丽很熟悉，用有限的维吾尔语外加手势，勉强也可以进行沟通。

茹仙古丽很聪明，不一会儿就了解了老杨的意图，她眨了眨眼，小跑着进屋里拿出家里的证件交给老杨，又转身进去，端出两碗水，乖巧地放在地上，然后站在旁边，耐心地等待着。

除了户口本，连孩子的出生证、银行卡也赫然在列，老杨被逗笑了，打趣说："茹仙古丽啊，你这是预备把所有家底都交出来吗？"

茹仙古丽不清楚老杨为什么大笑，但是看他那么开心，也抿着嘴笑。

老杨挑出户口本，仔细核对着，帕夏闹了个大红脸，讪讪地躲到院子的另一侧。茹仙古丽留意到帕夏不时飘过来的目光，也将怯生生的目光迎上去，递给她一个温和的微笑。

帕夏望着她纯真的笑脸，心中愈发不好意思起来。

五月的风从庭院中穿过，墙角桑树上的桑子随着风声，扑簌簌落了下来，砸在泥土上，晕染出一片绛紫色的图案，甜腻的果香在空气中流动。

茹仙古丽家的房子是一栋年久失修的老房子，大而空旷，四面的夯土围墙，肉眼可见地裂着一道道口子，上面布满雨水冲刷过的斑驳痕迹。中间是一扇没有油漆的简陋木门，看起来黑乎乎的，挂着一个用塑料条串起来的帘子。

在房子的一侧，是一个由矮墙和一米多高的栅栏围成的羊圈，几只半大的羊羔挨挨挤挤地低头啃着地上干巴巴的草料。几只苍蝇嘤嘤嗡嗡地飞着，不时落在羊背上，被羊甩着尾巴驱赶开，又飞向帕夏所在的这一侧。旁边围起来的角落里，养了十几只鸡，正在地上来来回回地刨着。

一张破了一个大洞的黑色防晒网罩在庭院的屋檐上，网下面摆放着一张油漆斑驳的大木床。木床上铺着一块褪了色的地毯。阳光从防晒网的空隙间漏下来，在地毯上勾勒出一排烧灼般的圆形光斑。

帕夏在木床上坐了下来，沉默地看着周围的一切，心里对茹仙古丽家的贫穷充满了惊诧。

这时，帕夏突然听到屋里传来一阵咿咿呀呀的声音，她顺着声音转过头去，看到旁边的窗户上贴着一张被压扁的小脸，正眨巴着眼睛热切地看着她。

帕夏被吓了一跳。这时，那张小脸发出怯懦而纤细的声音，喊着"阿恰（维吾尔语中阿姨的意思），阿恰"。

帕夏观察了一下，似乎只能从正门进，于是从另一侧的正门循着声音绕了进去,看到铺着破旧地毯的土炕上坐着一个四五岁的小女孩。女孩非常瘦弱,脖子奇怪地扭曲着,顶着一颗硕大的脑袋,前胸向里佝偻,后背上则负着一个巨大的鼓包。

看到她进来,孩子歪着脖子,不对称的小脸用力地微笑着,细声细气地喊:"阿恰,阿恰。"

帕夏走了过去,站在孩子面前,惊奇地看着,小心地把手伸向小女孩。

小女孩眼中的笑意更浓了,将自己的小手也伸向帕夏,轻轻地放在帕夏的手掌中。

还未等帕夏开口,老杨的声音在背后响起。

"古力娜扎,最近有没有淘气啊?"

帕夏回过头,看向老杨。只见老杨轻车熟路地走进来,站在古力娜扎对面,疼爱地看着她。

看到老杨,古力娜扎脸上的笑意更浓了,她尽力将歪着的脖子抬起来,用标准的普通话冲着老杨喊道:"杨叔叔,杨叔叔。"

"古力娜扎乖。"老杨走过去,摸摸古力娜扎的小脑袋,然后把手伸进口袋里,掏出两根彩虹棒棒糖,举到古力娜扎面前。

古力娜扎的眼中闪耀着热切的光芒,她伸出像鸡爪子一样撮在一起的小手,接过棒棒糖,冲着老杨露出甜甜的笑。

这时,茹仙古丽带着努尔兰走了进来,看到古力娜扎手中的彩虹糖,小男孩的眼睛瞬间亮了起来,却只是懂事地看着,不吵也不闹。

"也有你的，努尔兰。来，这个给你。"老杨完全知道他的心思，变戏法一样又从口袋里摸出两个彩虹棒棒糖，放在了努尔兰手中。

努尔兰张大嘴，脸上露出夸张的笑容，将手中的棒棒糖举起来，在古力娜扎眼前晃来晃去。两个孩子笑成一团，彼此玩闹着。

老杨也露出老父亲般慈祥的笑，温柔地看着这一切。他对帕夏说："帕夏，要不我们今天先到这里吧，回头再来茹仙古丽家。"

帕夏却站着不肯动，迟疑了一下，问老杨道："茹仙古丽家这么穷，村里不管吗？小古力娜扎究竟是怎么回事？她们家是什么情况，您能解释一下再走吗？"

老杨脸上的笑容渐渐褪去，他走到屋外，一屁股坐在木床上，将手中的表格和笔记本丢在木床上，仰头看着天空，过了良久才望向帕夏，缓缓说道："茹仙古丽父母走得早，从小跟着爷爷奶奶长大，后来嫁给了努尔江。本来两个年轻人依靠自己的双手，是能过上好日子的。茹仙古丽生下了这对双胞胎，谁知道老大生下来就有残疾，后背上不知什么时候又长了一颗瘤子，两口子挣的钱基本都给孩子治病了。村里给她们一家申请了低保，我们驻村工作队给他们捐了好几次钱，包括"致富羊"和"致富鸡"也都是工作队给买的,也一直在想尽办法联系医疗专家帮古力娜扎治疗,目前依然没有太大起色。古力娜扎的身体又不允许她长途跋涉,前往外省治疗。"

说到这里,老杨停住了,他转过头,望着帕夏说:"我知道你从小在城里长大,可能无法理解农村的一些情况,但是这里自然条件差、环境闭塞,脱贫不是说说就能做到的,要有耐心,更要有信心。命运对茹仙古丽极不公平,我们工作的意义就是帮助茹仙古丽改善她的生活。

帕夏不服气地争辩道:"因病致贫固然可怜,客观条件不允许也是事实。但是,我不相信努力一些还会这么穷。"

老杨没有反驳,只叹息着说:"你看到努尔江就会明白,如果努力可以解决所有问题,那一切就会变得非常简单。"

这时茹仙古丽走到了老杨跟前,一脸疑惑地看着他。她一直在旁边关注地听着,虽然听不懂普通话,可是当听到她丈夫名字的时候,立刻紧张了起来。

老杨看着茹仙古丽紧张的表情,露出笑脸,用手比划着,安慰道:"没什么事,我们在商量给努尔江找工作。"

看到老杨的笑容,茹仙古丽紧张的神情慢慢消除,虽然听不懂,但是猜出是在帮她,脸上露出了一抹感激的微笑。

老杨站起来,叹了一口气,对帕夏说道:"时间不早了,我们抓紧去下一家吧。"

帕夏看着老杨的样子，知道多说无益，只好转身向外走去。

老杨向茹仙古丽挥挥手，跟了上去。

两个人走到外面，气氛低沉得似乎马上就会爆发一场风暴。帕夏边走边对老杨说："杨老师，我们驻村是为了帮村民脱贫、改善生活。我觉得我们应该要解决问题，而不只是登记一下，有问题不解决。"

老杨无奈地说："村里家家都有一本难念的经。我们是要解决问题，但是解决问题不能一蹴而就，得一户一策，从根子上解决。"

帕夏又问老杨道："努尔江呢，他不在家吗？"

老杨说："努尔江出去打工了。茹仙古丽得在家照顾孩子，没法出去工作，全靠努尔江一个人赚钱养家。古力娜扎要治病，一家老小要生活，都需要钱。"

迟疑了一会儿，老杨又接着说道："努尔江是个勤奋的好巴郎，他应该是去市里打工了。"

老杨的表情看起来有些奇怪，但是又说不清楚哪里奇怪，帕夏只能不再追问。

其实，老杨没有说的是：努尔江已经消失好几天了。村里为了照顾努尔江，帮他联系了一份工作，结果他上了两天班人就跑得没影了。后来有人说看到努尔江跟一个玉石贩子走了，至于去了哪里就没人知道了。老杨试过给他打电话，可是无论怎么打,他都不接。老杨非常担心,他知道努尔江急于赚钱,担心他误入歧途。看得出来,茹仙古丽也很担心努尔江。希望他平安无事吧。

肆

这已经是帕夏来驻村的第三个月了,这些日子,为了将所有村民家庭情况进行摸底、建档立卡,她觉着自己嘴皮子都要磨破了。

更让她郁闷的是,上面给每家每户下拨了六万元进行危旧房屋改建,每家每户最多自己贴两万块钱,就能把危房改建成宽敞明亮的砖混房。可是有接近一半的人不愿改建,理由是:"没钱。"

"两万块钱也没有吗?"帕夏难以置信地问。

"没有啊,连两千块钱都没有。"如此理直气壮的回答让帕夏无言以对。

帕夏他们天天去劝说,劝说的次数多了,村民中竟然流传起了政府想靠拆迁赚钱的谣言。

这话让帕夏嗤之以鼻,这样明显的谣言谁会信?可是令她没想到的是,谣言愈传愈远,竟然传到了乡党委书记耳中。书记暴怒,把刘书记喊过去,劈头盖脸一顿数落。

老刘脸色铁青地从乡政府回来，立刻召开全体村干部大会。会上，刘书记一改往日的淡定从容，情绪激动，几乎把桌子拍散架，不仅下了死任务，还立下了军令状：必须做好老百姓的思想工作，不能让好事变坏事，让老百姓有怨言。如果明年还不能完成危旧房屋改造，让村民全部住进抗震安居房，他就辞职回去种地。

开完会，帕夏愤懑不已，对老杨抱怨着："政府给每家补贴六万块钱，让他们把房子盖结实一点，竟然会有人这样没心没肺、颠倒黑白，真让人难以理解。"

可是生气归生气，工作不等人。工作队从上到下都忙成一团，大家都在想尽办法加速推进这项工作。

谁知一场大雨，却让危房改建的态势完全改变。

雨是从凌晨开始下的，开始是淅淅沥沥的小雨，电闪雷鸣之后，小雨转成了瓢泼大雨。

一大早村干部们就开始做安全检查。刘书记带着所有村干部挨家挨户地提醒村民做好防雨防灾准备，并对还没有改建房屋、依然住在土房子中的人家做了重点防控，指挥村干部帮助他们用塑料布将屋顶遮挡起来，防止雨水浸泡。

这几年南疆的雨水越来越多，听说连沙漠里也发了洪水。那可是沙漠啊！因为缺水才会形成沙漠，而沙漠发洪水，就跟南方下大雪一样，简直是千年一遇。

喀什博依的居民从最初迎接丰沛雨水的狂喜到变得忧心忡忡，仅仅用了一天时间。

雨实在是太大了，村后的水渠不断上涨，涨成了小河，奔腾的流水卷着草茎打着旋顺着树根外溢，如同决堤一般。

刘书记带领村干部和一批村民飞奔过去加固水渠，分出另一部分人负责解决村里低洼地带的几户村民家里进水的问题。还没解决完，又有几个村民跌跌撞撞跑过来报信："东头的房子塌了！"

刘书记赶紧带着人往过跑，还没跑到，就听到村东头传来一片哭喊声。等到了后发现，连着的几栋老房子，早已坍塌成一片废墟。

哭声、喊声、吵闹声、雨声，连成一片。

刘书记一边组织村干部带领村民去救人，一边打电话向乡里汇报情况。不一会儿，乡政府领导就带着乡干部、乡派出所民警和消防队赶到现场，一起参与救援。

雨还在下着，由于担心伤到下面埋着的人，不能用大型工具，大家只能依靠双手来挖，一直不停地忙到下午，坍塌的房子下被埋的人才全部被解救出来，送往医院。不幸的是，其中有两名伤者因为正好被掉下的木梁砸中头部，又被围墙压住而命丧黄泉。

黄昏时，雨停了下来。西边的天空落霞如血，给村庄镀上了一层绯红的霞光。

两具尸体停放在搭起的棚子下，像是两个被放倒的惊叹号。

刘书记呆立在那里，头颅低垂，久久不语。他没有想到自己工作的疏漏竟会以这样的方式受到惩戒。

较之生命的逝去，个人名誉上的损失又算什么呢？

当生命不在的时候，一切悔不当初都来不及。

这本是可以避免的事情，却因为各种顾忌太多，导致正确的指令无法执行，教训不可谓不深刻。有时相信比怀疑更有力量，肯定比否定也更有力量。

结果已经无法改变，只留下无限的遗憾与懊悔。刘书记因为事故被撤职，这是帕夏没有想到的结果。刘书记是个好领导，一直兢兢业业，起早贪黑，恪尽职守。但是工作不力就是工作不力，任何借口都无法掩盖该承担的责任。

刘书记没有跟任何人打招呼，在凌晨时分，收拾好行李，悄悄地离开了。

早上吃饭的时候，大家坐在厨房，都不动筷子，安静地等着，却终究没能等来那个爽朗的声音。

刘书记的离去让帕夏伤心不已，回到宿舍，她反锁上门，痛哭起来，为这样的意外，为这些天的疲惫，为工作的艰难，更为离开的刘书记。

伍

惨痛的教训让那些散播谣言的人暂时闭上了嘴巴，修路和危旧房屋改建得以加快进度。那段时间，大家都陷入繁忙中，工作节奏明显加快。不过忙也有忙的好处，帕夏发现，自己似乎已经很久没有想起魏晋了。

自从喀什博依建村以来，村里的路一直都是泥巴路，晴天一身土，雨天两脚泥。虽然喀什地区干旱少雨，两脚泥的情况并不多，一身土的情况却几乎每天都有。

村里许多人没有进过城，虽然喀什市距离这里只有一百多公里，但是对于村民来说，依然太过遥远。

村里的能人亚力坤到上海去开馕店。古尔邦节的时候，他从上海回来，握着一台智能手机，在村里来回走了两圈后，抬起一只脚，将脚上穿的沾满土的皮鞋亮出来，无比嫌弃地抱怨道："在我们上海，皮鞋穿一个月都没有一粒灰。"

村民们对亚力坤的话提出深深的质疑。地面是土做的，没有土，那还是地面吗？旁边的柏油路，不也一层土嘛。

有村民不信地说："吹牛，亚力坤瞎吹牛，把牛都吹飞了。"

亚力坤觉着受到了莫大的侮辱，他气愤地掏出自己的手机，翻出相册，将自己在上海拍的照片一一展示给大家看，"喏，喏，你们瞧瞧，是不是一粒灰尘也没有？"

照片的背景，正是外滩，亚力坤背靠栏杆，瞅着三点钟的方向眉开眼笑，身旁游人摩肩接踵，身后一川江水滚滚东流，一艘游轮正从江上驶过，远处鳞次栉比的高楼大厦层层叠叠延伸到天边。这里不仅看不到土、看不到一粒灰尘，甚至连一片裸露的地面都看不到，除了房子全是人。

大家也终于相信，电视上的世界是真的，不是扮演出来的。世界广袤，精彩纷呈，除了绿洲、戈壁滩、沙漠之外，还有许多出奇美丽的地方。

"我们村子要是也能变成那样就好了。"大家纷纷感叹着。

但是也有不同的声音，阿里甫就是喊得最响的一个，他愤恨地望着亚力坤的背影，咬牙切齿地诅咒着："让那些邪恶的魔鬼都在外面不要回来，让上天惩罚那些不守传统的人……"

阿里甫不是一个人，和他一样有类似想法的人虽然为数不多，却成为坏了生活这锅汤的老鼠屎。那些被他们视为离经叛道的人，都会被他们想尽办法排挤出去。而之前反对房屋改建、反对修路的也正是这群人。

亚力坤没得意几天，就在一天黄昏被他的父亲提着棍子赶了出来，亚力坤在前面边跑边回头辩解，他的父亲却压根不听他解释，一路舞着棒子边打边追。

直到亚力坤吐出一句："你再打，我就再也不回来了。"

他的父亲才收了手。

明眼人都知道，如果不是阿里甫他们搞鬼、施加压力，亚力坤断然不会被父亲追打。

古尔邦节过后，亚力坤戴着太阳镜，拎着自己带拉杆的棕色皮箱，站在了村口。他摘下太阳镜，扭头向着村里看了看，又重新戴上，在漫天飞扬的尘土中，绝尘而去。

而最终为阿里甫他们的狭隘买单的，却是喀什博依的村民。

487户人家，有一半是建档立卡贫困户。致贫的原因千奇百怪，最多的却是不愿意出去工作。

不出去工作怎么赚钱养家啊？

帕夏他们头疼不已，只能想尽办法，看是否能在家门口解决就业问题。而这也让帕夏明白了为啥老杨会夸赞努尔江是个好巴郎——至少他是有责任感的男人，知道靠努力给茹仙古丽和孩子们撑起一片天空。

这天，帕夏预备去吐尔地家，跟他聊聊孩子上大学的事情。

孩子考得不错，考上了天津的一所大学，自治区推出的助学计划每年会帮扶六千块钱，县里也拿出六千块钱进行帮扶，学费完全不用担心。生活费不够的也可以申请助学贷款，即使一分钱没有也不影响孩子入学。吐尔地却坚决不让孩子去上学。

"丫头子嘛，读到高中毕业就够了，去那么远的地方上学，还要花那么多钱，等毕业了，生娃娃都耽误了。"吐尔地老汉振振有词，帕夏连着去劝说了几次都无功而返。

对于吐尔地老汉的想法，帕夏一直想不明白。难道孩子上大学有个更好的前途不好吗？她烦闷地回到村委会，在王书记门口溜达了好几圈，还是敲门走了进去。

如此轻易地认输，这可不是帕夏的性格。可是眼前实在无计可施，她委屈巴巴地向王书记吐槽了一通，然后两手一摊说："反正对于那样冥顽不化的人，我是没办法了。"

王书记认真听完之后，想了想，撂下手中的工作，就去了吐尔地家做工作。一直到过了饭点，王书记才疲惫不堪地回来。

帕夏赶紧凑过去问："解决了？"

王书记点点头，"解决了。"

惊得帕夏吐了吐舌头，悄悄竖起大拇指说："书记，厉害。"

她不知道的是，王书记一个下午都在帮吐尔地压地膜。今年雨水还不错，收了麦子，还可以赶着种一茬早玉米。吐尔地出了名的勤快，除了生产队分的十来亩地，自己又在盐碱地开荒了几亩地种棉花。若女儿去读书了，就少了一个帮手，他可无法容忍好不容易开垦出的土地再撂荒。吐尔地不是舍不得钱，是舍不得地。

第二天开碰头会的时候，王书记抱出一大摞建档卡，语重心长地说："我们的工作还是做得不细啊，同志们。如果不改变工作思路，不跟群众打成一片，不帮老百姓排忧解难，老百姓怎么能信得过我们呢？又怎么能齐心协力寻找致富路呢？脱贫不光是找出路，更得要提起心气。不然，即使把钱塞到村民的手里也没用。"

"咱们村的先天条件不足，只能后天补救。只靠农业一条腿走路肯定不行，还是得积极想办法，把二产三产都抓起来，只有帮村民找对路子，让村民自己觉悟了，提起精气神，'撸起袖子加油干'才能从根本上解决问题。"

大家都觉得王书记说得对，可是说归说，做才是硬道理。究竟要怎么做呢？

这实在是家家户户都存在这样那样问题的村子，不是一户两户的问题，而是一个村子的问题。甚至不只是一个村子，而是整个喀什地区普遍存在的广泛问题。如果不解决，根本不可能大步流星奔小康。为此大家都头痛不已。

第七章

另一片天地

锦缠道

路迥搀天,拔地险峰披雪。
断崖耸、半临云阙。
冰河伏流千秋阅。
不管人间,旅雁凭空咽。
幸情深匪他,暮攀朝涉。
渐通途、铸成奇绝
皆去贫、歧阻成往事,
烟村深处,梦比榴花烈。

壹

像是又回到了江南，雨脚不绝，一场又一场。新铺就的青砖路上，每天早上都积攒着一汪水汽。

临出门前，魏晋欲拿伞，却被艾山江止住。

"哎哎，阿达西，好不容易下雨，谁会在乎淋雨呢？"艾山江兴奋地劝阻道。

魏晋想了想，放下了伞，和艾山江一头钻进雨幕中。两个人顶着雨，像一道移动的人形瀑布，依明江更是兴高采烈地张开双臂，故意踩着水，在水花四溅中放声大笑。

雨水在喀什这样干旱的地方，总是像春天一样受欢迎。

街上游客寥寥，寂静而冷清，一座一座房子在风雨中端坐，将人间悲喜不动声色地遮掩在屋顶之下。

依然有老字号店铺在雨中开门营业。

卖花帽的麦尔哈巴，寡言而孤僻，却心灵手巧，有一手好绣工。她绣出的花帽和批发来的大路货一比，简直判若云泥。她绣的动物像是注入了灵魂和生机，随时都会从布料上挣脱出来，绣的花儿也栩栩如生，一层层、一瓣瓣、一枝枝摇曳生姿，俨然能嗅到浓浓的花香。凡是踏进她店里的客人，绝不会空手出去，也绝不会再看上别家的花帽和绣品。

打馕的买合木提，他家的馕坑已经传了三代，四壁残余的土盐与馕坑浑然一体，从而让馕坑有了天然的咸香味。他打馕，从不用水和面，只用牛奶和鸡蛋，这样打出来的馕又酥又香。他打馕时，手在擀面团，眼睛却左顾右盼，看似毫不在意手上的动作，擀出的馕却个个像用模子印出来的一样标准。等擀出来，拿起模戳，印上花，将面胚在手中甩两下，蘸点盐水和芝麻，随手甩在坑壁上，又圆又匀称的馕饼就会牢牢地贴在馕坑上，过不了多久，焦黄酥香的烤馕就出炉了。买合木提家的牛奶馕和文化路上的岳普湖馕，都是要排队才能买到的老字号。

做土陶的祖力亚，他家的土陶已经传到了第八代，单看他和黏土就能看出来技艺精湛。他从不用秤称量配料，全靠经验和感觉就能和出软硬适度的陶土，这样的陶土放在陶轮上，容易成型又有韧性。陶坯出来，他便握着刻刀开始雕刻花纹，手法娴熟轻松，像是巧手的绣娘在描线、制花，雕刻、打磨、上釉、烧制……一整套动作行云流水。只一会儿工夫，一件精美至极的土陶就展现在世人眼前。

卖凉粉的木尼热，她的凉粉像是一大块洁白无瑕的羊脂玉——那是她用上等的土豆粉制作而成的。本地产的土豆，粉糯香甜，制作成洁白细腻的淀粉，用来做凉粉再好不过。当她用黄铜旋子轻轻划过，粗细均匀的凉粉像散开的白菊一丝丝绽放，最后被整齐地拢在盘子里，加上醋、花生碎、辣椒油、鹰嘴豆、黄瓜丝、香菜……酸辣鲜香，弹性十足又清爽无比。

还有卖玛仁糖（切糕）的吾布力，他家的玛仁糖已经传承了五代，用料考究、口感丰富。上好的玉米饴、葡萄干、核桃仁、芝麻、巴旦杏、红枣和甜菜糖等慢火细熬，熬好之后再放到容器里，用祖传的木杠压两天两夜，等多余的水分被压干，只剩下紧密粘在一起的糖块发出琥珀色的光泽，就可以上市销售了。五块钱就可以买一人块，酥脆香甜又营养丰富。

麦尔哈巴手中的针线，买合木提的馕坑，祖力亚的陶轮……由祖辈一直传承到子孙手中。这样的传递，让手艺有了一种安静的力量，似乎只要手中掌握了手艺，就可以安心地生活下去。他们的店铺在风雨中，安静地等待着，等待被发现，等待有人上门，彼此以心相见。

等待是匠人的使命，任何力量都无法阻止。无人之时，一切都在静静等待，匠人们趁着凉爽坐在椅子上发会儿呆，心思笃定，假寐片刻，做会儿顾客盈门的白日梦。

克尤木虽然也在发呆，却明显并不笃定。他的心思总是莫名其妙地飞回到四十多年前，这让他烦躁不已。看到有人向他这边走过来，他的脑海里浮现的却是另一个身影。

前几天，街道办又找到他，想让他把马掌店搬到手工艺一条街。这条街预备统一开发成印象一条街，以民宿、酒吧、餐吧、茶馆为主，有个马掌店在这里很尴尬。结果不出意外，克尤木又拒绝了。

这已经不知道是街道办第几次来做工作了，克尤木油盐不进，拆迁补偿再多他也坚决不同意，哪怕往旁边挪动几百米，原模原样再建一个也不肯。胡主任被逼得没办法，绝望地对克尤木说："你自己选地方，想搬哪里都可以。"

克尤木沉着脸不吭声，良久，一脸挑衅地对胡主任说："我要搬到市委大院，你能做主？"

胡主任咬咬牙，说："能，只要你想去那里开店，我去给书记做汇报。"

克尤木嗤之以鼻："吹吧你。"

胡主任也笑了："我这不是被您老逼得没办法了吗？搬到市委也比您老人家死活不搬强。只是搬到市委您预备怎么做生意啊？骡马可进不了市委大院钉掌啊，哈哈。"

克尤木的唇角也挂上了一抹笑意，大约他也被自己的异想天开逗笑了，但旋即又收起笑容，摆出一副坚不可破的冰冷表情。

其实，并非是克尤木故意和街道办对着干，克尤木较着这个劲主要有两个原因。一是他觉得在让他的马掌店搬离这件事上，街道办在区别对待，不远处的飞马铁蹄铺也是马掌店，为啥他们不搬，偏偏让他搬？二则是如果她回来怎么办？难道等吐尔地那老家伙先接上她？

每次看到吐尔地那老家伙一张得意洋洋的脸，克尤木老汉就气不打一处来。让老吐尔地留在原地，却让他搬离，想都不要想。

　　他一早就知道，吐尔地那老家伙开个冒牌的马掌店，天天守在这里，跟他是同一个目的，还以为别人看不出来？

　　只是两个人这么多年一直不说话，他没法去揪着那老家伙对质，当面拆穿他。

　　当年，他父亲和吐尔地的父亲一起赶马车，来往于天山南北。那可是个历史悠久的行当。父亲听爷爷说，光绪十一年，全疆有一百多所官驿、一千多匹驿马，赶马车走南闯北行脚拉货，每到一处都有官家驿站可以歇脚，若接着官差更是威风，这可是让许多人羡慕的职业。清末，因为四方吃紧，通信物资来往频繁，官驿更是增加到二百多所，驿马两千多匹，车马行生意兴盛无比。有驿站的地方就有站房，有官办、有私办、也有合营，以惠商旅，有商旅就有车夫、信使，专事通达。官家驲站有车、马、杠夫来承接官物运输，民间则有车马大店来载运客商，"供差、驰报"，确保运输与通信畅达无碍。

　　父亲由迪化经阿克苏，再到喀什、叶城、和田，记不清多少次来来往往运送客商及物资，是老城里见多识广的人之一。尤其1943年，父亲曾参加过穿越驮马古道运送抗日物资的行动，更是他老人家至为骄傲的一次壮举。

　　那一次，父亲与179名驮工一起，驱赶着1300匹骆驼、牦牛、马匹翻山越岭，浩浩荡荡地开拔上路。那可是十月，正是兴都库什山冰雪纷飞的时候，父亲他们餐冰饮雪，昼夜跋涉。去时180人，在历时三个多月后，只剩几十人带着抗战所需的物资从列城回来，其余的都留在了路途上。

父亲回来后，给祖父磕了头，第一时间就央求媒人去母亲家提亲，并放话，无论女方家提什么要求都应承下来，唯一的条件是立刻成亲。按照传统，从提亲、下聘、定亲到成婚，怎么也要三个月，父亲从提亲到成婚，只用了一个礼拜，简直可以称为闪婚。

关于那段出生入死的经历，父亲守口如瓶，从不轻易吐露半个字，似乎是在刻意遗忘。他经历九死一生，急于在这个世间留下自己的血脉。似乎唯有如此，他才有勇气面对这个无常的世界。

他是在父亲母亲结婚一年后，也就是抗战胜利那一年出生的，拥有了头生子的父亲和母亲格外高兴。他才三岁，父亲便抱着他一起骑马，让他坐在马背上，他靠在父亲的怀里，在马背上摇摇晃晃，一点都不害怕，只是用小手紧紧抓着枣红马的鬃毛。

父亲在他耳边大声地喊道："克尤木坐好了，阿达带你去玩。"然后听到马一声长啸，四蹄纷飞，闪电一样向前跑去。枣红马马蹄嗒嗒，追风赶月。风将他的小卷毛像柳枝一样吹向身后，将他的衣衫吹得鼓鼓囊囊，就像是在御风飞行，惹得他咯咯大笑。

他一直觉着自己能听懂马和驴子在说些什么，他有时说给父亲听，父亲却总是不相信，以为他在编故事，还故意调侃说："我们家克尤木精通马语，一定是小马驹变的。"这让他对父亲第一次生出失望。他知道没有人相信他所说的，但是他就是能听懂马语。

父亲常给他讲路上的奇遇，但是父亲也说不清楚，为什么他们来来回回走的都是同一条路。他不知道那条路是什么时候开始修的、什么时候开始走的，不知道那些路哪里是起点、哪里是终点。

父亲没有读过书，却走过万里路，他的见识远高于庄稼汉，却依然无知。他不知如何向父亲解释自己能听懂马语，就像他也无从向人解释自己为什么要守着这个马掌铺苦苦等待。

想到这里，克尤木的眉头皱得更紧了。皱纹密布的脸上，惆怅和忧伤像两道嵌在他生命裂缝中的尖刺。

如果有人会读心术，大约能读懂克尤木此刻的内心吧。

在他只有十七岁的时候，阿达就迫不及待地为他娶了胡吞（老婆）。父亲说："男人娶了老婆有了孩子，才会变成真正的男子汉，天不怕，地不怕。"

他不太能理解父亲怎么会这么想。父亲在娶亲前不也是不愿意过早被家庭羁绊，才选择做个马车夫游走四方吗？

他思来想去，唯一能想到的理由是，父亲在翻越驮马古道的时候，内心产生过强烈的恐惧，担心自己连个后代也没有留下就死去。这恐惧始终伴随着他，让他在婚姻大事上变得执拗强横。

他的胡吞是父亲帮他找的，是个好女人，除了长相丑陋，几乎没有什么缺点。她为他操持家务，照顾阿达、阿娜，为他生下孩子。她的腰身壮硕到他双手环不过来，却勤劳肯干，性情也宽和温柔。

晚上，她在他的身边发出鼾声，过去这鼾声搅扰得他彻夜难眠，如今这鼾声已经变成了记忆的一部分，也成为他怀念的一部分。

他从没想过背叛她和家庭，也不懂得什么是爱情——直到遇见她。可是，遇见她也谈不上背叛，她只是他的一个美梦，虚无缥缈，却又真真实实。

那一年，他和吐尔地参加技术培训，仰头看着她站在讲台上给他们讲课。她穿着一件白色的确良衬衣，皮肤白皙、眉目如画，两只眼睛漆黑深邃，里面蕴藏着天空般深奥的智慧。

她似乎无所不知，除了告诉他们新式鼓风机的应用、节能炉的修建方法，还有什么是丝绸之路，也是她告诉他们的。他恍然大悟：原来阿达走的路，已经有两千多年了，而且还分为南道、北道、中道，阿达他们走的就是南道。

她与他见过的女子完全不同。他惊异地发现，这个世界上还有这样一种女人：比男人聪明能干，比男人懂得多，也比男人更有本事。

她在科技局担任工程师,和男人们一起,干同样的活,却比男性谦和优雅,满腹诗书的她即使生气也是轻声细语的,可那轻声说出的每一句话都掷地有声。

他用心地听她讲着那些自己从未听说过的事情,不敢多看她。每当她俯身帮他们纠正错误的时候,他都紧张得不能呼吸,手心冒汗,手抖得铅笔都握不住。

他已经是大人了,他为自己的失态懊恼不已。

她去车马店帮他们改造新式节能炉,挽着袖子,身上全是土,却浑然不觉,只是弯腰认真地检查风口的位置,不时做着调整。

她不仅会修炉子、会讲课,还会修电闸,一身都是本事,以至于她的美貌成了多余。

据说她是南方一所工业大学毕业的大学生,学的是机械工程专业,是科技局仅有的两名大学生之一。这也让他格外惊叹——他当初读到初中就学不进去,选择了辍学。

有一次她出差,没有坐嘎斯车,而是跟着他们的车队一起坐马车出发去阿克苏。马车上载满货物,一路上,马脖子上的铜铃铛丁零当啷响,她双腿悬空坐在车辕上,每经过一处地方,她都能讲出一大堆的故事,听得大家啧啧称奇。

车子在巴楚歇脚的那个晚上,他和吐尔地等人围在一起聊天喝酒。没有肉,他们只能就着杏干和红枣。她也坐在他们中间,席地而坐,像他们一样,轮流用一只玻璃瓶子喝昆仑特。她率真简单,毫不扭捏,并不介意那个瓶子被众多人喝过,仰头就是一大口,呛得自己大声咳嗽。咳嗽完,她哈哈大笑,笑声爽朗得像掉在地上滚动的珠子。在高远的夜空下,她清新脱俗,明亮的眼睛在火光中灿如星辰,闪烁着光芒,简直如同仙子。

那时,她是他们这群年轻人共同的白月光,也是他可望而不可即的女神。

可是,她后来离开了,像是从未来过一样,无声无息地离开了这座城市。

知道她离开的消息时是深秋,他辗转找到她的宿舍,那里的一切都被清理得干干净净。一间空荡荡的屋子,大概只有几平方米,除了靠墙处的两张竹椅,她什么也没有留下。

她并不知道,她的影子在年轻人的心中生了根,不知道她亲手垒起来的节能炉,会成为他一生的念想。

他费尽心机,将那两张竹椅拿回来。每次坐在她的竹椅上,盯着炉子呼呼作响地燃烧着,就像是感受到了她的气息。

她已经走了三十多年,车马店从私营到公私合营再到私营,这么多年过去,他不知她是否会再回来,却还是坚定地守在这里,不肯离开。

这些隐秘的心事,固执地盘踞在他的心中,搅扰得他昼夜不得安宁。

  这次拆迁，胡主任登门劝说了他多次，还找阿布都和帕夏来劝说，都被他骂走了。他讨厌这些人想要自作主张将他关于她的记忆彻底拆除。他们又怎么懂得他的心事呢？他们只会撇着嘴，充满傲慢地断言：人老了，就会偏执起来，爱钻牛角尖，跟不上时代。

  他不理解他们的思维，但是却一点都不糊涂。为什么不能让记忆和现实互相关联？为什么在建设新的一切之前，必须先拆掉旧的呢？过去和未来并非水火不容，它们之间是有一条通道可以互相连接的。他们的非此即彼，只是无能的表现，有些事只是没有找到合适的路径罢了。

  四十年光阴，弹指一挥间，倏忽间让青丝变成白发，他徒劳地抗争着，想要留住往事。

  在别人眼中他就这样不可理喻地跟自己的孩子和改造办僵持着，看谁会先让步。

  他知道政府的改造政策有时候只是一阵风，说过就过了，或许这事过阵子就不了了之了。他也知道胡主任大概也在赌他一把年纪了，老板迟早会换成阿布都，按照阿布都的个性，大约不等改造办来找他，自己就会把这座碍眼又破旧的老房子拆掉。阿布都一直想要找地方重新开一家特产店，这位置他盘算已久，不管是地段还是面积都非常合适。

他暗自提醒着自己，必须活得长久一些，只要这间马掌店存在一天，他就有可能等到她回来。

就这样，马掌店在彼此的角力中暂时保留了下来，成为时尚炫酷的街道上一个醒目的补丁，打在崭新的华服之上，却也成为至为特殊的存在。

贰

魏晋和艾山江经过马掌店，看到克尤木呆呆地在炉子前坐着，炉子早已熄了火，几根冰凉的铁片散乱地扔在一边。克尤木盯着虚无的某处，像是入定了一般，不知在想些什么。

他们向克尤木打了声招呼，克尤木听到动静，茫然地抬起头来，待看清楚是他们两个，便点点头，算是回应。

魏晋预备走，艾山江却拉住魏晋，自己率先挤了进去，魏晋也不得不跟了进去。他们带进来一片水汽，将克尤木从遥远的记忆中重新拉回现实，他愣了片刻，皱了皱眉头。

克尤木的旁边摆了两张竹凳，这在喀什老城并不多见——这里不产竹子，连毛竹都看不到。这两个竹凳看起来年代久远，竹片上已经包了一层浆，棕褐色的竹片，岫玉般油光锃亮。

魏晋莫名其妙地看了看艾山江，不明白他挤进来究竟是什么意思,可是看艾山江一脸讨好地坐下,只能跟着艾山江一起坐下来。克尤木冷峻严肃的脸看起来没有任何波澜,也没有丝毫想要跟二人说话的意思,瞥了他们一眼,便又将目光挪向铁炉的方向。

艾山江身上的雨水在脚下汇成一个水洼,他自顾自地扯东扯西,话题散乱得连自己都说不下去了,便停了下来,讨好地看着克尤木。过了好一会儿,他鼓足勇气,问克尤木道:"阿卡(维吾尔语大叔的意思),帕夏一切都好吗?"

克尤木面无表情地瞥了他一眼,冷冷地回答道:"都好。"

艾山江还想继续问,张了张嘴,却不知该问什么,于是求助似的瞅了瞅魏晋。

魏晋这才知道艾山江的真实想法,犹豫再三,还是问克尤木:"阿达西,帕夏去驻村,如果有什么是我们能做的,您尽管吩咐。等您什么时候有时间了,我们一起去看她。"

魏晋看到艾山江悄悄给他竖了个大拇指,心里一阵发虚。他知道帕夏去驻村跟他有莫大关系,但又无可奈何,只能在心里长叹一声。

克尤木不置可否,魏晋只能闷坐着,打量着四周。这间马掌店应该是曾经有过一个土炕,可以看到墙角处烟熏的痕迹。斑驳的土墙上钉着钉子,挂着乱七八糟的铁器。墙角有一个烟囱,连接着一个土炉子。这里一切都陈旧极了,灰尘和铁锈混合在一起，像是在时光里沉寂了几千年。

天色已不早，魏晋急于去艾热尔家，他用眼神催促艾山江半天，艾山江却假装没看到，赖着不走，实在不知道他还想做什么。

魏晋无奈之下，站起来告辞后大步跨出了大门。艾山江看看魏晋的背影，又看看旁边陷入梦游状态的克尤木，欲言又止，跺跺脚，追了出去。

雨水并没有减小，不时有隐隐的闷雷声传来，氤氲中，老城水汽弥漫，脚下的雨水像小溪一样奔涌着，向低洼处流去。即使有下水道，来不及流走的水也迅速地积起来，几乎没过脚踝。

魏晋有些感慨，老城改造持续到现在，有人赞成，有人反对，争论一直没有停止过。他想起书里读到的，法国巴黎计划修建埃菲尔铁塔时的情形，当时也遭到大多数人的激烈反对。传统如果故步自封、止步不前，是会与泥古画上等号的。现在埃菲尔铁塔已经成为巴黎的标志，影响力甚至盖过了凯旋门。在古老的建筑群中，它的钢筋铁骨，代表了时间刻度上的现代时刻。

他相信老城总有一天也会成为埃菲尔铁塔一般醒目的标志，为这座融合的城市增添新的活力，让这座城市兼容并蓄更多的文化元素，形成自己独一无二的气质。

更何况老城如果不改造，眼前这场大雨一定会带来巨大的灾害。记忆中的老城里是没有排水与饮水系统的。排水靠蒸发，饮水靠手提，晴天一身土，雨天两脚泥。他记得当年就在他们临回上海之前，欧尔达希克路那里新修了两个水龙头，有人专门负责放水。水龙头不远处是修建起来的公共厕所，每天那两处前面都会排起长长的队伍。

二人走到阔纳代尔瓦扎路，魏晋迟疑地打量了一下，应该是这里没错。

他没想到艾热尔家离客栈如此近，走路也只要二十来分钟。奇怪的是艾热尔从来没有提到过家里的任何情况，而且也很少回家。这半年，艾热尔要么在店里跟老莫、魏晋或者偶尔来的游客一起煮酒聊天，要么就带团去周边自驾游，整天忙忙碌碌、嘻嘻哈哈。要不是这次出了意外，他大概永远也不会知道艾热尔家近在咫尺。

站在门口，魏晋又核对了一次门牌号——没错，就是这里。门从里面关着，魏晋示意艾山江敲门。艾山江一改往日的慵懒之风，神情严肃，整个人肌肉紧绷，像是一只竖起利刺随时准备战斗的刺猬。

随着踢踢踏踏的脚步声，黑色的木门被猛地拉开，一张被花白的胡子裹着的脸凶神恶煞地冲了过来。人还未站定，声音就传过来了。只听大胡子怒吼："敲什么门？不怕敲断手吗？"

艾山江退后一步，保持戒备，然后对魏晋说道："这就是艾热尔的父亲。"又贴近魏晋耳边，小声说道："就是他往客栈门口扔垃圾的，还有另外两个人跟他配合，扎我们的车胎、断我们的水管。"

魏晋立刻明白艾山江为何不去敲门了。

来人不是别人，正是往客栈的大门口倒垃圾的达吾提老汉。

魏晋心中的谜团像是一个洋葱被完全剥开，露出里面包裹着的芯。曾经的疑惑在此刻一个个被解开，难怪老莫开始时咬牙切齿誓要将这个坏老头狠揍一顿，却又虎头蛇尾地偃旗息鼓。清官难断家务事，更何况是艾热尔家的呢。

叁

老莫对着台账，在长吁短叹了多日之后，终于决定跟艾热尔进行一次深谈。

猎鹿人的经营已经难以为继。马上要进入四季度了，这意味着从4月到10月，持续半年的旅游旺季即将结束。从10月之后，喀什旅游即将转入淡季，游客会越来越少，外地过来做生意的人也会陆续离开，要一直等到第二年春暖花开的时候才会回来。淡季的时候，基本不会有什么收入，所有的支出都得靠前6个月的收益来分担，可是今年明显旺季不旺，经营惨淡，住店的游客屈指可数，如果不是那些被乔戈里峰和慕士塔格峰吸引的登山爱好者，估计流水更是没法看。抽屉里早就空了，支付宝目前的余额也早已清零，每天不断弹出的推销贷款的信息让人看了烦躁不已。目前，客栈真的已经到了揭不开锅的地步——这可是旺季啊。老莫欲哭无泪，如果再不想办法，大约连底裤都要赔进去了。

两个人的"工作会议"并没有避开魏晋和艾山江，因此可以算作猎鹿人股东扩大会议。

老莫的表情看起来很沉重，黑眼圈比熊猫还要夸张。这些天他夜不能寐，父亲母亲每天一通电话，催命般催促他快点回去，甚至降低要求——只要他肯回家，绝不催婚催生。过了一阵子，见他依然不为所动，父亲母亲开始改变策略，大打感情牌。每天数通电话，语气虚弱，精神萎靡，似乎他不回家，他们就只能沦落为百病缠身、无人照顾的空巢老人。这些手段被老莫识破后，二老恼羞成怒，也不再劝说，只发了狠话，就这一个儿子，如果再不回家，他们老两口就当从没生过孩子，从此恩断义绝。

老莫被父亲母亲日夜电话轰炸折磨，欲哭无泪，以至于看到父母亲的来电就紧张。他也说不清自己留在这里是为了什么。说是创业吧，这里显然没有一线城市那么多的机会。若说归隐，这里气候干燥、风沙肆虐，似乎也不适合归隐。总之，他就是莫名其妙地来了，又莫名其妙地不想离开。他觉着喀什有一种魔力，牵绊着他的心，他在这里有着莫名其妙的喜悦与安心。也不知道是因为晚上十一点的落日，还是一年四季永不落幕的阳光，抑或是烟火气十足的慢节奏生活，更或是那些淳朴好客的老乡？

好不容易给二老做通工作，安生了两年，最近父母亲又不知为何开始急着催他回家。

眼前的情形是吃了上顿没下顿，生意惨淡，眼看维持不下去了，父母又一再催促，他黯然地想，这大概就是天意，让他放下念想，不要再无谓坚持。

老莫还没开口，一直低着头的艾热尔一脸惭愧地抬起头说："老莫，不好意思，本来就艰难，我也没想到我父亲会干那样的事情。"

老莫知道艾热尔说的是什么事，那件事让他非常愤怒，尤其是知道竟然是艾热尔父亲干的后，除了生气之外还有难过，但是最终他选择了原谅。他大致能揣测到艾热尔父亲的想法：一方面不想儿子没出息地经营小旅馆做个登山向导，另一方面觉得老莫带着艾热尔不务正业。

老莫不想让更多人知道，于是安慰地拍拍艾热尔的肩膀，安慰他说："不要再提了，这么多年兄弟，彼此都了解，不要有负担。"

艾热尔的眼眶有些发热，他感激地看着老莫。他们从大一住一个寝室开始，一直到现在，持续了将近十年的友谊。这些年老莫一直对他照顾有加，不断鼓励、不断帮助。人生有友如此，夫复何求？

老莫向艾热尔说明了目前的财务状况，其实经营情况艾热尔基本都知道，但是没想到这么严重。

摊开的流水账本摆在艾热尔眼前，几页记录，寥寥无几，一目了然。艾热尔只看了一眼，就收回目光，将一双大手合拢，默默地沉思着。艾热尔的手比一般人的手要宽大粗糙，手背上密布着冻疮痊愈后的疤痕，那是长期户外运动留给他的印记。

"可不可以再给我一个月时间？这个月还会过来一个团，大概有七八个人，应该能收到一笔钱，可以撑上一阵子。"

老莫沉默了片刻，劝解道："这个季节，雪山融水开始泛滥，并不适合进山，别犯傻。"

艾热尔抬起头对老莫说："相信我，没问题的，这个团带完之后，猎鹿人就可以维持一阵子了。"

老莫神情沮丧："算了艾热尔，还是放弃吧。我父母渐渐老迈，身体大不如前，他们想让我守在身边。我想，还是就此结束吧。"

说完，两个人都不再说话，沉默地坐着。

魏晋和艾山江也被他们的情绪带得伤感起来，却不知道如何开导。

这时艾山江突然嚷嚷了起来："说什么丧气话，我们在猎鹿人待这么久，这里已经是我们的家了，哪有把家转让出去的道理？"

老莫拍了拍艾山江的手臂,起身独自走向楼下,背影看起来落寞无比。

艾山江期待地看向魏晋,希望他也能劝两句,魏晋只是默默地喝着茶,并没有说话。艾山江气哼哼地想指责两句,话到嘴边又咽了回去。

这关魏晋什么事呢?他又做错了什么?猎鹿人又不是他的。

肆

噩耗传来是在半个月之后。急于增加收入的艾热尔不顾劝阻,执意带队登山,在下山的路上出了事。在热斯卡木附近遭遇了泥石流,艾热尔的车子被冲进了河沟里,自己下落不明。

老莫接到电话,心急如焚,立刻要赶往塔什库尔干塔吉克自治县。魏晋怕他出意外,执意要陪着,两个人立刻驱车赶往帕米尔高原。

沿途的路况很差,正是洪水季,炙热的阳光融化了大量冰川,不时有溪流旁逸斜出,漫上来冲毁路段。有工人在抢修道路,与之平行的是正在施工的国道,硕大的水泥桥墩像是路标一样一根根顶着天空,在空中连接成一道巍峨的回廊。"基建狂魔"的名声不是浪得的——整个中国似乎都在修路,一条条路让县域之间的距离变短，也让行车变得更为舒适，从而加速改变着发展进程。不过在平均海拔五千米的帕米尔高原上修建一条高等级公路非常困难。先不说材料搬运的困难有多大，单单高反就让人受不了。每一寸的掘进都需要大量的资金与人力支撑，在工地上干活的本地人不多，大多以川渝籍工人为主。川渝人以吃苦耐劳、勤劳肯干而成为大大小小工地上的绝对主力。

路上不时遇到返程的车辆，看到他们在向上走，好心的司机都会探出头来提醒："不要再上去了，前面路断掉了，几天内都无法通行，回吧。"

老莫闻言，更加担心艾热尔的情况。他有些懊悔，没有阻挡他在这个季节带队去登乔戈里峰。他知道艾热尔之所以如此坚决要去，是想多些收入，帮猎鹿人渡过难关。

半路开始下起了雨，气温骤然降了下来。过了盖孜检查站，越往前雨越大，渐渐变成了雪花，车子在简易公路上艰难地挪动。

当车子开到喀拉库勒湖的时候，再也无法向前开了。泥石流比预想的还要严重，不仅冲毁了路面，下落的碎石也完全封死了道路。老莫和魏晋在那里进退两难，只能暂时在湖边停下车子，找柯尔克孜族老乡买了一些馕，焦灼地等待着。

好在，虽然困在群山之中，手机信号依然强劲，不影响他们跟外界沟通，而且雨雪也暂告一段落，天空又开始放晴。

喀拉库勒湖夏日的晨昏不断变幻着风景，也在四季之间迅速切换。慕士塔格峰巍峨的身影倒映在湖面之上。蓝天白雪苍山长风，美丽如同仙境，老莫和魏晋却无心欣赏，只能焦灼等待，却一直没有收到任何消息。苦苦等待一周后，路终于通了，两个人第一时间往上开去。等翻过连绵的达坂，看到塔合曼草原以及巨伞一样的馒头柳的时候，两个人舒了一口气，但是紧绷着的神经依然无法松弛。

没有在塔县县城多做逗留，两人又沿着314国道匆匆向前。

前往乔戈里峰的登山线路共有两条，一条经由叶城县沿新藏公路到达麻扎，再沿着简易公路前行25公里抵达麻扎达拉，再前行90公里，就可以抵达乔戈里峰登山大本营。另一条路的行程相对较短，是艾热尔选择的路线，经由塔什库尔干塔吉克自治县的热斯卡木村抵达盖加克达坂，到达塔特鲁沟，再到K2大本营。艾热尔正是在返回热斯卡木的半路上出的事。

从314国道越过达布达尔乡，进入热斯卡木村，沿途需要翻越四五个冰川达坂。曲折蜿蜒的盘山路在群山间盘旋，气候瞬息万变，景色也不断切换。接近五千米的高海拔，让这里呈现出极端的气候，山下需要穿短袖，山上却风雪交加，还似隆冬时节。在塔什库尔干塔吉克自治县，一年只有寒暖两季，并没有喀什市的四季分明。

这条山路已经开始动工，计划修建一条盘山公路，如果修建完成，抵达热斯卡木的时间能缩短到两个多小时。

天气的原因，挖掘机与压路机停在插着旗子的路边，公路分多个路段施工。遇到漫水的地段，不得不停工等待。在这里修建公路分外艰难，一方面要考虑到冻土问题，一方面还得克服高海拔带来的高反。据说在这条路修建之前，去热斯卡木村只能骑马或者骑牦牛。

两人的车子开得很慢，一路上需要不时避让正在施工的工程车，此时手机的信号完全没有了，他们与外界失去了联系。

翻越完达坂，沿着叶尔羌河壁立千仞的古老河道向前，绵延的白沙与碧蓝的冰河和雪山交相辉映，壮阔无比。

河道旁的简易公路悬浮于绝壁之上，车子迤逦向前，宛如行走于云端。等开出河谷，抵达相对平坦的山谷地带，就能看到开阔奔腾的叶尔羌河，以及河流一端被群山环绕的热斯卡木村了。

在经历了六个多小时的驾驶以及令人头疼欲裂的高反之后，老莫和魏晋在穿过一片苜蓿地后，终于将车子停在了热斯卡木村的村口。

热斯卡木村安静而古朴。村子前面，可以眺望到不远处奔流不息的叶尔羌河，另一侧，雪山奔突起伏，陪伴着克勒青河破空而去。

看到有车子进来，村子里的孩子们围了过来，老莫和魏晋掏出手机看了看，发现依旧没有信号，于是问村委会的地址。在其中一个孩子自告奋勇的带领下,他们驱车来到了村委会。在村委会院子里,魏晋一眼看到了艾热尔那辆红色的越野车。

两人找到村委会主任说明情况,恰好,派出所民警也在。在了解到二人的来意后,村委会主任和派出所民警互看了一眼,叹息了一声,村委会主任取出一份文档,默默地交给二人。

这是一份非常详细的情况说明书:路上遇到泥石流,六人获救,其中有一人罹难。罹难的人,正是艾热尔。

两个人陷入沉默之中,巨大的悲伤令两人一时无法再说话。

因为条件限制,艾热尔的遗体没有办法带出来。待情绪平复后,老莫建议一起去出事地点看看。

魏晋立刻同意。

出事地点距离热斯卡木村不到二十公里,因为道路不通,只能骑马前往。

在当地一位村民的带领下,三人骑马出发。刚出发,路还算好走,可是不久后,就进入崇山之中。马匹沿着踩踏出的一条曲折道路,缓慢地向前走着。不时遇到冰河阻隔,只能蹚水而过。一直到午后,三人才抵达现场。

这是一道宛如门户的两山夹峙的峡谷,在距离峡谷口三四百米的地方有一处悬崖崩塌,将峡谷遮掩了大半。带路的村民指了指那处崩塌的地方,说道:"就是那里。"

看着一片狼藉的散乱石块,二人都红了眼圈。老莫从口袋里掏出一小瓶白酒,洒在了石头上。洒完酒,老莫还是没有控制住,眼泪夺眶而出,痛哭失声。

魏晋无从安慰,他的心中也一样悲痛难抑。在喀什的这两年,他早已将老莫和艾热尔当成家人,往日一起聊天一起喝酒的场景历历在目,如今艾热尔被深埋于喀喇昆仑山中,天人永隔,谁能想到那次分别竟然是永别。

祭奠完毕,两人往回返,也许是太过悲痛、心神恍惚,老莫从骑着的马上摔了下来,躺在地上半天动弹不得。最后在魏晋和向导的帮助下,一直折腾到天黑才回到村里。

这时老莫的腿已经肿得无法直视,剧烈的疼痛让他的脸色煞白。村委会主任见状,急忙对魏晋说:"伤势这么重,不能耽误,但是出山的路况不好,不能摸黑上路,还是让古兰丹姆奶奶先看看。"

看二人一脸疑惑,村委会主任解释道:"古兰丹姆奶奶是我们村里会看病的一位老人,她有法子来稳定伤势。"

架着老莫,一行人出发,向村子的另一头走去。

在村子东头,有一间简陋的石头房子,只听村主任喊道:"奶奶,在家吗?"

一句标准的普通话传了出来:"是努齐克吗?进来。"

一行人推门进去,看到透着星光的天井下,一位满头白发的妇人正在弯腰煮茶,蒸腾的热气沿着铜壶向上飘去,将她笼罩在一片云雾中。听到脚步声,老人转回头。魏晋看到一张恬静的充满书卷气的汉族面孔,不由一阵惊讶。要知道,住在热斯卡木村的多为塔吉克族,高鼻深目,少有这样的面孔,更何况还会讲一口标准的普通话。

看到魏晋好奇的目光,老人不以为意,淡淡地招呼道:"努齐克,这是你的朋友吗?先坐,我在煮奶茶,一起喝点儿。"

村委会主任努齐克听话地回应,指引魏晋他们在一面大土炕上坐了下来。不一会儿,老人拎着铜壶走了过来,放在土炕上,又转身从柜子里拿出一套精致的茶具,分别为几个人斟满奶茶。

塔吉克族喝奶茶一般都用碗,很少会有人用杯子,魏晋探究地看向老人,心中充满疑惑。

老人清澈的眼神扫过众人,将目光落在老莫身上。努齐克简单介绍了一下情况,老人没有多说,走过去,拉开老莫的裤管看了看,又缓缓地用手捏了一遍,然后轻轻说道:"别担心,只是错位了,并没有骨折。"

随后,老人起身拿来一把剪刀,将老莫的裤管剪开,露出小腿,此时老莫的小腿已经淤青肿胀到如同一只壮硕的水萝卜。老人用手在脚踝部位摸索着,然后双手猛一用力。只听"咔嗒"一声,随着老莫的一声惨叫,老人站起了身子,说道"没事了"。

惊魂未定的老莫擦拭着头上的冷汗,然后试着站立了起来,果然,除了轻微的疼痛,腿部已经恢复如初,不碍事了。

老人神奇的操作看得魏晋目瞪口呆。他好奇地想着："这奶奶是从哪里来的？怎么这么厉害呢？"

老人似乎能读懂他的心思，问道："你在好奇我是谁，来自哪里，为什么跟这里的塔吉克族村民长相不一样吧？"

魏晋的脸上一热，傻傻地点点头，老人的笑意更深。

老人并未隐瞒，而是爽快地回答道："我叫古兰丹姆，和《冰山上的来客》中的古兰丹姆一个名字。"

"您是怎么来这里的？家在哪里？"魏晋试探地问道。

"那是很久之前的事了，对于我来说，过去的一切早已失去意义。你叫我古兰丹姆奶奶就好。"

魏晋一时语塞，不知如何回答。

说完，老人又续上奶茶，温和地招呼他们喝奶茶。

喝完奶茶，几个人又聊了一会儿，老人睿智而博学，让魏晋惊讶不已。

告辞出来的时候，魏晋蓦然瞥到炕头一只独特的樟木箱上，放着厚厚一摞书，其中有一本竟然是与流体力学相关的。他再一次看向老人，她平静的面容上却读不出任何信息。

陪着老莫出来，魏晋问努齐克："古兰丹姆奶奶在这里住了多久了？"努齐克回答道："我很小的时候古兰丹姆奶奶就来了，据说是从大城市来的，她会的东西非常多，自己采草药帮村里人看病，还会修东西，村里的电视、洗衣机坏了都可以找她修。"

魏晋闻言,又回头深深望了一眼古兰丹姆奶奶的石头房子。在璀璨的夜空之下,一线灯光正透出窗棂,在黑暗中投下一轮柔和的光晕。星河之下,石屋静默,一灯如豆,点缀着万古苍凉的帕米尔高原,像是永恒存在的自然的一部分,陪伴着雪山冰峰。

伍

猎鹿人挂牌转让,挂了半个月,依然无人问津,甚至连个咨询电话都没有接到过。老莫开始怀疑是电话号码写错了,仔细检查后发现,一点也没有错。他的心情开始变得越来越差,每天都像是吃了火药一样,焦躁不安。自从艾热尔故去后,他似乎一刻都不想在猎鹿人待。

接到第一通问询电话是午后,老莫紧张得脑袋一片空白。好在对方极好说话,不仅全盘接纳了他们开出的条件,没有丝毫讨价还价,还承诺招牌也不换。这消息让老莫激动不已,这时节,接盘就是赔钱,更何况对方还愿意继续保留猎鹿人这个名字。

老莫简直感激涕零,他不停地对魏晋念叨着:"我已经做好了无人接手、关门跑路的准备。我们这个坑,但凡正常的人都不会主动往里跳。接手的那位老兄无论出于什么原因,都值得我们感恩戴德,若见到他,我一定得请他好好喝一顿酒。"

魏晋却好像没有那么强烈的共鸣,他只是淡淡地笑笑,并不接话。

老莫对那位高尚无私的接盘大侠(大侠是老莫坚持加上的,他觉得唯有"侠之大者"的称呼,才配得上这位接盘侠)充满了好奇,他们想要看看对方究竟是何方神圣,却迟迟未曾见到。

在混乱的盘点中,老莫抽时间列好物品清单,做好转让合同,就等接盘大侠过来签字了。他已收拾好行李,预备交接完立刻走人,省得徒增伤感,可是左等不到、右等也不到。最近魏晋也不知在忙什么,剩下老莫和艾山江大眼瞪小眼,百无聊赖地坐在露台等待猎鹿人的新主人。

艾山江将下巴搁在叠起来的手掌上,瞪着大门,就像是大门上会长出花来,心思却在天上飞。

直到午后,魏晋才回来。

看到魏晋,艾山江立刻跳起来,一脸委屈地凑过去,可怜巴巴地抱怨道:"你跑去哪里了,找了你好几圈都没有找到。"

魏晋揉揉他的卷毛,说道:"达吾提大叔来了。"只见魏晋身后跟着艾热尔的父亲。

短短月余,达吾提似乎突然老了十几岁,一张大脸上,皱纹深如斧刻,本来斑白的头发几乎全白了,乱蓬蓬地支棱着。

艾热尔的故去对他的打击巨大，而更大的打击是艾热尔的通讯录及记事本里没有父亲的联系方式。所以艾热尔出事后，是老莫第一时间接到电话并前去处理后事的，而他是在出事一周多后才知道这一切的。

他陷入深深的悲伤与自责中，脑中总是不由自主地浮现艾热尔的样子，听见艾热尔高兴地对他说："阿达，我考上大学了，可以进喀什大学读书了。""阿达，你腰不好，不要干重活，等我毕业了买个理疗仪送你。""阿达，你有时间出去四处走走，不要一辈子走不出喀什。""阿达，等我有时间了带你去北京、上海。"

……

艾热尔是多好的巴郎啊，从小学习就好，又听话又懂事。而自己却很少关注他需要什么。艾热尔跟老莫合伙开了客栈后，为了把老莫赶走，自己没少干坏事：给门口扔垃圾，用刀子划破轮胎，故意给院子里丢石头……现在想想，真是后悔。

自己如果多跟儿子交流、多了解他一些，大约就不会跟他水火不容了。他什么也没做错，只是跟最好的朋友开了一间客栈，自己就容不下他。自己真是老糊涂了，才会做出那么多不配为人父的事情。

可是再多的悔恨也换不回他的艾热尔活过来，重新出现在他的面前。

早上，魏晋来找他，跟他谈起了猎鹿人客栈。他才知道，猎鹿人陷入了经营危机，而魏晋想把猎鹿人接过去继续经营。

在魏晋的游说下，他第一次踏进了猎鹿人，看到了这座近在咫尺却又远在天边的客栈，看到了儿子这些年生活的地方。

见到老莫，达吾提鼻子一酸，泪如雨下。他知道儿子大学期间最好的朋友就是老莫，而老莫毕业后没有回家，选择了跟他的艾热尔一起来喀什发展，可是他却从没尽过地主之谊招待他，甚至没有给过他好脸色。若是自己早一些醒悟，跟艾热尔好好相处，该是多么其乐融融的情形啊。

老莫似乎完全理解达吾提的心情，他将达吾提让到天台，为他斟满茯茶，双手奉上，像是对待自己的父亲般，毕恭毕敬。

他最好的朋友不在了，无论如何，他都会把艾热尔的父亲当作自己的父亲看待，尽可能地替他尽孝。

当达吾提老泪纵横地向老莫道歉的时候，老莫也鼻子一酸，哭着紧紧抱住了他。

魏晋在旁边看得唏嘘不已。父欲慈而子不在，若是当初能多一些了解，多一些体谅与包容，何至如此呢？

他在猎鹿人住了这么久，不想眼睁睁地看着猎鹿人就此关门，所以找来达吾提，由他代表艾热尔来商量客栈的事情。此前他已经做好了一切准备。猎鹿人过去是老莫和艾热尔的，现在是老莫、艾热尔、艾山江和他四个人的。魏晋希望由他来出资，他们共同经营，让猎鹿人一直存在下去。如果有一天他不在了，猎鹿人还在，那他就会在。就像艾热尔虽然不在了，只要猎鹿人在，他就会存在。真正的消失从不是死亡，而是遗忘。只要有猎鹿人，他们就不会被遗忘，也永远不会消失。

他将自己的想法和盘托出，老莫他们几个人震惊不已。尤其是艾山江，他急急忙忙地摆着手说："魏晋阿达西，我可以在猎鹿人打工，但是坚决不能成为它的主人。"

达吾提也说道："我知道猎鹿人一直在亏钱，我们家艾热尔亏欠猎鹿人的，坚决不能占它的便宜。"

老莫更是恳切地说道："魏哥，你肯出资收购猎鹿人，就是帮了我们天大的忙，我们坚决不能再占便宜。您是自己人，我觉得有些话直接说出来可能比较好：现在在喀什做客栈铁定会赔钱，您如果是因为同情我们，大可不必花这笔冤枉钱。若是您真心想做，我也劝您三思而后行。"

魏晋语重心长地说道："猎鹿人对于我们几个来说，不仅仅是一座客栈，更是我们几个人在喀什共同的家。只有家在，我们才有一片稳固的屋顶，才能安下心来做想做的事情。无论如何，我们都有义务好好地经营我们的家。现在我们的家遇到了困难，有钱出钱，有力出力，我有钱就多出点钱，你们有力就多出点力，让我们的家继续维持下去。"

魏晋继续说道："当然，我对猎鹿人的感情只是促使我接手的主要原因之一。在商言商，我也不是盲目投资，猎鹿人非常有特色，目前的困境，只是暂时的。我看好喀什的未来，不出三年，这里一定能迎来一次大飞跃、大发展。"

他的话让老莫有些动容，却不甚认同，继续劝道："喀什不确定的因素太多，我们最初也如此判断过，却迟迟未等到喀什的快速发展以及各个行业的迅速崛起。这需要时间，也需要足够的财力支撑，您还是再多考虑考虑。"

魏晋粲然一笑，安抚他道："放心吧，老莫，我已经做好了准备，不必担心。"

老莫知道魏晋心意已决，也不再劝说，和达吾提大叔以及艾山江商量后，拿出协议。

临签字的时候，老莫停住笔，深深地望着魏晋说道："我知道您是怕我们知道您接手，不好意思要价，才不嫌麻烦，特意绕了一个大圈子，由别人来谈。谢谢您，魏哥。"说完，他的眼圈泛红，掩饰着低下头去在协议书上迅速签了字。

魏晋笑笑，不作声。他知道他们都是要强的人，不喜欢给朋友添麻烦，他能为他们做的也只有这些了。而且，他真的非常喜欢猎鹿人，也喜欢他们。他心中已经有了计较，知道如何来做，更何况，连老顽固达吾提大叔都愿意加入了，还有什么更难办的事情。

不知为何，他似乎越来越没有办法做到太上忘情，远离这个世界。他也不知道这样是好是坏,只能顺其自然,遵从本心。

"人生如逆旅,我亦是行人。"希望有一天,如果真的离去了,可以了无遗憾,心无所挂。

第八章

用魔法打败魔法

叠萝花

———

陌上满葱茏,炊烟点缀,落日余晖挂羊尾。

多情村舍,尽是疆南风味。

弦歌归院落,欢声沸。

膏雨润疆,小康沉醉,沥胆披肝总无悔。

海清河晏,绿水青山相对。

追光和筑梦,丹心淬。

壹

接到伊娜的电话是午后时分,她的声音有些沙哑,听起来似乎疲倦不堪,语气却依旧轻柔:"魏晋,你在哪里?都好吗?"

握着手机,魏晋呆立在那里,像是瞬间又回到了上海。

他记得那天他安排好一切,最后一次去找安慕然时,安慕然正在办公室中批阅文件,听到他来,显然有些意外。

偌大一间办公室,只有一张黑色的办公桌和一个巨大的书架。书架上除了几排书,几乎空无一物。

看到魏晋,他点点头,示意魏晋坐在旁边先等一会儿,然后继续看文件,直到读完最后一页,他签过字,才停了下来,将鼻梁上架着的老花镜拿下来,放在桌子上,然后身子向后仰去,微闭双目,一脸疲惫,深深叹了一口气。

魏晋坐在他的办公桌对面,感受着他此刻的心情,一时也不知道该如何开口。

魏晋没猜错,李啸天果然试图携手虹科联手打劫安慕然和沈浩波他们,结果毋庸置疑,虹科将是最大的获益者。三方博弈,李啸天杀敌一千自损八百,他与安慕然都讨不到半分好处。魏晋越来越不懂李啸天了,如果春申重要,何以会跟侯方虹这样的人合作;如果不重要,又何以为了春申跟安慕然他们这些老兄弟反目成仇?

在这种无法自洽的逻辑背后,与其说是资产之争,莫如说是已经发展成为彻头彻尾的意气之争。争到底,他们早已忘记最初的目的,只剩下两个成年人之间的斗气。

可见至亲至近的人之间的伤害,更令人放不下、忘不掉。

侯方虹虽说答应了李啸天,私下还是小动作不断。他在两个人之间左右逢源,来回周旋,坐收渔翁之利。双方无论谁想执掌春申,他都是最关键的力量。私下他已经找了安慕然多次,希望安慕然能将持有的股份转让给他,这样他就可以以绝对持股数,成为董事长的不二人选。谁料关键时刻,安慕然以只能做抵押为由断然拒绝了他的要求。侯方虹是抱着鱼死网破的决心来的,宁可一无所有,也不会放弃自己的主张:他必须拿到春申的经营权。

侯方虹有些恼羞成怒,他已经没有耐心再等了,既然安慕然不答应,那就选择李啸天,借安慕然之名,逼李啸天就范。

李啸天虽是老狐狸,也知道虹科的意图,却还是执意想将安慕然踢出局。联手虹科,赶走安慕然,回头再收拾虹科,是李啸天打的如意算盘。

但是他还是小瞧了侯方虹。他和安慕然斗到两败俱伤之际,老奸巨猾的侯方虹出手了。侯方虹知道他们想要翻盘就得借助自己的力量,这样拖下去,春申必死无疑。从一开始他就没想着大赚一笔离场，他决不会放过春申这块大肥肉。春申从未离他如此近过，蛇吞象这种千载难逢的好机会，他又怎能错过。

侯方虹精打细算。相较于春申被停牌的股票，他私下开出的收购价格，远低于停牌前的交易价，但是一个死了的春申对大家都毫无用处，因此虽说侯方虹是趁火打劫，其他人却毫无办法。侯方虹的条件只有一个：把春申的个人持股转给虹科，由他来执掌春申。

李啸天和安慕然都已经快要没有能力再支撑了，却还是拒绝妥协。

魏晋坐在安慕然对面，安慕然咬牙切齿地说道："如果你是我，你会怎么选择？"

他挺直身子，望着魏晋，神情凛冽："这就是李啸天想要的结果吗？对自己的兄弟，从来都是赶尽杀绝，不留余地。我知道你的来意，但是我跟李啸天之间，已经只剩仇恨。那时春申刚起步，接近三年的时间，我们几个人吃住都在厂子里，抛家舍业，全心全意，一家一家客户跑、一点一点地克服技术难关，愣是把一个濒临倒闭的老企业打造成了上市公司。

"为了春申，我可以说放弃了一切。创业最艰难的时期，我儿子刚好十二岁，我顾不上管他，他妈妈也要上班，寒暑假、节假日，差不多都是把他丢在他姥姥家。我第一次看到他老练地叼着烟卷，震惊不已，十二岁的孩子，他才刚小学毕业啊！后来他进入初中，早恋，跟人打架，抽烟，喝酒……变成了人见人厌的小混混。可是只有我知道，他原本也是一个纯良聪颖的好孩子，只是疏于管教，缺少足够的爱和关心才变成那样的。春申毁了他也毁了我。

"可是我得到了什么呢？苟富贵、勿相忘，苟富贵、勿相忘。有多少人能做到呢？穷时是好兄弟，利字当头就是仇人。人性的贪婪、自私、卑劣，再也没有比李啸天演绎得更到位的了，为了利益，对掏心掏肺、患难与共的兄弟持刀相向，赶尽杀绝。"

说完，他缓缓低下头，疲惫不堪地说道："我选择虹科。明知道这样的选择是错的，我也只能这么做。春申要毁就毁吧，毁在我们手中，好过毁在其他人手中。"

魏晋心中黯然，他也对李啸天的操作感到愤怒，能理解安慕然的选择，却并不愿接受这样的结果。

他深吸一口气，眼神坚定地望着安慕然，郑重问道："安总，如果李总的股份并入您这里，您愿意好好经营春申吗？"

安慕然瞪大眼睛，吃惊地看着他。

"我跟李申私下谈过了，对于老李总的选择，他并不认可。李申是您看着长大的，他不想春申毁掉，他要的是春申的未来，如果实在没有办法，他愿意放弃他手中的股票，帮您拿到春申控制权。"

安慕然的眼中闪动了一下，但随即沉下脸："打虎亲兄弟，上阵父子兵。你觉得李申会跟他父亲为敌帮我吗？我知道你的心意，可是，每个人的人生目标不同，我现在的人生目标就是让李啸天滚出春申管理层，让他尝尝我当时被他扫地出门的滋味。"说完愤然一拳砸在桌子上。

魏晋望着眼前的安慕然，眼中闪过一丝忧虑，他知道再说无益，只能无可奈何地轻叹一声，然后说了声："我知道了，安总。"躬身致意后，退出了安慕然的办公室。

看着魏晋离开的身影，安慕然冷硬的脸上，多了一丝痛苦的表情。他用双手覆住脸，用力揉搓了几下，颓然地靠向宽大的转椅。一股苍凉的情绪，在他的心中不断蔓延。

他想起年轻时候的自己，当时他们五个人一起被分配到了电子厂。第一天报到，他们坐在人事处的长椅上，神情间全是好奇。

其中一个矮个子的青年悄悄问："你们是哪个学校毕业的？"

大家开始叽叽喳喳交流起来。虽然不来自同一个学校，但是专业一样，心里便对彼此生出好感。

这些年，他们经历了国企改制，经历了转产，又经历了上市。每一次，只要他们几兄弟齐心协力，几乎没有做不到的事。他们曾经梦想让春申成为世界五百强企业，让他们的产品出现在每一个国家，可是如今呢？

李啸天没有能够坚持自己的初心不变，而他自己又何尝不是呢？他们都已经六十多岁，可曾想过，自己还能折腾多久？大概用不了多久，他们这批人就将在市场的风云变幻中失去踪影。铁打的江山流水的兵，春申始终是年轻人的天下。等到几十年后，在年轻一代看来，他们几个人的利益之争，弄得你死我活，以致春申不复存在，会是何等的可笑。

若是李申真愿意把股权转让给他，未必不是一件好事，至少他不会害春申。

不过，他凭什么相信，李啸天的儿子会帮他，会将春申的管理权拱手相让？

安慕然再见到魏晋是在三天之后。安慕然神色平静地坐在茶台后，正在摆弄紫砂茶具。

江南茶风甚盛，皆喜饮茶，尤喜洞庭碧螺春、西湖龙井、黄山毛峰，其中西湖龙井最受江浙一带欢迎，而西湖龙井中，又以狮、龙、云、虎、梅五处所产龙井为佳。安慕然为魏晋斟好一杯茶，然后示意道："尝尝我这泡龙井春茶怎么样？"

魏晋端起杯子，看了看茶汤，又放在鼻前闻了闻，缓缓地啜了一口，由衷赞叹道："茶香清冽，回味甘醇，看叶形应该是龙井莲心。"

安慕然赞许一笑，手上继续给他斟茶，然后淡淡说道："我跟李申谈过了，他愿意把春申的部分股份转让给我，让渡管理权。"

安慕然一直看不透李啸天的这位接班人。李申幼时就去了国外读书，前些年被李啸天逼着回国接手生意。看他之前的管理，颇有其父之风，杀伐决断，干脆利落，绝不拖泥带水。估计他在国外长大，不似在国内成长起来的企业家，会顾及人情世故。

魏晋在百般无奈之下，只身去游说李申。李申以玩味的眼神审视了他半天，然后毫不掩饰地直接说道："我父亲一直很器重你，觉得你以后会是我的左膀右臂，他大概不会想到你会在背后搞这些小动作。说实话，我并不在意春申的员工，我只在意春申是否能有更好的发展和未来，是否能成为一家伟大的企业。我了解虹科的黑历史，但是没有关系，春申停牌是暂时的，目前对于我们还不算太糟糕。"

谁知前段时间，李申突然主动找他，一见面就开门见山地说："侯方虹已经要求召开董事会，作为最大的股东，他要拿到管理权并更换所有管理层。"

魏晋自然知道，侯方虹手段凌厉，已经开始收网。这场股权之争，已吸引多方面关注，并非没有可能破局。但是三个最大持股方势均力敌，想左右局势，只能联二对一。

面对安慕然和侯方虹，李啸天大约想都没想就选了侯方虹，安慕然也是如此。他们都是宁可把春申毁了，也不想交给对方。他们对彼此的仇恨如此相似，都想要不管不顾地置对方于死地。

可是作为创二代的李申却并不这么想，对他来说，父亲和安慕然的管理并没有太大的差别，他们的思维模式和管理方式太像了，两个人长期合作，早已经为春申注入了同一种管理理念。让他忧虑的是侯方虹的步步紧逼，虹科涸泽而渔、焚林而猎的海盗式管理，只是想以最快的速度掠夺财富，压根不会考虑春申的发展，更不会考虑春申的未来。

他知道魏晋跟安慕然关系尚算不错，便让魏晋先传个话过去。至于结果，他并未存太大希望，权且试试看。

魏晋望着安慕然，恳切地说道："安总，以后春申就要靠您了，我知道以您的能力与格局，一定会带领春申继续向前。"

安慕然没有吱声，只专心泡茶。

等一泡茶泡完，重新换了一泡岩茶，安慕然才说道："跟李申谈过后，我想明白了，还是把春申交给李申去管理比较好。我和李啸天早就应该全部退出了，未来是年轻人的，只有交给你们年轻人，春申才能焕发新的活力。我厌倦了没完没了没有底线的斗争，近十年时光就这么无谓地消耗掉了，我决定离开春申，去做一些自己觉得有意思的事。"说完，安慕然试了试水温，待水温略降，将铜壶中的水缓缓注入茶盏。

"不同的人，不同的茶叶，不同的茶具，泡茶的手法不同，水温的把握不同，冲泡出的茶就完全不同。找到最合适的水温，最合适的泉水与茶叶，找到标准，制定出严格的流程，应该有希望能让茶水口味一致。"

说完这些，举起茶杯看了看，诡谲一笑。

魏晋不解地望向他，眼中充满疑问。

"曾经为了春申，我放弃了许多想做的事情，现在可以去做了，下次再见面，或许会是另一番样子。"

"那春申怎么办？"魏晋问道。

"交给李申吧。要是李啸天愿意霸着权力，就由他霸着，更广阔的天地，在春申之外。"安慕然一笑，回答道。

"这个世界，无论缺了谁都不会受分毫影响，都会一如既往地永恒运转，更何况我们这样无足轻重的普通人。"

说完，安慕然静静看着魏晋，表情忽然凝重，说道："其实李申那点心思我完全明白，骗你来传话，他可是一个比自己父亲更狠的狠角色，为了达到目的，可以做任何事情。我选择放手顺着他的设计走，并非不知道他的用心，而是突然间厌倦至极。干脆就这样吧，小舟从此逝，江海寄余生。我不打算再争夺了，我已经有了别的安排。只是，你以后留在春申，可是要当心李申。"说完，他低垂下眉眼，聚精会神喝起了茶。

魏晋对安慕然由衷佩服，若换作是他，未必有这样的气度和格局。他感激地对安慕然说道："谢谢你，安总，我也计划离开春申了，这件事处理完，就可以放心走了。"

这次换安慕然惊讶，他的眉毛抬了抬，问道："嗯，有什么打算吗？若是还没有其他计划，不妨和我一起……"

魏晋望着安慕然，用力摇了摇头。

从决定离开，到处理好公司那边的手续，魏晋用最快的速度办好了一切。他拒绝了李申的挽留，也拒绝了安慕然的邀请。虽然他毫不怀疑，安慕然绝对会重新开拓出一片全新的商业版图，如果自己跟着安慕然，把握好这次机会，整个人生可能会实现质的改变，但是他还是没有任何恋栈。

人生有限，总有一些事情比事业重要、比前程重要、比生命重要。虽然他并不知道是什么，但是，那一定会像天空安放住云，像大海包裹住鲸。

可是如果离开上海，对于伊娜，魏晋却不知如何交代。

毕竟伊娜没有做错什么，若说两人之间有矛盾，也只是她以爱的名义，想要替他安排更好的人生。可是，这是多少人求之不得的事情？

他知道自己需要对她有所交代，却又不知如何开口。伊娜或许察觉到了什么，有意无意回避着他，即使见面，也总是拉着苏孟。

好不容易等到机会，久未独处的两个人相约见面。那是长乐路上的一家咖啡厅，人很少，尤其午后，只有吧台上坐着两个女孩，握着杯子在侧着头说话。

魏晋晚到了一会儿，急匆匆走进来，将手上的花递给伊娜，一边满脸歉意地对伊娜说："不好意思，临出门保险公司打电话有点事情。"伊娜笑得有些勉强，接过花，低头一看顿时一愣，一种不好的预感从她的心底升腾起来，她掩饰地低头轻嗅了一下，然后说道："好漂亮啊，谢谢你小晋。"

那是一束淡紫色的蝴蝶兰，混合着几枝白色雏菊。在午后的阳光下，花朵温柔清雅，散发出淡淡幽香。伊娜握着花，神情有些恍惚，长长的睫毛微垂着，在脸上映出一片不断摇晃的阴影。

她调整了一下情绪，让自己的语气尽可能与往日一致，故作轻松地说道："知道你不喜欢别人替你做主，所以没有为你点咖啡，你自己来点。"

"无糖美式，谢谢。"魏晋对服务生说道，然后回头对伊娜笑了笑。

这是伊娜非常喜欢的一家店。老板是法国人，说一口流利的上海话，负责手工冲泡咖啡、制作甜点。老板娘是上海人，负责端盘子和当招牌。大部分时候老板娘招牌式地坐在近门的一张桌子后发呆，也不知在想些什么。店里的蓝猫懒洋洋地趴在一把椅子上，几乎一动不动。有几次魏晋听到老板娘喊它"糯米"，也只有老板娘喊时它才会抬起头，对于其他人的搭讪，这只蓝猫总是置若罔闻。有时伊娜来了兴致，想要逗它，每每遭遇无视。越是如此，反倒让伊娜对它更感兴趣，每次来都要逗它一会儿。

两个人面对面坐着，近在咫尺却又像是远在天涯，都不知如何开口。

魏晋能察觉到伊娜的紧张，望着她苍白的面孔，心有不忍，但还是冷着心肠对她说道："伊娜，我预备离开上海了，我们可能需要分开，我不知怎样对你解释，但是，这是我不得不做的事情。"

他避开伊娜的目光，交握双手，看着突起的骨节，停顿了一下，继续说道："伊娜，你知道的，我并非移情别恋，只是无力承担这份感情。这些年我们在一起，浪费了你的大好青春，我很抱歉。我不是没有努力尝试过，但是婚姻对于我来说始终是一道无法逾越的坎，不只是你，我想我没有勇气跟任何人一起迈入婚姻。再继续下去对你没有任何好处，及时止损重新规划人生对你来说可能才是正确的，你那么好，我相信你会遇到更适合你的良人。"

伊娜的身体不可控制地轻微颤抖着，竭力控制的情绪还是瞬间破防。她望着他，泪水滚滚而落，恨声说道："魏晋，我知道你并不爱我，也不爱任何人，连自己都不爱。我一直为你找借口，期待有一天，你会改变，虽然我知道你不会，你也不会去尝试改变。其实我已经做好了你离开的准备，却依然难以接受。我们在一起八年，这八年我的每一份记忆都与你有关，我没有办法说放手就放手，说舍弃就舍弃。你是已经做了决定才通知我的，根本没有转圜的余地，也没有给我留下任何说不的机会，你是极度自私的男人，不具备爱与被爱的能力，我并未做错什么，只是因为爱上你，就需被迫承担这样的结果。"

魏晋看着伊娜痛哭，心中一痛，想要伸手去帮她拭泪，却在中途缩回了手。伊娜说得对，他没有爱的能力，没办法给她爱，也无法给任何人爱，这是他无力改变的部分。他是不爱自己，很多时候，他都在自我怀疑，不认为自己的生命有任何存在的意义和价值。他也不爱父母，他从小就旁观他们互相折磨、互相伤害，一生无法和解，却没有勇气分开。他也不爱魏薇，那个小时候总是跟在他屁股后面、被父亲格外宠爱的小丫头。爷爷奶奶、叔叔婶婶、堂兄堂弟、苏孟……这个世界上，他认识的每一个人都无法让他掏心掏肺地去爱、去珍视、去眷恋。他是个怪物，没心没肺，没有故乡，没有亲人，没有爱人，是没有爱的能力的怪物，这个世界于他，是一张七月的图画，里面山川热烈、万物蒸腾，而他彻骨薄凉。

魏晋低下头，遮住所有的悲喜，久久无语。过了许久，他掏出一个信封推到伊娜面前，没有说话，只是默默推过去，然后迅速站起来转身离去，独留下身后满脸泪水的伊娜。

他已买好机票，也打包好行李。临行前写了两封信，一封给伊娜，一封留给魏薇，并将两张银行卡分别塞进信封中。他一直厌恶物化人与人的关系，最终却选择了用这种最庸俗的方式来结束。

所有要说的话其实只有两个字：保重！也只能如此。

凌晨的上海，灯火闪烁，前往虹桥机场的路上，他的神经依然紧绷着。

手机闪动,他看到伊娜发来的信息,选自博尔赫斯的《我用什么才能留住你》:

我给你贫穷的街道、绝望的日落、破败郊区的月亮。

我给你一个久久地望着孤月的人的悲哀。

......

我给你一个从未有过信仰的人的忠诚。

我给你我设法保全的我自己的核心——不营字造句,不和梦想交易,不被时间、欢乐和逆境触动的核心。

我给你,早在你出生前多年的一个傍晚看到的一朵黄玫瑰的记忆。

我给你你对自己的解释,关于你自己的理论,你自己的真实而惊人的消息。

我给你我的寂寞、我的黑暗、我心的饥渴;我试图用困惑、危险、失败来打动你。

贰

为了迎接魏晋他们,帕夏早早就守在村口的牌楼旁。牌楼是去年由村民自己搭建的,靠着公路口,远远看上去古色古香。村民群策群力、因地制宜，用改建拆下的四根旧木柱做柱子，也刚好可以贴对联，离地五米处，用手腕粗的檩条一根挨着一根搭成人字形，在屋顶覆了毛毡，毛毡上面又加了稻草，四角留了翘檐，翘檐上挂着黄铜的风铃，中间位置用木板做了一块匾额，匾额上面用维汉双语写了斗大的"喀什博依"字样，白底红字，倒也拙朴有趣。

帕夏不断翘首张望着，惹得村民们无比好奇，跟着一起探头张望，尤其是小孩子，干脆守在帕夏旁边站成一排仰着脑袋看，虽然并不知道她在看什么。

等到晌午时分，才远远看到那辆熟悉的橘红色越野车。帕夏的眼睛立刻亮了起来，赶紧迎过去。车子在村口停下，率先冲下来的是艾山江。帕夏看到后，顿时一脸嫌弃，探着头向里面看去，正好看到魏晋起身下车，于是热切地喊了声"魏晋哥哥"，笑靥如花，喜滋滋地等待着。

艾山江一脸不平，指指自己道："这也太明显了吧，我呢？直接被无视了啊！"

帕夏翻了个白眼，回道："别嚷嚷，看到你啦。"

艾山江不满地抗议道："帕夏古丽，你这样做会没有阿达西的。"

这两人实在是欢喜冤家，一见面就互呛。魏晋却知道，艾山江整日里心心念念的还是帕夏，这次能这么快来喀什博依，也是艾山江不断在催促他。

帕夏看起来清瘦不少，原先一张圆润的小脸，瘦出了尖下巴，皮肤也被晒得黝黑，整个人平添了几分假小子的气息。

魏晋心中生出愧疚，自他来到喀什，遇见帕夏，帕夏便一直对他很好，不承想因为自己扰乱了她的生活节奏。

帕夏倒是没有太多扭捏，虽然心中依然有些酸楚，但她此刻更多想着的还是村里的事情。

她特意邀请魏晋来此的目的非常明确，她需要他的帮助。

村民的收入上不去，其他一切都是空谈。只有完成脱贫致富，让生活有了保障，才能进一步实现质的蜕变。

一行人边走边聊，新修的水泥路泛着清冽的光，像是积着一汪水渍。街道很干净，可以看到沿着民居有一排垃圾桶，互相间隔五六十米。村民的房舍大多很新，临街的一面被当成了画板，画着各种风格、各种元素、各种色彩杂糅的画作，斑斓又奇幻。

最特别的大约是一幅3D画作，一只骆驼从墙角探出头来，表情狡黠地在偷偷打量着什么，骆驼的头顶是一株硕大的胡杨，胡杨背后隐约可以看到一只露出半个脑袋的小羊。因为太过逼真，当艾山江伸手去摸的时候，引来一阵哈哈大笑。

村子中间的水泥路两边种满金黄色的万寿菊和五颜六色的格桑花，像是在路两边描出的一道道金线和彩线。中间是宛若穹顶的葡萄架，拱起五六米高的一道绿荫，葡萄架被搭建成了菱形，筛下来一个一个的菱形格子，注满了跃动的光影。葡萄藤还没长大，倒是有强韧的葫芦、苦瓜、丝瓜、南瓜扯着藤，将一街的架子几乎爬满。最好看的是当地产的南瓜，橘红、金黄、葱绿，形状古怪像寿星的脑袋，一头鼓包，另一头则憨实可爱。一阵风起，头顶形态各异的瓜果在半空一齐摇晃起来，像是一群淘气的孩子在空中荡秋千，随风起伏，摇头晃脑，热闹喜兴。

家家门前都有一片特意留出的小菜园，种着西红柿、黄瓜、茄子、豇豆之类的时令蔬菜。帕夏看魏晋盯着那片小菜园，特意向他介绍道："这是我们开发的庭院经济，虽然挣不了什么钱，但是农民吃菜不用买，算下来一年也能省下不少钱。"

"村里还有一个养殖场，饲养牛羊之类的家畜，属于村民合作社。各家的牛羊放在那里集体饲养，成本能低不少，平日有专人照管。其他的还有集体蔬菜大棚、养鸡场等，这些都是集体组织，自愿参加。有的村民不愿意参加合作社，想自己养也行。"

帕夏忽闪着大眼睛，补充道："村民的主要收入，一部分是靠务工。有不愿意出去打工的，只能靠地里的产出和副业生活。一个人平均不到三亩地，一亩地经营得很好的情况下，去掉种子、化肥、农药、浇水的成本，不算人工费用，净收入大约四五百元，这还是风调雨顺的情况下。按照每户平均十五亩地算，一年也就不到一万块钱收入。经济作物虽然收入高一些，但是缺少特色，主要还是种大白菜、胡萝卜、辣椒之类的常规经济作物，而且一窝蜂大规模种植又不好销售，算下来一亩地的年收入也不会超过一千块钱。

"跟南疆其他小村庄一样，我们没有什么独特的资源禀赋，土地有限，靠着地里的庄稼，没法脱贫，只能尽可能地让村民出去打工，但是又不可能都出去。而且即使打工，也是有人愿意去有人不愿意去。如何让村民足不出户在村里就能赚到钱，这是我们面临的最大困境，不解决这个问题，肯定无法脱贫致富。"

"为何不愿意出去打工？"魏晋好奇地问道。

"习惯。有一些村民懒散惯了，缺少内生动力，一日三餐有馕吃就很满足了，并不想追求更高的生活水准。还有就是不愿意走出家门，尤其是妇女，没有出门工作的习惯，基本在做饭、相夫教子。在村子里，妇女的地位低下，其实也不光是村子，城里很多家庭妇女也很没地位，我嫂子古赞丽就是，我哥让她站着绝不敢坐着。"帕夏撇了撇嘴，解释道。

"魏大哥，你有什么好主意？我实在是没辙了才会找你，你见多识广，应该能帮我们想到解决的办法。"

魏晋有些哭笑不得，对帕夏说道："我没有跟土地打过交道，也不是很了解村里的情况，不一定能帮助到你们。"

看到帕夏失望的表情，他心有不忍，又安抚地对她说道："先了解一下情况，再看我们是否能一起想出解决办法。"

能够看出来帕夏跟村民极熟，不时停下来跟人打招呼，快走到村头的时候，突然冲出来一位男子，朝着帕夏吼道："你把我们家羊缸子藏到哪里去了？"

男子三十多岁，高大健硕，厚唇大鼻，眼珠子有点向外凸起，搭配一头烤焦了一般的自来卷，看起来格外凶悍。

谁知帕夏一点不胆怯，大眼睛一瞪，瘦小的身子往他面前一横，堵住男子去路，仰头怒目而视，冲着男子回吼道："我正要找你呢，你又打古丽夏，我警告你，你再敢家暴一次试试，看我不立刻报警抓你。"

男子的气焰萎靡了下来，眼中闪过迟疑的表情，虽然体魄上有绝对优势，但也知道自己不占理，气势上先输了帕夏一大截。知道硬来不行，男子立刻改变策略，瓮声瓮气地辩解道："帕主任，古丽夏不在家，巴郎没人管，饭也没人做，我们家那两个小巴郎今天一整天只啃了一点干馕，一直哭着要阿帕。"

"你是干吗的？你不是巴郎的阿达吗，饭都不给巴郎做？那要你有什么用？"帕夏继续火力全开。

"你又不是不知道，我压根不会做饭啊。"

帕夏冷笑一声道："谁是生来会做饭的？古丽夏在的时候，里里外外都是她在操持。你整天游手好闲，就知道跟狐朋狗友胡吃海喝。现在需要人做饭想起她来了？她是你们家保姆吗？应该伺候你吗？"

男子被说得面红耳赤，无力再诡辩，只能硬着头皮说道：

"我知道我不对,以后改还不行吗?但是得让古丽夏先回家做饭才行啊。"

帕夏冷哼一声道:"哼,你会改?这话你都说了几百遍了,你自己信吗?这次我支持古丽夏跟你离婚,她已经向法院提交离婚申请书了,你就等着法院的传票吧。"

男子的额头冒出一层汗珠,急得结结巴巴地央求道:"您劝、劝劝她嘛,千、千万不能离婚,如、如果离婚了,巴郎怎么办呢?"

帕夏冷声说道:"巴郎你自己养呗。"

男子急眼了,抹一把额上的汗珠,恳求道:"我保证以后不打了不行吗?我写保证书给你,如果再动手,随便你处置。"

"这可是你说的,我可没逼你,你现在就去村委会写保证书,至于古丽夏是否撤诉,视你的保证书和行动而定。"

男子答应一声,欲走,又不放心地转过身央求道:"帕主任,我现在就去写保证书,你再劝劝她,我知道她最听你的话,你说不离她肯定不会离。"

帕夏冷哼一声,不再理睬他。男子看一眼帕夏,不敢再说什么,愁眉苦脸地走了。

等男子走远,魏晋打趣地喊道:"帕主任?"

帕夏又恢复了小女孩的表情,吐了吐舌头,有些不好意思地解释道:"我担任村里的妇女主任。"

魏晋心生感慨，不知不觉间，他认识的那个小女孩已经长大了。

魏晋知道帕夏喜欢打抱不平，天不怕地不怕。不过在村里处理工作，他还是头一次见，这跟他认知里那个娇憨的小女孩完全不同。更何况印象里妇女主任一职通常都是四五十岁的中年妇女担任，哪有小姑娘做妇女主任的？不过，看上去帕夏这个妇女主任做得挺得心应手。

最后一行人停留在村外的田地里。

这里是另一番景象，白杨树两侧，连绵的田畴无限延伸，一行行的果树张着绿冠，遮蔽着树下的泥土。令人意外的是，远处的戈壁滩上，竟然有一大片稻田。

看魏晋认真地盯着果树，帕夏在旁边赶忙介绍道："这一片是巴旦木树，那边还有杏树、桃树、枣树、核桃树……最远处是我们这两年在沙漠开始试种的海水稻。"

魏晋说道："没想到沙漠里也能种植水稻，我们小时候，只有帕乡有水稻，那时多来特巴格乡和荒地乡附近有很多果树，我们经常去那里摘果子，尤其是杏子熟了的时候，一大片一大片的金色杏子，裸露在阳光下，野生野长，随便吃，实在是痛快极了。我是第一次见到沙漠水稻相连，挺震撼的。"

帕夏附和道："目前海水稻试种大约有四千亩，这种水稻抗旱、抗盐碱，亩产量能达到800多公斤，目前种植面积正在逐年增加，明年肯定会更多。我们喀什博依的果子有一个特点：不打农药，不上化肥，有机原生态，品质无可挑剔。尤其是杏子，我们的小白杏甜得像蜜糖一样，吊干杏甜得可以比拟糖包子，唯一的遗憾是不好卖，也卖不上价。"

魏晋留心听着，向田野深处的那一片片果园深深地望了一眼。并没有看到成熟的小白杏，只看到万顷绿色的波浪。

参观完整个村子，又听帕夏介绍完情况，一行人边走边聊，来到了村委会。

刚坐下，就见一位戴着眼镜的中年男子急急闯进来，边走边说道："不好意思，不好意思，今天乡里开会，本来我们宋书记也要来，临时有事耽误了，只能让我先赶回来接待贵客，怠慢了，实在是抱歉。"

帕夏赶紧介绍道："这是我们村的村支部书记王华同志。宋书记是我们乡党委书记。"又把魏晋他们一一介绍给王书记。

王书记的目光锁定魏晋，热情地问道："您就是魏总吗？总听帕主任提到您，说您可是魔都精英啊。"说完赶过去跟魏晋握了握手，又跟艾山江握了握手。

然后目光重又转向魏晋："我们今天请您来，一是想邀您来我们村转转，帮我们把把脉出出主意；二是想让您给我们提供一些支持和帮助。"

可以看出，王书记是个性格直爽的人，说话开门见山，直奔主题。这样反倒让魏晋不知该说什么好了。

看魏晋沉吟不语，王书记理解为他并不想帮忙，爽朗一笑，替他解围道："来日方长，这事也不急在这一天两天，我们从长计议，有智出智，有力出力。眼看晌午了，咱先吃饭，先吃饭。"

这时帕夏也赶紧说道："魏晋大哥，先不急，你们大老远来了，咱们先吃饭。您也正好尝尝真正的喀什农家饭。"说完就将魏晋往食堂让。

魏晋赶紧推辞道："今天只是来看一看，一是怕能力不足不敢贸然应承，二是怕实力不足没有什么底气。无功不受禄，以后若有我能做的，我这边一定全力以赴。我下午还有点事，得赶回市区去，就不在你们这里吃饭了。"

王书记与帕夏又怎肯让魏晋走，尤其是帕夏，干脆拉着他的胳膊，左右摇晃着："魏晋大哥，您好不容易来一趟，有什么事，也不差这一顿饭的工夫，吃了再走嘛。我很久没见您了，顺便说说话嘛。"

魏晋还要推辞，谁知艾山江却跳出来说道："魏晋阿达西，到饭点了，我们还是吃了再走吧，要不回市区还得找地方填肚子，还辜负了帕夏的一番心意，多不好啊。"

魏晋在心里一声叹息，果然拆台的通常都是队友。他知道自己无法再找借口，只能点点头随着他们走向餐厅。

村委会条件比起帕夏初来时有了很大提升，大家不用再挤在厨房里吃饭，而是另外辟出了一间餐厅，厅里放着一张大圆桌，旁边是一台消毒柜。

圆桌上摆满水果，王书记介绍说："这些都是我们村自产的，你尝尝看。"说完拿了一块老汉瓜递给魏晋。

老汉瓜是喀什独有的一种甜瓜，小的有足球般大，大的有篮球般大，自带一股浓郁的香味。老汉瓜可不是老汉种的瓜，是指适合老汉吃的瓜。熟透的瓜，软糯香甜，没有牙齿也能咬动，最受老头老太太欢迎。

魏晋拿着老汉瓜，有些走神，不知在想什么。

王书记以为魏晋嫌弃老汉瓜品相不好，解释说："我们的瓜都是用农家肥的，没用任何农药和化肥，虽然卖相不是很好，但是绝对好吃。"

魏晋闻言也不辩解，笑了笑，咬了一口，然后由衷地赞美道："这老汉瓜入口即化，实在好吃。"

魏晋继续说道："我记得我们小的时候，每年夏天最喜欢吃的水果一个是西瓜，一个是老汉瓜，都是成麻袋买。老汉瓜口感足以媲美哈密瓜，之所以不出名，我觉得可能跟名字有关系。也不仅仅是老汉瓜，还有其他的一些水果，都因为名字不够吸引人而'养在深闺人未识'，是否可以尝试改改名字呢？"

王书记想了想道："对，魏总说得太对了，我们其实有很多很好的水果，可是知名度却一直很低，譬如这个西梅。"

王书记在桌上的西梅里面选了一个最大的递给魏晋说："这是我们村这几年才开始大面积种植的西梅，你尝尝，我们给它重新取了一个名字叫新梅，咱们新疆的梅子嘛。这个是西梅里的一个新品种，个大、皮薄、甜度高。"

"怎么样，好吃吧？"王书记问道。

"嗯嗯，好吃。"魏晋连连点头。

王书记递过来的梅子大概有鸡蛋那么大，外皮呈紫红色，魏晋尝了一口，果然一股甘甜清洌的味道从舌尖直奔向整个口腔。

他问道："这种新梅还有没有其他名字？"

王书记摇了摇头说道："这些我们统统都叫新梅，没有其他名字。"

魏晋沉吟了一下说："建议能取一个独特一些的名字，好记也容易引起关注。"

"至于老汉瓜……"魏晋想了想说道，"我有一个建议，你们看，叫'冰淇淋瓜'如何？冰淇淋入口即化，醇香浓郁，跟老汉瓜的口感很像。"

王书记一拍大腿说："这个名字好，过耳难忘啊，咱们就这么定下来了。冰淇淋瓜，我们先推广一下试试。您的建议非常好，我们下面群策群力，看是否能给新梅也想一个好名字。我觉得为了这个名字，咱们今天也应该好好喝两杯，只是我们有规定,不能喝酒,我今天就以石榴汁代酒,好好敬您几杯。"

这时饭菜已陆陆续续上桌,鸡和鱼都有。鸡是大盘鸡,鱼是大盘鱼,这两样上来,足以说明今天确实是将他们当成贵客款待。喀什的大盘鸡与北疆的大盘鸡略有不同,除了螺丝椒、辣皮子、大蒜不能少,最主要的是当地的土豆,等肉烂了,土豆也炖得香糯,融入饱满的汤汁,入口即化,别有一番滋味。

除了"硬菜",清炖羊肉、烤肉、拉面、抓饭、薄皮包子也上了桌,都是最富特色的食物,琳琅满目,满满一大桌。

来的村干部有六七个人,大家团团围坐,纷纷让着魏晋他们,一人一筷子,不一会儿就让他们的碗里堆成了小山。

深红色的石榴汁被倒进杯中,像极了红酒。王书记端起石榴汁,郑重地对魏晋说:"我们村这几年发生了很大的变化,但是底子还是太薄了,我们梦想着老百姓能真正富裕起来步入小康,能让他们的钱包鼓起来,生活文明起来,实现翻天覆地的变化。在我之前已经有三任书记了,我是第四任,我们接力扶贫,但是能力有限,想真正步入小康,还需要各方伸出援手,群策群力。我在这里以石榴汁代酒,敬您一杯,魏总,有劳您了。我在这里代替3867名村民和12名村干部先说谢谢了。"说完将一杯石榴汁一饮而尽。

魏晋眼中闪过一丝感动,他端着手中的石榴汁,没有犹豫,也仰起头一饮而尽。

一顿饭，宾主尽欢。魏晋也深知这一顿饭吃下来，自己大概就无法再置身事外了。

叁

魏晋在心里默默盘算着，如何还这份人情让他颇伤脑筋。

其实对于喀什博依如何依托本地资源禀赋在家门口发展，魏晋是有些想法的，只是他亦有难言的苦衷，并不想涉入其中。

职场如战场，上了战场，自然就不太可能依照自己的节奏行进。他离开上海的本意是想离开职场，无意再追风弄潮，用现代流行的话说就是躺平。还有就是能保持规律的生活状态，休养身体。人生当行则行，当止则止。一味高歌猛进，欲速则不达。

还有，他离开职场太久了，对目前的新兴市场并不了解。这是产销一体的新农合公司，而非阿布都那样的小网店，不确定自己插手这件事能有多大作用，还有整个产销链条如何布局他也没有头绪。至于是否能就近解决就业和拉动整个村庄的发展，他更是毫无把握。

无法保证结果，自然不能贸然应承，只能先想办法回避，躲得一时算一时。

奈何躲得了初一，躲不了十五。仅仅过去了一周多，帕夏就打来电话，寒暄几句后，直奔主题："魏大哥，我们宋书记说上次他不在，没能招待好你们，想请您再去我们村转转，他要亲自接待，特意让我来邀请您。"

魏晋自然知道这通电话的含义，想了想，只能找借口回绝道："谢谢宋书记的好意，我这几天刚好有事，等回头有机会一定去乡里拜会宋书记。"

帕夏听魏晋如此说，也明白他是在找借口，想要说些什么，但还是将快到嘴边的话咽了下去。

虽然回绝了帕夏，但是魏晋的心里也很矛盾。想了想，他还是打了几个电话，其中一个是打给苏孟的，问了他几个专业性问题后，心中已有计较。

两天后，他跟艾山江又来到村里。这次恰好那位宋书记在。

这是一位四十多岁的中年男人，身材中等，魁梧结实，黝黑的额头上有一道深深的川字纹。魏晋乍见之下愣在当场。宋书记则含笑不语。这时帕夏在旁边为他们互相介绍道："这位是我们村党支部书记宋疆，这位就是我跟您说起的魏晋大哥。"

帕夏话音未落，魏晋跳了起来，把站在旁边的帕夏吓了一大跳。

"宋疆大哥，果然是你。"魏晋惊呼道。

"不是我是谁啊，你小子可算回来了，走了那么多年音讯全无，想联系都联系不上。那天帕夏主任说有一位上海来的魏晋先生或许能帮到我们，我当时就心里一动，想着那个魏晋会不会就是你。那天因为事情忙，没见到，没想到果然是你。你回来了怎么不联系我呢？"宋疆拍着魏晋的肩膀问道。

"人说近乡情怯，我是近人情更怯。我专门找人要了你的电话，但是没敢打给你。不过我一直相信肯定会遇见你，你看，果然遇到了吧。"魏晋解释道。

意外的相逢让魏晋感慨万千，他知道自己肯定会遇见宋疆，却没想到竟然就在喀什博依。

两个人叙完旧，宋疆毫不客气，单刀直入地问魏晋对于喀什博依增收的建议，并说道："我们是兄弟，我不跟你客套。帮助喀什博依脱贫目前是乡里最头大的事情，你得帮哥好好想想办法。"

魏晋也不绕弯子，直接提出了自己的想法："对于喀什博依的情况我进行了梳理，综合村里的实际情况，我的建议是可以考虑发展"农合＋工厂＋电商"模式。电商可以有效解决商品信息以及远距离商品流通问题，无需走出家门，在村里就可以完成整个销售环节。货源和品控可以通过集体合作的形式制定出标准，统一进行生产、加工、包装，通过统一生产、统一管理、统一销售，进行有效的品质把控，打造自有品牌，将地域劣势转化成优势，以原生态、天然有机为核心，进行营销。

对于他的建议，大家都很认可，尤其是宋疆，之前对于电商他也了解过，但是技术、人才都缺乏，所以打消了发展电商的念头。如今有魏晋相助，他恨不得立刻就组织村民着手行动，却被魏晋拦住了。

魏晋说："我已经离开职场很久了，如今市场究竟是什么样子，我也不是特别清楚。若是你们觉着可行，我建议派人先去江浙沪一带好好调研一下。开弓没有回头箭，还是做到心中有数比较好。"

宋疆和王书记当场拍板，一边抓紧搜集资料，一边让王书记亲自带队，前往江浙沪调研。

不到一周，魏晋就接到了王书记的电话，是从杭州打来的。在苏孟的推荐下，他们跟浙江的电商运营商有了初步接触，并考察了运营情况。能听出来，王书记很兴奋，他简要地给魏晋介绍完情况，话题一转说道："这一次考察非常顺利，远超预期，得好好感谢一下您的朋友苏老师。他这次不仅全程陪同，而且还给我们提供了很多帮助。我们再过几天就要回来了，苏老师介绍了一家感兴趣的投资企业，也会跟我们一起过来，进行实地考察。我有个不情之请，您能否邀请苏老师来一趟喀什博依，我们好好感谢一下，我已经邀请过了，没邀请动，所以还得麻烦您出面。"

魏晋想了想，答应了下来。他大致能了解王书记的想法，电商如何来建，村里都是门外汉，是需要专业指导的，这方面苏孟是最合适的人选了。现在正好是假期，苏孟应该也能走得开。

大约两周之后，王书记一行喜气洋洋地赶了回来。魏晋一眼看到夹在人群中的苏孟。几年不见，苏孟似乎没有任何变化，依旧特立独行，在一众人中抻着脖子左右张望。

看到魏晋，苏孟一推眼镜，大叫一声，冲了过来，几乎将魏晋撞倒。不待站稳身形，苏孟就嘴巴不停地数落起来："老魏，你这个家伙，除了偶尔有事打电话，一走几年，也不想着回来看我一眼。没有你的沪上，孤单寂寞冷，实在是凄凉。"

魏晋给了他一拳，回击道："我听到的可完全不同，据说你这几年如鱼得水，成果丰硕，声名远播。江湖传言，滨大有三宝，老苏、老梁和老郝。连二位老先生都排在你后面了，你的实力可见一斑。"

苏孟的脸上笑开了花，却又假装淡泊地一甩头道："我辈岂是贪恋虚名浮利之人，都是云烟罢了。"

魏晋顺竿即上："这一点我是深信不疑，譬如这次协助喀什博依村民脱贫致富，任谁不得夸一句我们苏老师义薄云天。我们村民可是翘首以盼，就等你来了好好感谢一番呢。"

苏孟瞥了一眼魏晋，狡黠一笑，说道："我知道你喊我来这里的目的绝不简单。好在我内心强大，做好了十足准备，什么事都不怕。"

其实魏晋也知道，跟苏孟认识这么多年，但凡他开口的事情，苏孟从来都是全力以赴。所以他也不打算绕弯子，单刀直入地介绍了村里的情况，也说了需要他帮忙的具体事情。

苏孟爽快答应下来。

事情其实很具体，一是帮村里建好销售平台；二是培训运营人员；三是建好加工厂。选品及品牌定位，由魏晋负责协助村里完成。

带苏孟他们游历了喀什的一些景点，并在猎鹿人停留了几日之后，两个人正式开始工作。

只是魏晋也没想到，平台还没开始建，就又有了意外。

投资公司考察完村里的情况，虽然对村里的土特产很感兴趣，但在了解到喀什博依依然是贫困村之后，怕投资打水漂，找借口离开了。

王书记他们傻了眼，没有投资，建工厂、买设备的钱要从哪里来呢？最后思来想去，决定由村委会做担保，先借无息扶贫贷款。

这个问题总算解决了，但是下一个问题又出现了。

首先是需要注册公司，可是由谁担任法人，成了头号让人头疼的事情。村民怕担责，村干部担任法人又不合适。最后还是帕夏提议，让茹仙古丽担任法人负责运营。

这几年在村委会的帮扶下，茹仙古丽靠着养殖肉鸽率先脱了贫。去年她跟十几家农户组成了肉鸽养殖合作社，集体配置饲料和孵化幼鸽，这样不仅节约成本，而且能进行标准化管理，提升品质。目前茹仙古丽她们正在筹划进行肉鸽深加工，这样不仅价格上去了，生产规模也可以继续扩大。这个平台建好后也可以帮助他们开拓市场。

茹仙古丽这几年已经完全不同，帕夏提起她就觉得胸中热流涌动，确信只要努力，就没有做不成的事情。

从发展家庭副业到发展为产业，茹仙古丽不仅帮助家庭脱了贫，自己还成了致富带头人，整个人都脱胎换骨了。

还有小娜扎，村委会帮忙联系到了合适的医生，是知名医院的主任医师，在原单位一号难求，来喀什援疆三年，每天找他看病的人依然排长队。小娜扎被送进医院，进行了全面检查，切除了背后的巨型肿瘤，身体其余部位并没有大问题，肿瘤也是良性的，经过手术治疗，再加上给腿部做复健，已经能一瘸一拐地走路了。医院了解到茹仙古丽家的情况，所有治疗费全免，又为小娜扎捐助了一台轮椅，每天由努尔兰推着一起去上学。

茹仙古丽不打算再生育，有娜扎和努尔兰就够了，她还年轻。跟努尔江商量后，两口子一个负责种植养殖，一个负责销售，配合无间。努尔江跟人贩卖玉石被骗得分文不剩，好在吃一堑长一智，现在卖家里的土特产得心应手。两口子也算是苦尽甘来。

帕夏将想法和茹仙古丽谈了之后，茹仙古丽还没张口，旁边的努尔江就按捺不住了，扯了扯茹仙古丽的衣袖，一口答应下来。他经常在外面跑，知道互联网时代可以借助物联平台把生意做到全世界。奈何他除了会用智能手机，完全不懂这些高科技如何操作。如今有人愿意帮他们建平台，这样做梦都能笑醒的机会砸在他们头上，简直是天降馅饼。而且，茹仙古丽筹建的肉鸽加工厂刚好可以跟食品加工厂合二为一，这是多好的事情啊。

与茹仙古丽一拍即合后，以"果喀喀"命名的食品加工销售合作社走市里工商助农通道，很快就办理完所有手续。等申请的网店一下来，苏孟也完成了第一拨培训。就等产品上架进行正式销售了。

村里的食品加工厂由玛依拉做厂长，这也是帕夏提议的。她清楚玛依拉心灵手巧、做事认真，一定能管好加工厂。而且她也想让喀什博依的男人们看看他们瞧不起的女人是如何巾帼不让须眉，在职场上大展拳脚的。

村委会有人提出了异议，主要是茹仙古丽的管理经验不算太足，玛依拉更是没有相关经验。如果全部交给这样一群新手管理，会不会给未来运营造成很大阻碍呢？

帕夏极力争取：对于这样的新生事物，大家都没有经验，都是从零做起，那为何不能把加工厂交给茹仙古丽她们？单从社会影响来说，妇女能顶半边天，为什么不能让她们试一试呢？

最后大家被帕夏说服，同意了帕夏的提议。

从采购设备到安装调试，魏晋全程跟进，有时忙起来一天只能睡几个小时,他深深体会到安慕然他们当年创业的艰辛。等终于能顺利生产了,他才松了一口气。

商品生产分了几个品类,包括生鲜水果加工、干果加工、药茶加工和肉类加工等。第一批产品出来后,魏晋组织召开了一次品鉴会,让大家畅所欲言提意见,并进行了产品调整,直到大家都满意了,他才决定挂网开始销售。

连日的高强度工作让魏晋疲惫不堪,但是看到村民们振奋的样子,他也由衷替他们高兴。

一切走上正轨了,苏孟也预备返沪开学了,他跟帕夏说了一声,最近一段时间暂时不来村里了。

肆

在猎鹿人处理了一下旅社的事情,魏晋又带苏孟去了几处没顾上去的地方,算是给他饯行。

苏孟这些时日在村里从早忙到晚,难得的毫无怨言。这会儿终于可以放松了,便开始龇牙咧嘴、嗷嗷叫苦,强烈要求魏晋好好补偿自己。魏晋也不含糊,每日睡到日上三竿自然醒,然后带着他东游西逛吃喝玩乐,将自己曾经吹嘘过的东西,一样不落地让他体验了一遍,把苏孟感动得痛哭流涕,不舍离去。

今年开始,不知为何突然有大量游客涌入喀什,整个喀什一房难求，猎鹿人也住得满满当当。大家都没有经历过这样的阵仗，一时手忙脚乱。

老城的游人摩肩接踵，总让魏晋恍惚间觉得如同隔世。他还记得前年夏天，自己跟艾山江在喀什街头踏雨而行的冷清场景，不由感慨万千。如果艾热尔和老莫看到这样的情形，该多么感慨啊。对了，他猛然想起来，是时候喊老莫回来看店了。光靠艾山江实在是独木难支，这样下去，猎鹿人迟早会出乱子。

送走苏孟，还没休息几天，魏晋就接到了帕夏的电话。她在电话中带着哭腔说："魏晋哥哥，您能不能来村里一趟？有急事。"

魏晋一刻也不敢耽误，立即驱车赶往喀什博依。

他刚从车上下来，就看到村委会前围着几个人，大家似乎正在争论着什么。走近才听到是在争论网店还要不要继续开。

他听到村民大声质疑道："网店开了大半个月了，厂里也生产了一大堆东西，却一样也没卖出去。网上成千上万的店铺，为啥人家要买我们的产品？即使我们自己知道我们的东西好，人家又怎么能知道呢？我们贷了那么多钱开厂子，产品如果一直卖不出去，以后怎么办啊？"

他听到帕夏的声音传来，她在尽力分辩着，却显然没有底气，声音越来越小。

看到他，帕夏红了眼眶，强忍着眼泪对村民说："你们先回去,这事王书记也知道了,会解决的,一定会给大家一个说法。"

等村民散尽,帕夏的眼泪决堤般涌了出来。魏晋明白她心中的委屈,知道劝也没用,默默地回到车里,扯出几张纸递给她,让她哭个痛快。

等帕夏哭够了,魏晋才说道:"我们一起想办法,一定会想到解决办法的。"

魏晋也知道,这样名不见经传的农产品网店,想要在成千上万的店铺中被发现,只有两条路:一是舍得砸钱做推广;二是找有一定知名度的人来助力。现在这两条他们显然都无法做到。

要怎么解决呢?

他忽然想起一个人——安慕然。安慕然离开春申后,创立了自己的无糖茶饮品牌,将茶叶细分,做成快消饮品。他的运气好,正好赶上碳酸饮料、高糖饮料备受诟病,他的无糖茶饮因为保存了不同茶叶的香型特质,又因主打"回归传统,趋近自然"而备受欢迎,上市不久就成为热销品,各大超市、各大平台几乎都有销售。

能否借助他的销售渠道,将喀什博依的农产品推介出去呢?

魏晋决定给安慕然打个电话,看是否能得到他的助力。

电话拨通,两个人略微寒暄了几句,魏晋坦诚地对安慕然说清了目前的状况及喀什博依面临的困境。

安慕然沉吟片刻,然后问道:"你跟那个村子有什么利益往来吗?"

魏晋回答道:"没有。"

安慕然问道:"那你何苦动用自己的资源来帮助跟自己毫无关系的人呢?"

魏晋解释道:"我很难跟您解释清楚,按理他们是跟我没有关系,我开始也并不想涉足其中,但是在逐渐了解了村里的情况后,我觉得我无法做到袖手旁观,还是想要帮一下他们。说起来喀什也算是我的家乡,他们生活的好坏关乎一地兴衰,如果我有能力帮到他们却选择不帮,我无法过自己这一关。"

电话那头的安慕然陷入沉默,过了片刻才说道:"穷则独善其身,达则兼济天下。我得承认我需要向你学习。达己先达人,富己先富国,在商可言商,言商先言国。我愿意帮你。"

魏晋的心中一阵感动,对安慕然说道:"安总,我替喀什博依的四百多户村民谢谢您。您从来都没有让我失望过,我在您身上看到了中国民营企业家的担当和大义,我为自己曾是您的下属而骄傲。"

挂掉电话,魏晋把情况简单地跟帕夏说了一下,同时也让她做好准备,开通直播销售。

他说道:"安总愿意用自己的销售网络帮我们销售,但是想要打开知名度,还需要我们自己想办法引流,形成自己的热点。我个人认为最快的办法就是做直播,但是,是否有用,我也不敢保证。我们双管齐下，有安总兜底，我们自己再加把劲，这样至少有双保险。"

果然姜还是老的辣，在安慕然一番运作之下，依托助农名义，喀什博依的农产品出现在了安慕然天然茶饮的外包装上，线上线下门店同步销售。不仅赚足了眼球，给自己提升了一大拨好感度，也将喀什博依推了出去。

帕夏接受了魏晋的建议，但是由谁来直播，却让她非常为难。茹仙古丽她们的外形自然是不错的，但是普通话和口才不好，第一次尝试的时候，茹仙古丽对着镜头张口结舌，脸憋得通红，也憋不出一句话来，把玛依拉急得在下面拼命打手势。最后没办法，让茹仙古丽下播换上玛依拉，结果还是一样。虽然她们在台下自信满满，可是一上去对着镜头，立刻就哑了火。

几经选择，就连帕夏都登了场，可是连播了几天，依然收效甚微。

大家也都在想法子，十八般武艺都搬了出来，甚至把直播间搬到了田间地头，也没什么用，订单量一直在几十个徘徊。一时间，对于直播的质疑越来越多。

这天帕夏直播的时候，努尔江突然闯了进来，口音极重地说道："哎，朋友，麻烦支持一哈我们嘛，你们来了我们请你们吃没结婚的羊娃子肉嘛。"努尔江还想继续说，却被女士们集体赶了出去，但是弹幕突然热闹了起来。

有人问:"没结婚的羊娃子是什么啊?"

又有人问:"吃没结婚的羊娃子犯法吗?"

"你们那里要怎么走?需要骑马去吗?"

"哎!让他进来嘛,他说要请所有人吃肉的,怎么跑了?"

……

持续了十来分钟后,本来只有几十个人的直播间突然涌入一大群人,流量的剧增,简直令帕夏目瞪口呆。她实在想不明白,不知道努尔江的话触到了什么点。但是管他呢,有人关注总归是好事。

随后,用爆火形容喀什博依农产品的受欢迎程度也毫不为过。负责生产的玛依拉手忙脚乱,一边想办法提升产量,一边积极组织,扩大招工。

产品卖得好,连带着妇女们的地位都得到了极大的提升,尤其是在合作社工作的女工们,明显感觉她们的腰杆子直了起来,走起路来抬头挺胸,意气飞扬,连说话的嗓门都变大了。

第九章

生命的奥义

行香子

怀揣流年,逆旅西边。

身旁事、沧海桑田。

东奔西顾,不舍炊烟。

正花相放,月相照,春相妍。

欣逢盛世,好梦于前。

太多事、欲说难言。

此生未负,戈壁蓝天。

有情藏心,人藏眼,字藏笺。

壹

鞋匠依明江还坐在那里，似乎这世界上再也没有什么力量能将他搬动，却不知为何，他的胸口像是被什么东西压迫着，堵得发慌。

生意越来越差了，人们不再执着于将一双旧鞋子补了又补，一双舒适的运动鞋也才几十块钱，犯不着花几块钱在一双破烂的旧鞋子上修修补补。有时，一天坐到晚也没有几个人。

好在，店是自己家的，没有什么成本，赚多赚少，能买得起馕吃就行了。他已经不是当年那个英挺的小战士，岁月早已将他的棱角与勇气都磨平了，他像是身边这棵老榆树，无论再怎么浇水，依旧灰扑扑地蜷缩在岁月深处，憔悴不堪。

他转回身，看向身后的高台。层层叠叠的土屋一栋压着一栋，似乎努力想要向高处攀爬。每一代都站在上一代的肩膀上，试图摆脱尘世的束缚，踮起脚尖去触碰更高处的天空，总会一代比一代更好吧？

他默默地又一次打量了一下自己家的老房子。到他这里已经是第五代了，挨挤着，颤颤巍巍地站在父亲的屋子上。而他的屋顶上空空如也。他没有儿子，也没有人在他的屋顶上再加一层。其实纵然有儿子，大约也不愿意再在他的屋顶上加盖一层了。

这世界变化太快，年轻人的世界跟他的世界早已完全不同。

他们拔地而起,站在时代的肩膀上,不再是一辈子拴在上一辈的土房子上,延续旧日的生活,而是追求更好、更时尚、更现代的生活方式。房子要有房子的品质,生活要有生活的品质,人生要有人生的品质。传统是可供缅怀的纪念品,不再是年轻人的必需品。

老去的人进入坟墓,年轻人进入高楼大厦,一个挨着地,一个挨着天,只留下越来越冷清的高台。

他深深叹了一口气,心中一阵空茫,似乎大半生岁月,如同空气般轻飘。

他不是没有机会生儿育女,可是命运替他拣选了现在这样的模式。或许这就是最好的安排吧。

那天艾山江带着一只旧的乔鲁克靴来找他,那是一只中筒适合年轻女士穿的靴子,靴筒上缀着一朵合欢花般的红缨。红缨已经老旧,依然颤巍巍地在靴筒上摇曳,他一眼就认出来那是父亲的手艺。只有父亲才会在红缨下面用彩色羊毛线勾出彩虹一样的繁复图案,也只有父亲才能让每一朵红缨都像是有生命般在靴筒上颤动,那是别人做不到的。

那还是多年前的老手艺,自从有了更为轻便的靴子,父亲就不再做了。时代总是向着更现代的方向迈进,原来的他也喜欢追随潮流,如今年岁大了,他也不知道怎么会越来越念旧。

他直愣愣地盯着靴子看了半天,记不起来是哪位古丽从父亲手里买走了这双靴子。

艾山江留意到他神情间的变化，问道："阿达西，这是你们这里做的靴子吧？"

他从恍惚中被拉了回来，用手轻轻触摸着靴子上褪色的红缨，用力点了点头，说道："是的，是我阿达做的。"

艾山江的眼睛闪亮了一下，兴奋地说道："我就觉得应该是这里，可是第一次见你的时候，你却说'这时节可没人再穿乔鲁克靴了'，害得我只好去别家找。还好我聪明，绕来绕去，最后还是找到这里来了。这可是我奶奶的宝贝靴子，她一再嘱咐我找到这里，说声谢谢，还有把钱给你阿达。"说完艾山江从口袋里掏出几块钱，想了想，又塞了回去，掏出两张一百元的，笑着说："我奶奶买的时候大概是几块钱，可现在大概至少得两百了，喏，您拿上。"说完，将钱塞进了依明江手中。

依明江一脸茫然，在记忆中努力搜索着艾山江的奶奶，却一无所获。他将钱还给艾山江，却又被艾山江执拗地再次塞了回来。他摇了摇头，心底里一声轻叹，如今他的记性确实是越来越差了。他虽然想不起艾山江的奶奶是谁，却也不想追问老人为何要他带着这样一只靴子来说声谢谢，还送来钱。只是重新将目光投向手中那只乔鲁克靴。

艾山江曾说："不做乔鲁克靴，算什么鞋匠。"想起这句话，他的心中不由一阵悸动，随即又沉寂下来。

会做乔鲁克靴，又能怎样呢？

这时一位扎着麻花辫的古丽走了过来，从手中拎着的袋子里摸出一只皮鞋，递给他。他接过来，忽然一阵恍惚。

他想起1978年的那个冬天，那个扎麻花辫的女孩子。

他认识她，知道她偶尔来找梁惟岳。那时的她简直美丽得像女神一样，所有见到她的人都会忍不住多看几眼。他也偷偷地看过她很多次，直到有一次，她的目光直直地朝他冲撞过来，他的心像被千万匹烈马与千万辆车同时碾过，感受到了几乎难以承受的摧毁般的撞击与震动，在此后的日子中，无论何时想起，都会让他久久战栗。

她在偷偷打听梁惟岳的下落，语气焦急且惊慌。有人看出她神情间的不正常，问她："你是梁惟岳的什么人？"女孩苍白的脸瞬间变得更白，嗫嚅着说不出话来。

他们猜测着她和梁惟岳的关系，却不能告诉她梁惟岳去了哪里——即使知道也不能说，那不仅是部队的机密，也关系到梁惟岳的前途。

看着她憔悴而无助的面容，他的心中灼烧般疼痛。那天他实在受不了，找了个机会走过去对她说："你不要再来了，他不在这里了。"他不知道她是否明白他的意思，又补充了一句："他不会再回到这里了，你快回去吧。"

她像是突然抓住救命稻草，焦急地追问，可是他却无法说得更多，只能沉默以对，任由她再三哀求。她咬着唇呆呆站了好一会儿，看四周无人，突然跪倒在他面前，他瞬间被吓得魂飞魄散。

这是第一次有人跪在他面前，他手脚颤抖、冷汗淋漓，想拉她起来，她却怎么也不肯，只是噙着泪，一遍遍苦苦哀求。他急得不知该怎么办，头上也冒出汗来，干脆一跺脚，说道："他调动去了外地，是你不可能去也不该知道的地方，你还是忘了他吧。"

他看到她惶恐的大眼睛里瞬间充满绝望，自己的心中也被绝望灌满。他目睹着她踉跄离去，莫名心痛。

等再见到她，她的神情有些呆滞，怀中抱着一个小孩子，看到他，她的眼睛似乎恢复了一点生机，对着他勉强一笑，然后离去。

他黯然地猜想，她大约是结婚了。

时间无情地将他们带向不同的命运旅途。她为人妻母，他适逢部队在挑选留队志愿兵。他本来有希望留队，却被人检举曾泄密。他百口莫辩，却又觉着自己似乎并不冤枉。

他从部队退役回到家，重回起点，恍然觉得人生真如一场大梦。他拒绝了工作安置，闷在家里浑浑噩噩过了一阵子，直到父亲拎了做鞋子的工具箱丢在他脚下，瞪着他。

传到他这里的是第四代的老手艺，据说曾祖父为了学会做鞋子，隐忍了十几年，挨打挨骂受尽欺凌。二十六岁那年，他的曾祖父终于可以熟练地做出一双连最挑剔的人也挑不出毛病的乔鲁克靴，那是按照曾祖父自己的脚做的，是曾祖父穿过的最好的一双靴子。他穿上之后，神气地走了几圈，又跺了跺脚，满意地眯起眼睛瞧了又瞧脚上的靴子，然后拎起做鞋子的工具箱，脚下生风，头也不回地离开了那里。

靠着这个工具箱和好手艺，曾祖父得以在三十岁之前娶妻生子。又靠着这些，他的爷爷得以娶妻生子。再后来是他的父亲。

现在这工具箱又传到了他的手中。胡杨木做的箱子，包了浆的木头已经看不出颜色，却还是结实稳固，像胡杨的传说一样可靠。

初时他很反感这只破箱子，黑不溜秋的，除了四角包着的铁皮是锃亮的，其余部分都如同乌木一样暗沉。箱子里装着锥子、刀子、大针、铁钉、牛皮绳、铁掌、各种颜色的碎皮子……

慢慢地，他开始学习做鞋子、补鞋子，天天和那些皮子、钉子、鞋底子、木楦子打交道，整个人也似乎沾染上了一股带着铁锈的腥膻气。时间久了，他竟然逐渐喜欢起这味道来，也开始喜欢这份工作。这看似简单的劳动，想要做好，实在需要花费些心思。

在布拉克贝希巷的老榆树下，他拿着钉锤，如老僧入定，浑然忘却一切，每一锤下去，似乎都将自己的心事敲扁敲平，敲入

353

乌有之中，直至无欲无求，心里再也不会掀起任何波澜。

但是，他又遇见了她。而且，不仅仅是她，还有他。

开始的时候她牵着孩子，再后来孩子大了一些，跟在她身侧跑来跑去。每次看到他，她似乎都会特意停下脚步，到他这里找个借口待上片刻。

他表面看起来依然无悲无喜，心里却像是装进了十几台疯转的马达，剧烈震颤轰鸣着。惯常叮叮咚咚的敲打总是乱了节奏，不时敲向一旁。他不得不停顿下来，猛吸几口气，调整一下呼吸，更深地低下头去，用心将她的鞋子和小孩子的鞋子补得结结实实，再目送他们离去。

这样的相处像是隐秘的仪式，有时他很久没看到她，便会莫名地焦灼失神。

遇见梁惟岳时，他却再也无法继续装作若无其事的样子，而是猛然跳了起来。

在他的想象中，自己是会代表她愤怒地声讨梁惟岳，替她讨回公道的，却不知为何，他心中波涛汹涌，表面上依然不动声色。

他们是同一年进的部队，但是梁惟岳却比其他人优秀得多。他从未见过一个人可以如此完美。在梁惟岳身上，再挑剔的人都挑不出一丁点毛病。他做事努力又聪颖，待人谦卑，有一种能做大事的气度。

对梁惟岳的崇拜让依明江成为他的追随者。他知道梁惟岳的野心与向上的欲望，也知道他和她的一切。

梁惟岳曾经对他说过："我家在吕梁山区，家里祖祖辈辈都是农民，从来没有出过一个混得像样的人。我是家里唯一的男孩子，他们对我一直寄予厚望。到部队参军，保家卫国，建功立业是我的梦想，我一定得干出点样子来，好扬眉吐气。"

依明江不知该说什么，也无法说什么。他知道梁惟岳说的是对的，有什么会比责任和前程更重要呢。

他也记得梁惟岳说那番话时的表情，带着不顾一切的执拗与坚定。

如今，梁惟岳出现在他面前，看起来，依然挺拔英俊。依明江站起来，像过去一样望着他，忽然间，鼻子一阵发酸，他用力强忍住，缓缓地解下围裙，拍了拍身上的尘土，又将手在身上用力蹭了蹭，走过去，伸出手，诚心诚意地说道："阿达西，好久不见，都好吗？"

梁惟岳鼻子也有些酸涩，却还是微笑着回答道："都好，我退役了，已经转到地方上工作了。"

依明江愣了一下，下意识地说道："我以为你会一直在部队干下去。"

梁惟岳哂然一笑，洒脱地说道："我也以为会一直干下去，但是服从组织安排，该离开就得离开。"

依明江扫了一眼脚下，弯腰将一只凳子抓起来递过去，对梁惟岳说道："坐下说话。"

梁惟岳并不推辞，一屁股坐了下来。

依明江也坐了下来，继续问道："你现在在哪里上班？"

"水利局。"

"喀什吗？"

"不是，在叶城。"

问答完，两个人一时语塞。

还是梁惟岳打破了沉寂，指了指依明江的摊子，问道："依明江，你怎么做起这个来了呢？没有分配工作吗？有什么是我能做的你尽管说。"

依明江连连摆手，说道："不需要，不需要，这是祖传的手艺，我自己选的，挺好的，也挺自由的。"

依明江随即又说道："这次能再见到你，真的挺意外，我以为再也见不到你了呢。"

依明江说的的确是真心话，在他想来，梁惟岳应该早已顺着规划好的蓝图高歌猛进，建功立业去了，而他能够再见到梁惟岳的概率几乎为零。

梁惟岳笑了笑，说道："怎么可能见不到呢？这个世界并不大，想见总是可以见到的。"

不知道为什么，依明江总觉得他的笑容中带着一丝悲凉。

"我见到她了，她带着孩子。"梁惟岳突然说道。

依明江知道他说的是谁,只是没想到梁惟岳会主动提起,沉默了片刻,才说道:"她结婚了,偶尔会来我这里补鞋子。"

"哦,那个孩子……"梁惟岳欲言又止,停顿了一下,还是说道,"是我的孩子。"

依明江惊讶地望向梁惟岳,在两人目光交错的一瞬间,他顿时明白了一切,却还是下意识地问道:"啊,怎么会这样?怎么会这样?那你怎么办?"

梁惟岳叹息般地嘀咕了一句什么,依明江没有听清楚,又不好意思再问。

久别重逢,依明江盛情邀请梁惟岳一起吃顿饭,却被梁惟岳以有事为由拒绝了。

临走前,他站起身望着依明江,脸上显出挣扎的表情,有些不自然地对依明江说道:"依明江,能不能麻烦你替我给她捎个话。她可能快回上海了,我想见她一面。她一直躲着我,不愿意与我沟通。"说完,他还想再说点什么,却还是咽了回去。

依明江愣了一下,点了点头。

梁惟岳伸手拍了拍依明江的肩膀,说了声:"谢谢你,依明江,谢谢你。"然后拖着沉重的脚步转身离去。

与梁惟岳道别后,依明江返回来重新坐在摊子前,有人来也不搭理。不知坐了多久,他才直起腰来,将东西都收进箱子,独自走进屋子。

贰

在梦里，筚篥声时远时近，似乎在牵引着他，魏晋侧耳倾听，然后循着声音追了过去。

四周晦暗不明，一条小路隐藏在迷雾深处，时隐时现，魏晋深一脚浅一脚地沿着小路拼命追赶，却无论怎么努力都没有办法追上那个声音。脚下的路在越来越浓的迷雾中开始扭曲，像是盘旋倒转的传送带，他每迈出一步都会被迫旋转着退回来，直到累得气喘吁吁，再也迈不开步子，只能弯下身子大口地喘气。

那缕声音依旧时断时续地响着，像是一根丝线牵扯着他的内心，他直起身子游目四顾，却什么也看不清楚，心中充满绝望与焦灼，随即从梦中惊醒过来。

其实早在一年前，魏晋就知道自己的病情开始加重——身体开始出现浮肿，视力也越来越差。这是他曾经在心中演绎过无数次的最坏的结果。这么多年下来，他其实早有准备，可是当这一天真的到来的时候，却依然有些难以接受。

蝼蚁尚且贪生，更何况是人呢？但是与其被病魔逐渐吞噬摧毁，没有尊严地死去，还不如放下一切，做自己想做的事情，然后坦然地离去。

对于自己病情的发展，他了如指掌，他知道即使找到匹配的肾源换肾，也只是增加几年的寿数而已，而过程之艰难，实在难以言说。于他来说，苟活下去比死亡更难接受。

第二天，他按照预约，来到人民医院做检查。做完全部检查之后，医生一脸同情地望着他，让他立刻办理住院手续。魏晋倒是有些不以为然，人说久病成医，这病伴随了他多年，他也算半个医生了，目前虽说情况不太好，还不至于到了生死攸关的时刻。

但是医生却严肃地说道："你的身体已经有了耐药性，注射胰岛素的作用越来越有限。而这不是最糟糕的，你的肾单位功能丧失，你应该知道这有多严重，建议你立刻住院。你的家属在哪里？你让家属一会儿过来一下，我有些事情要先交代。"

说完又不放心地补充道："后面一系列化验单和治疗都需要家属签字，我需要家属配合。"

魏晋只能硬着头皮回答道："我是一个人在喀什，没有家属。"

医生抬起眼皮瞅了他半天才无奈地说道："你总有朋友吧？你的朋友应该可以来一趟吧？"

魏晋不知道如何来解释他目前的状况，只能说道："我独自在这里，没有家属和朋友，如果有需要签字的，我自己来就好。"

医生无奈地摇摇头说道："如果做手术，必须有家属或者委托人签字，我建议你尽快找一位委托人。"

办完住院手续，魏晋在护士的带领下走进自己的病房。在靠窗的一张病床前，魏晋看到了自己的名字。这是他第一次看到自己的名字出现在医院的墙壁上，不由愣了片刻，然后在床头放好自己的几样随身物品。

不一会儿，医生走了进来，交代完一大堆事项后，安排护士给他打上了点滴。

他仰面躺在床上，看着点滴一点点地滴进血管中，盘算着没有做完的几样事情。

猎鹿人自年后一直爆满，连淡季都人满为患。现有的人员根本忙不过来，老莫忙得脚不沾地，天天大呼小叫，得抓紧招募几名服务员。

喀什博依的电商客户群还需要加强维护，虽然直播销售的效果不错，但是加强品牌建设才是长期运营目标。与安慕然的捆绑销售虽然收效不错，但还是需要设立一家"果喀喀"的线下门店，提升用户体验。

还有安慕然前阵子来喀什考察，对这里的区位优势非常动心。再加上中国（新疆）自由贸易试验区喀什片区正式揭牌，将劳动密集型产业、国际物流、跨境电商等现代服务业列为重点发展部分，这无疑是令人振奋的重大利好消息。

安慕然将目光瞄准了丝绸之路沿线国家，尤其是中亚区域，想把生意往境外拓展。为此，他专门延长了在喀什停留的时间，对周边国家进行了一轮考察，预备放开手脚，再辟赛道，进军海外市场。

安慕然越活越洒脱，如今的他早已经不是为了钱而忙碌了，而是另一种形式的尽兴而活。用他的话说，人就这么一生，我们可不能白来一趟。

但是当安慕然提出让他一起加入时，魏晋却犯了难。魏晋清楚自己的身体状况，当初他是被帕夏他们赶鸭子上架，身体大部分时候都是在硬撑，目前已经是强弩之末。

当然这一切的矛盾之处在于，其实他也很享受这样一个过程，若说是被逼的，大约有失公允，应该算是周瑜打黄盖——一个愿打一个愿挨。自己跟安慕然应该是一类人，天生不甘寂寞，总想生得绚烂，死得壮美。

安慕然要在喀什大展拳脚，他的确是最合适的人选，无论工作经验，还是对这个地方的了解程度，都是最优的，但是时不我待。魏晋怅惘地想着。

注射、透析、检查……才住了一天医院，魏晋的手机几乎被打爆，却只能远程遥控。

对于已经快要报废的肾来说，透析就像是扬汤止沸。

趁着自己还能动，还有那么多事情要做，那就赶紧做，争取不留任何遗憾。好不容易来人间一遭，不好好体验一把，实在是太亏了。

这次住院，他瞒着所有人。帕夏、老莫、宋疆大哥……他们都在不断打电话追问他的行踪，他只能说，自己临时飞回上海处理一些家事。

这次住院事发突然，什么都没带，他把要添加的东西列表发给了艾山江，让他去他的房间整理好送过来，并再三交代，对谁也不要说他住院的事情。艾山江听说他住院，大惊失色，用最快的速度收拾好东西，给他送了过来。

看到他躺在病床上，艾山江声泪俱下："魏晋大哥你千万不要吓我，千万不能有什么事啊，要不我还是把帕夏和老莫喊过来吧？"把同病房的人吓得不轻。

魏晋又好气又好笑，只能尽力先安抚好艾山江，让他相信，自己只是太累了，住院调理几天就没事了。

好在艾山江善良又单纯，说什么信什么，很快就信以为真，并再三向魏晋保证，绝不会把他住院的消息透露给任何一个人。

说起艾山江，魏晋觉得他的身上一直笼罩着一层迷雾，莫名其妙地出现，莫名其妙地跟着他们，还莫名其妙地一直跟着他们。而且，他竟然靠一己之力，奇迹般让克尤木老汉同意将自己的马掌店搬走。这事阿布都拉着艾山江逼问了很多次，每次都被他打哈哈蒙混过去。但是艾山江跟克尤木老汉单独长谈过一次是事实，长谈之后克尤木老汉立刻同意搬离也是事实。但是艾山江却死活不肯承认，一口咬定那就是一次普普通通的闲聊。

更为神奇的是，克尤木同意搬了，但是街道办却说不用搬了。

这次连克尤木老汉都大为惊诧,连着几天,把活儿都丢给了徒弟干,自己魂不守舍地坐在马掌店前的竹凳上发呆。

这个世界实在是古怪又神奇,完全不知道会有什么样离奇的状况发生。而且艾山江总是有事没事缠着鞋匠依明江,看样子,他们之间应该还有什么秘密。

你看,这个世界一早就为所有人预设了千里伏笔,只是人们都被蒙在鼓里罢了。

叁

他的手机里一直存着Zero的电话,虽然从来没有拨出去过,但是那个电话存在那里,就有一条看不见的线将他们牵系在两端。很多次,当他充满疲惫与厌倦的时候,他都很想拨给她,跟她聊一聊,但是又放下了。如果可能,他希望那个电话就那样静静躺在他的电话簿里,永远不会拨出去。

继续着注射、透析、检查的循环套餐生活,病情控制得还算不错。没有好转,但是也没有更糟糕。他相信自己的身体暂时达成了某种程度的平衡,器官们放过了彼此,不再继续彼此折腾。

无需治疗的时候,他会在医院里走一走,无目的地散步。但这里的悲喜太密集，每一步都能撞见一些什么。

这天，他围观完一个哭得天崩地裂的小孩子被母亲拎着一只胳膊去打针，又围观了一对小两口在缴费处吵架，男孩丢下女孩扬长而去……然后他百无聊赖地往病房走，走到电梯口，忽然看到一个熟悉的背影推着一位头发花白的老头，默默地踏进电梯。他呆愣当场，脑袋中一片空白。等他缓过神来，急急忙忙按动另一部电梯按钮追过去，却早看不到对方的影子。

他掏出手机，想拨打给她。已经翻出了那个号码，却握着手机，又收了回去。他为自己莫名的紧张而自责不已，也对自己的一反常态充满鄙夷。他默默地回到病房，把这一次的相遇当成一场梦。梦里发生的一切，是不会跟现实有任何关联的。

可是，命运点名的时候，又怎么会允许你逃离？

第二天，魏晋下楼去医院的食堂打饭，突然一道人影横在他面前，他恼怒地抬起头，定睛看去，竟然是她。

"竟然在这里遇到了，你生病了吗？"她惊异地问道。

魏晋的心中一阵激荡，说道："我在医院调理一下身体，你呢？"

"我父亲住院了，我来照顾他。"她老老实实回答道。

"你父亲？你是喀什的吗？从未听你提起过。"魏晋诧异道。

"你也没问过。"她笑着回答。

"唉，这，怎么说呢，能在这里遇见真是挺意外的。"魏晋有些语无伦次。

打完饭,魏晋陪着她去探望她的父亲。看到魏晋,她的父亲虽然一脸病容,却格外热情。他这个女儿什么都好,就是太有主意,性格太孤僻。如今竟然带着男孩子来看他,让他喜出望外,恨不得把魏晋的三代都打听出来。

送魏晋出来,她有些尴尬,对魏晋说道:"对不起,我父亲大概住院久了,憋成话痨了,其实平时老爷子不这样,没这么多话。"

魏晋倒是很坦然,他能理解她的父亲。可怜天下父母心,父亲无非是想让她有个好归宿。

他刻意转移话题,问她道:"你父亲怎么了?"

"生了一场大病,暂时捡回了一条命,但是估计也不会支撑太久。"她神情平和,似乎看淡生死。

反倒是魏晋心中难受,一时不知道如何安慰她,上前一步摸摸她的头,安慰道:"放心Zero,会没事的。"

她平静地说道:"这就是父母年迈后我们必须要面对的现实,必须去经历人生的无常与生老病死。"

然后迅速岔开话题,问道:"忘记问你了,你得了什么病,需要调理?"

魏晋并不打算对她隐瞒,将自己的病情简单扼要地告诉了她。

Zero 的脸上划过一抹震惊,但是瞬间恢复如常,用她一贯平淡的语气问道:"需要长期透析吗?"

魏晋点了点头,说道:"是的,目前是如此。"

"我听说可以肾脏移植,你是否考虑?"Zero 说道。

"等待合适的肾源需要漫长的时间,而且即使移植成功也需要持续治疗,也只能延续十年左右的寿命,意义不大。"

Zero 明白他的意思,直视着他,郑重说道:"我们没有权利轻言放弃,生命看似属于我们,其实并不仅仅属于我们。"

魏晋解释道:"一切物质都不会消失,只是变了一种形式存在。归根结底,死亡不是终点,也不是消失,而是物质形态的转化。从我们出生开始,都在朝着死亡的方向前行,这是任何人也无法阻挡的行程,既然如此,何必在意长短呢?"

Zero 摇了摇头,抗议道:"怎么可能不在意长短?有多少遗憾是因为没有更多时间?有多少不得已是因为天不假年?生命的存在是一切存在的根本,失去了生命,一切就都不再有依附。"

Zero 望着魏晋,眼神中多了一些不安,忧虑地说道:"魏晋,我知道你可能不在意生命的长短,只在意质量,但我还是想说,尽力活下去,哪怕多活一天也好。"

魏晋不欲再争辩,他知道两个人对于生命的认知没有对错,只是个体的感受不同,于是中断了这个话题,问 Zero 道:"处理完你父亲的事，你会继续留在喀什吗？"

Zero 被强行切换频道，只能苦笑着说道："还没有想好，大概率不会离开了，这里是我的家乡，在这里，我能拥有完整的自己。"

魏晋的心中忽然闪过一个念头，他对 Zero 说道："我有一位老友想要做跨境贸易，如果你不打算离开了，或许可以考虑跟他合作做点事情。"

Zero 摇了摇头，对他说道："再说吧，我现在的心情和状况都不允许想这些，以后有机会再谈。"

肆

接到魏薇的电话，魏晋心中一惊。他知道家人通常不会主动联系他，若是来电话，应该是有什么重要的事情发生了。

果然，魏薇的语气茫然且惊慌，对他说道："哥，我不知道应不应该告诉你，爸爸病得很重，妈妈一直在照顾他，她不许我对你说。但是老爸最近情况看起来很糟糕，你最好回来一趟。"

握着电话，魏晋呆愣了很久，直到电话对面传来魏薇担忧的呼唤，才回过神来。他没有多问，只简单地对魏薇说道："好的，我知道了，我立刻赶回去。"

办好出院手续，安顿好手头的事情，他一刻都不敢停留，立刻订了飞回上海的机票。

飞行的几个小时中，他的脑海中一片混乱。他和魏一方不算是亲密无间的父子关系，但是他一直很敬重自己的父亲。他知道刚回上海那几年，是父亲一个人撑起了一家人的生计。他无从置喙父母的婚姻关系，却对父亲充满了男人对男人的那种理解。他承认，正是父母的婚姻关系，让他对婚姻有着本能的恐惧。直到现在，一想起家里那种压抑的气氛，他依然憋闷得说不出话来。

飞机落地时已是夜幕低垂，等出了浦东机场，魏薇接机。坐上车，魏晋详细询问了父母的情况。魏薇烦闷地说道："爸爸中风大半年了，很严重，全身不能动，一直由妈妈在照顾，也不肯找护工。好几次我都说告诉你，可是妈又不让。这次我觉着爸爸可能撑不过去了。"

离开上海前，魏晋对父亲母亲的养老问题做了一些安排，只是那时父母身体尚可，他并未计划得太周详。每次打电话问候，父母也总是报喜不报忧，让他误以为一切都好。

他心中充满担忧，仰靠在后座，扭头望向窗外。时隔七年，这座生活了二十余年的城市，似乎分外陌生。

浦东机场是华东地区最大的枢纽机场，规模之宏大，让人叹为观止。过去他却很少选择从这里出行或者归来。和虹桥机场相比，浦东机场无论进出港，都要付出更多的时间，很容易让人生出紧迫感与焦虑，远不如虹桥机场来得轻松自如。

记忆中浦东机场旁边成片的农田，现在基本都消失了，取而代之的是灯火闪烁的一栋连着一栋的高楼大厦，在夜空之下，钢筋水泥的庞然大物们一个个仰面而立，如同一座座孤绝的屏障，阻隔着洪流浩荡的历史。这是一座充满活力与魔幻的城市，最新的事物在这里登场，并迅速蔓延。时尚与前卫如激流般奔涌，不断拍打冲刷着时代的海岸线。

两个人直接去了医院。

魏一方蜷缩在病床上，整个人瘦成了一把骨头，看起来只剩下小小的一团，婴儿般一动不动地裹在被子里。他本就不是一个壮健的人，如今在病魔的摧残下，精气神似乎都已经消耗殆尽。

方华也明显苍老了许多，头发几乎全白，眼角皱纹密布，曾经清冽的眼神变得黯淡憔悴。

魏晋的心中一阵难受，走过去，迟疑了一下，揽住母亲。这是他近三十年来，第一次贴近母亲。母亲瘦得可怜，身上的骨头支棱着，尖锐而醒目。

方华一惊，抬头看到魏晋，还未开口，眼泪就忍不住地落了下来，一时哽咽得说不出话来。

魏晋轻拍母亲后背，安慰道："没事了，妈妈，我回来了。"

魏晋心中酸楚莫名，他靠近魏一方，在他的身边坐下来，将手抚向父亲干瘦淤青的手掌。

魏一方的状态很差，整个人似乎陷入昏迷中，但是魏晋觉得父亲的手指似乎动了一下。

方华替魏一方掖好被角，喃喃说道："你爸爸会没事的，他从来没生过病，这次应该也不会有什么问题。我跟你爸爸商量过了，他说不要告诉你，以免影响你的工作。你们都挺忙的，能不给你们添麻烦就不添麻烦，可是还是被你知道了。"

魏晋的心中一阵刺痛，望着魏一方，泪水决堤而出，他忆起幼年时跟父亲在一起的那些时光。父亲是个好父亲，从来没有打过他也没有骂过他，默默为他做着一切，教他游泳，让他坐在老解放的驾驶室里，一路尘土飞扬地在小朋友艳羡的目光中呼啸而过。那是他最为快乐的时光。母亲时常沉溺在自我的情绪中，对父亲极尽冷漠，除了做饭，对家里的事情几乎不闻不问。他在那样窒息的环境中长大，时刻想要逃离，却又无从逃离。父亲隐忍地坚持着，他一直对父亲充满怜悯，认为他不该被如此对待，却又无能为力。

如今，满腹委屈的父亲躺在病床上，奄奄一息，而他依旧无能为力。

这时，他听到魏一方的喉咙中发出奇怪的声音，像是有痰上不来也下不去，发出风箱一般的嘶嘶声。魏晋赶紧跳起来去喊护士，护士赶过来，手脚麻利地替魏一方吸痰，魏一方的身体在巨大的气流作用下抬起又落下，却还是没什么效果。那个声音像是埋在他身体的深处,竭尽所能地想要发出的最后一声叹息。

护士不敢再耽误,喊来值班医生,匆匆忙忙将魏一方送进了急救室。

半个小时后,医生走了出来,对着魏晋摇了摇头。

魏一方就这么走了。

当魏晋和方华再次看到他的时候,魏一方躺在那里,脸色蜡黄,一动不动。

方华握住魏一方的一只手,直愣愣地看着魏一方的脸,像是在研究着什么。直到魏晋将她拉开,对她说道:"妈妈,爸爸走了,想哭你就哭出来。"方华才如梦初醒般"哇"地一声大哭起来。

这是魏一方那一代人与这个世界的道别,也是与人生的道别。他们曾经那么热烈坚韧地生活在这片广袤的大地上,留下鲜活的身影与奋斗的足迹,却终究在时光的舞台上纷纷谢幕离场,将逐渐清空的舞台留给后人们。而生命就是这样生生不息地传承着,一代人有一代人的回声,一代人有一代人的交响。

处理完魏一方的后事,方华又回到过去那样冷冽的状态,和所有人都不说话,深埋在自己的世界中。

魏晋几次想要跟她谈一谈,都被无情地拒绝了。他纵然担心,也只能耐心等待。

当方华终于肯坐下来跟魏晋谈论魏一方的时候,已经是两周以后。她面朝窗口坐着,看不出表情的变换,语气平缓,像是在说起别人。

"许多时候,当快要失去的时候,才会知道那个人有多么重要。我对你爸爸就是这样,我讨厌了他大半生,当他突然发病的时候,我看着他,怎么喊都喊不醒的时候,那一刻我突然恐惧无比,感觉天在那一瞬间塌了下来。不知不觉间,他已经是我生命的一部分,我压根无法承受失去他的痛苦。这是我从未有过的认知。当时我害怕极了,很想给你打电话,却本能地觉得应该先打120救你爸爸。还好救护车来得及时,你爸爸又留给了我一段时间,让我有机会去照顾他,有机会去弥补。可是这弥补多么短暂,与他这么多年的付出相比,我那点弥补算什么呢?我欠他的,一辈子都还不完。"方华深深地叹息了一声。

魏晋趋前一步,半蹲在方华面前,说道:"妈妈,我能理解你的感受,事情过去了就不要再想了,我想爸爸的在天之灵也希望您过得开心快乐。生老病死是我们迟早要面对的,每个人都得经历最终的离别,无论是爸爸,还是我们,都会陆陆续续从彼此的生命中离开,您记住曾经拥有过的爱,照顾好自己就行。"

方华没有吭声,似乎在下着某种决心,过了片刻,她突兀地说道:"儿子,你不是你爸爸亲生的孩子。"这句话像是用尽了全身力气,她整个人都委顿了下来。

魏晋其实心中早有猜疑,但是经母亲之口说出,依然震撼无比。

他按捺住复杂的情绪,迟疑着问母亲:"我父亲是谁?"

方华低下头,似在挣扎,半天才说道:"你父亲叫梁惟岳。"

魏晋的脑中突然浮现出一张方正的脸,那个经常在放学路上偷偷拦住他,教他吹竿篥的人。

他的大脑突然一阵轰鸣,曾经许多的疑问都有了答案。为什么那个人会教他吹竿篥,为什么魏一方无比讨厌他吹竿篥,为什么魏一方对待自己总是既亲近又疏离……

他强压住心中的翻腾,向母亲求证道:"妈妈,我见过他对吧?"

方华神情复杂地点了点头。

一切顿时清晰,魏晋望着母亲,一时不知该说些什么。

魏晋心中一阵空茫,他用食指按压住太阳穴,竭力压制着头部传来的剧烈疼痛。但是那疼痛仿佛是千万巨锤不断地敲击他的脑袋,让他疼痛到眩晕,难以自持。

他强忍着,安慰母亲道:"妈妈,您别多想,即便我不是魏一方亲生的孩子,魏一方也始终是我的父亲。"说完,他站起身,挣扎着向外走去。

伍

魏晋拨通苏孟电话报出行踪，倒把苏孟吓了一跳。听说了最近发生的事情，苏孟一通埋怨。

魏晋的资产还有其他一些事情一直是苏孟在打理，他想在离开前，将资产处理一下，提前做一些安排。

跟苏孟玩笑归玩笑，魏晋一直非常清楚苏孟的能力，他一旦认真做起事来，几乎就是无可抵挡，思路清晰、又能切中肯綮。他一直觉着，苏孟就是浑然天成的璞玉，看似憨憨傻傻、呆呆笨笨，其实内里精金美质。他能将复杂的问题简单化，将简单的问题直接化，用最有效的办法来处理一切，在学校苏孟一直被称为"苏大神"，跟这样的人做朋友，从来不用担心他会意外闯祸。

两人约好见面时间。等见了面，跟苏孟长谈后，议定名下的房产和之前投资的处理方式，并签署完委托文件，魏晋忽然有了无事一身轻的感觉。这些年经济飞速增长，他的财富在苏孟的苦心经营下已积累得颇为可观，连他都不得不佩服苏孟的理财能力。不过魏晋却并没有太多惊喜之情，钱财固然重要，却只是身外之物。许多时候，钱财反倒是最无用的东西。

苏孟见魏晋急于处理资产，有些奇怪，本来还想游说他继续扩大投资项目，想了想，还是闭上了嘴巴。以他对魏晋的了解，魏晋要做的事情自然有他的道理，而他认定的事情也一定会去做。作为相识三十年的朋友，他无条件相信他。

苏孟打量着魏晋，一年多未见，魏晋的两鬓已经生出些许白发，面容虽然依然俊朗，整个人却消瘦得厉害，身上的衣服看上去空空荡荡的。

他的心中一紧，莫名生出不好的念头，于是假装不经意地问道："你都还好吧？有什么新的计划？"

魏晋冰雪聪明，自然明白他的意思，笑着回答道："都好，你可不要看我瘦，有钱难买老来瘦，我这可都是筋骨肉。"说完，他弯起手臂，做了一个展示肱二头肌的动作。

苏孟用手掌搓了搓自己的脸，调整了一下状态，说道："老魏，我们两个多少年的情谊我就不强调了。你记住，无论发生什么事情，你都得第一时间让我知道，不能自己一个人扛着。记住没？"

魏晋心中一暖，他是一个情感淡漠的人，细数起来，除了苏孟，几乎没有朋友。

两个人从正午聊到黄昏，絮絮叨叨讨论着喀什博依这一年来电商的发展情况。苏孟一直担心农村条件有限，缺少人才，无法持续运营。显然他已经将喀什博依村的发展当成了自己分内之事。

他对魏晋说道："电商平台打破了空间距离与交通运输的限

制，可以实现商家与消费者之间的直营，这两年直播带货更是热火朝天。以粉丝为介质增强产品曝光度，进行直销，就是用个人信誉为产品背书。你们的产品质量不用说，在产地进行了实时监控，每个消费者都可以通过监控看到商品的生长与管理状态，明明白白购买，安安心心消费。但是主播千万不能出状况，要不，毁的就是一个品牌。我建议你们的电商平台提前做好风险防控，最好形成'主播+地域+产品=文旅V'品牌，这样背靠地域大树，不仅能带动产品销售，也有可能拉动地方文旅，形成双赢。这样带来的影响可就不只是造福一个村庄，整个喀什都会受益。"

魏晋认真听着，他之前也一直担心帕夏直播带货如果出什么状况，会直接影响到"果喀喀"品牌销售。但是矛盾之处在于，由她拉起的热度，若是降低她的曝光率，无疑是自毁长城。若能多点曝光，形成群体效应，再加上文旅助力，打造出地域标志性品牌，譬如和田大枣、库尔勒香梨、叶城核桃、柏乡石榴等，那就什么都不用怕了。

他决定回去后联系宋疆他们，尽快着手进行这件事。

既然生命有限，那就加快脚步，抢在死神前面，完成所有想做的事情，让有限的生命尽可能丰盈绚烂，方不负此生。

陆

好累啊，强烈的疲惫感让魏晋昏昏欲睡。他虚弱地躺在床上，觉得身体沉重得像是灌满了泥浆，正在向下坠落。他从未如此疲惫过。他用力睁开眼睛，顺着阳光的暖意，想要抓住一束光亮。

阳光从一隅划过，轻薄、短促，就像他寡淡而短暂的人生。他用力举起的手掌抓了个空，连眼前也变得黑暗起来。他用力睁着眼睛，努力想要看清楚，眼前的光亮却渐渐消失，周围慢慢陷入漆黑，什么也看不到。他茫然四顾，整个世界不再有东南西北四个方向，而是有无数的方向延伸向无数的远方，而他正在不受控制地向着深不见底的黑暗中心滑落。

他叹了一口气，收拢手脚，不想再继续挣扎，任由自己向下沉落。

记忆似乎从最深处被突然唤醒，隐隐地，他看到一只乳白色的气球缓缓升起，在半空中飘啊飘，他欲跳起来去抓，气球却被一只手一把扯了过去，一个女人用尖锐的声音骂道："啊！天啊！这玩意儿也能拿出来玩呢？"

他抬起头，急切地搜寻着气球，却看到乳白色的气球被一个女人紧紧攥在手里，正试图捏爆它。可是这只气球实在太结实了，女人用力捏了半天，气球都被捏得鼓成了透明的椭圆形，却怎么也不爆。

"哎呀！哎呀！要死了，你们爸妈都不管吗？这样的东西拿出来丢人现眼。"

气球在女人的手中不断变幻着，慢慢化成了一缕乳白色的云雾，充盈在空气中。云雾慢慢地变浓，一切都变得影影绰绰。他看到一个身影停在前面，疾步追过去，拦在身影面前，想要看清究竟是谁，却怎么也看不清他的脸。一块画着竹子的淡黄色手帕停在云雾中，被风吹得哗哗作响，却又始终稳固地停在那里。他的内心一阵悸动，嘴里脱口而出，喊道："宋达。"

应该是宋达吧？

他记得有一次宋疆和宋达不知从哪里翻出来一盒橡胶避孕套，吹成气球，大家分成两排，将气球当成排球，来回拍打着玩。等大人下班回来，他听到宋云帆夫妇的呵斥。

第二天，宋疆愁眉苦脸地跟着他们去学校。路上，宋疆从口袋里掏出一只乳胶避孕套，一脸困惑地说："这明明就是气球嘛，为啥不让玩呢？"

大家也不知道为什么，只能集体保持沉默，只有宋达看到宋疆手中的气球，大惊失色，比划着让宋疆丢掉。宋疆却鄙夷地瞪了他一眼说："胆小鬼，这有什么可怕的，无非是挨一顿骂而已。"

宋达紧张地望着他，继续"阿巴阿巴"地说着什么，宋疆却理也不理，大踏步地向前走去，将他甩在了身后。

他看着他们两个，想过去打声招呼，他用力地喊着："宋疆、宋达……"他们却浑然不觉。

迷雾瞬间消退，他听到自己沉重的呼吸，睁开眼睛，发现自己依旧躺在床上。

返回喀什已经快一个月了，他去喀什博依查看了一下生产销售情况。茹仙古丽和玛依拉将公司管理得很好，她们一个负责管理运营，一个负责加工生产，默契十足。

他找到帕夏，发现她正在新梅田里卖力地直播，等她下播之后，他跟她谈了苏孟的一些建议，帕夏也深以为然。

她对魏晋说道："其实我已经和古丽阿依木一起，带着村里的几个年轻人直播了，先让他们混个脸熟，再慢慢增加曝光率和话题度。村里从去年完成脱贫之后，正在进一步推进乡村振兴，全面打造包括产业振兴、文化振兴、生态振兴、组织振兴、人才振兴五大板块的内容，我们的'果喀喀'已经被纳入产业振兴项目，村里建了新时代文明实践站，配合乡村大舞台推进文化振兴。之前你建议的两个综合项目，万亩新梅林和沙漠海水稻生产观光基地都已经获批了，这个月已经开始动工建设，都是因地制宜，花小钱办大事。一会儿我带你去沙漠海水稻生产观光基地看看你就知道了。村里简直一天一个样，连我都应接不暇，现在连宋书记和王书记都开始做线上宣传了。昨天老王一上直播，简直笑死个人，他那老胳膊老腿的，竟也连蹦带跳给村里带货。"

帕夏噼里啪啦说了一大堆，每一样事情都让魏晋由衷地高兴。喀什博依能够富起来只是基础，能成为一片文明、和谐的家园，那才是所有人的梦想。

让喀什成为大 IP，才能更好地推广特色农产品；反之，让特色农产品深入人心，也才能拉动大喀什。

目前加工厂的产品已经有了数十个大类，细分成干鲜、烘焙、保健、饮品等不同类别。无论是工艺还是品质都没得说，差的只是市场的进一步认可。

安慕然的茶饮系列已经预备上市，如果"果喀喀"能继续扩大生产规模，提升品质，加强制度化管理，将年利润持续保持在 3000 万元以上，申请上市也并非没可能。那将是第一家农民自己的上市企业。

他找宋疆大哥谈过，提出了"果喀喀"的未来发展构想，建议若是时机成熟，将"果喀喀"搬到喀什经济开发区。一是方便给安慕然的外贸公司配送，二是能够为将来上市提前做准备。

宋疆迟疑了一下，没有立即答复他。这样一个建设初衷为扶贫的厂子，如果搬走了，村民的就近就业问题又没办法解决了。只有平衡好二者的关系，才能谈搬迁。

魏晋也知道宋疆的顾虑在哪里。其实解决问题的关键，还是村民愿意走出去。只有走出喀什博依，走向更广阔的天地，才能有更多机会，收获更大的希望。这一切虽然他不一定有机会见证了，但是，"功成不必在我，功成必定有我"就够了。

如今安慕然的外贸公司也在紧锣密鼓地筹备中，他向安慕然推荐了Zero，安慕然很感兴趣，目前就差Zero点头了。

这天，他约了Zero到猎鹿人，想要跟她再谈谈，听听她的想法。

下午三点，第一次来到猎鹿人的Zero好奇地左顾右盼，参观完毕，她悄声问魏晋："这是你这些年打造的吗？"

魏晋摇头，说："不是的，是他。"他伸手指了指在前台忙碌的老莫。

"那现在是你的吗？"Zero问。

"算是吧，"魏晋回答道，"或者确切地说是我们的。"

"哈！"Zero说道，"无论如何，这个青旅很酷。"说完，她抬抬下巴，指了指楼上。

魏晋抬头看去，只见艾山江倒挂着一颗脑袋，正在饶有兴趣地上下打量着他和Zero，露出一副极其八卦的神情。让魏晋顿时无语。

这是两个人分别后的第一次长谈，也让魏晋对Zero有了新的认知。Zero一直活得非常清醒，知道自己要什么，要做什么，也毫不避讳自己的矛盾。

她并非不愿接受魏晋的建议，只是父亲的玉石店目前交给了她，做或者不做，都难受。如果做，前途她并不看好；如果不做，又觉得对不起父亲。传统行业与新兴行业之间，本身就存在天然的矛盾，但是又存在着必然的联系。

魏晋建议："是否可以改为文创产品？将传统文化与时尚融合在一起。"

Zero略想了想说："这个方法是可行的，但是需要投入很大的精力。做外贸和做玉石，其实是二选一的命题，没有办法中和。"

魏晋说："其实也未必，最主要是设计和创意。建议让专业的人做专业的事情，找专业的设计来操作就可以，唯一需要你做的还是管理和销售。倒是可以跟'果咯咯'合作，传统销售模式已经逐渐在萎缩，电商崛起是大势所趋。"

Zero沉默片刻，突然问道："魏晋，你是不是希望我参与安慕然的外贸公司？"

魏晋愣了一下，一时语塞。

他也无法说清楚，只是潜意识里觉得这是一件可以惠及更多人的事情，也是可以做成的大事，他希望他不在的时候Zero可以代替他参与其中，就好像他不曾缺席一样。

Zero望着他，突然说道："我愿意接受你的建议，还有，我叫赵子衿，你以后可以叫我子衿。"

柒

老城是怎么火爆出圈的？来旅游的游客数量又是从什么时候开始暴增的？没人能说清楚。几乎是一夜之间，喀什就霸占了热搜，成千上万的人跨越大半个中国，来到喀什老城体验这里独特的民俗风情。大街小巷，挤满了游客。

对这样的情形，魏晋早有预见，但是人山人海的壮观景象，还是让他大为震惊。他知道喀什迟早会火，只是不知道喀什会这么火。

当年老城改造，很多人并不看好，认为这是绝对会后悔的"白花钱、无用功、瞎破坏"。当设计师们拿着图纸挨家挨户让提意见的时候，许多人压根不看图纸，只是一口咬定，再怎么改造，也不可能比老物件更好。

房子还是那个房子，过街楼保留了，小巷子保留了，钢筋铁骨深入到泥巴墙里，下水道、暖气管道、光纤网络代替了当年的地道，从地下延伸到各家各户。

一场让老百姓满意、让游客称赞的改造，经历了时光的检验，终于在十年后，得到了它应该得到的中肯的评价。

魏晋一行人被人群推着往前走，眼前的一切让他们既熟悉又陌生。帕夏感慨道："魏晋哥哥，五年前大概打死我都不敢相信，老城会有这么多人，简直是'人从众'啊。"

其实 Zero 也有同感，她前阵子去经济开发区办理工商注册，发现已经有四百多家跨境电商注册了，简直将她震惊得目瞪口呆。喀什，终于以他们不熟悉的样子脱颖而出。

老莫说："如果我不是来得早，真觉着有点高攀不起喀什了。"

这些变化似乎是一夜之间发生的，实际却是日日夜夜累积、厚积薄发产生的质变。

魏晋提议的这样一场集体出游，似乎是早晨狂欢的延伸。

早上，为庆祝"疆来"外贸公司的成立与"果喀喀"经开区工厂开工，他们举办了一场隆重的启动仪式。安慕然大热天的西装革履，跟同样西装革履的宋疆和经开区领导们共同将手掌按在发光球上，随着光芒闪动，大屏上瞬间出现了"祝'疆来''果喀喀'开业大吉"几个大字，所有人欢呼不已。

最激动的莫过于帕夏了，她完全忘记了自己目前的身份，高兴得又蹦又跳，在随即响起的音乐声中，带头跳起了麦西来甫。

所有参加活动的人都汇入到舞蹈的行列中，连魏晋也加入了进去。

在七月的喀什，似乎唯有盛大的麦西来甫，才配得上这样闪亮的日子及这样闪亮的生活。

音乐声再一次传来，大家定睛去看，一支载歌载舞的驼队走了过来，他们停留在百年老茶馆前，弹起手中的热瓦普和都塔尔，敲响手鼓。不一会儿，驼队旁边就聚集起了一大群游客，他们纷纷模仿着参与到歌舞队伍中，用不太娴熟的舞蹈表达着心中的欢乐。

帕夏使了个眼色，拉着 Zero 也加入了进去，似乎誓把狂欢进行到底，似乎唯有且歌、且舞、且欢乐，才不负这样的时光和这样的他们。

第十章

东 湖， 东 湖

西江月

我到人间一趟，未曾虚度时光。

历经春月与秋霜，依旧少年模样。

静待花开满树，倾听夜雨西窗。

丹心一片细收藏，只愿故乡无恙。

壹

子衿起身,走向天台,远眺东湖。

高大的城墙下,吐曼河分出涓涓一脉,如一条银色丝带绕城流淌。远处,一座亭子如莲花一样镶嵌在绿水中央,周围千万朵睡莲盛开,如繁星簇拥。

吐曼河绕城而过,日夜不息,缓慢而坚定地向东流去。雾气氤氲的水面上,蒹葭掩映着飞鸟与流云的倒影。一座桥巨龙般从水面横跨而过。桥上车流滚滚,人潮如梭;桥下岁月如箭,光阴似笔。

她出生的这座城市,正在飞速变化发展着。东湖宛若一面镜子,映照着这座城市的前世今生,也映照着一代又一代人的生活。

这时苏孟也踢踏踢踏地走上天台,看子衿在眺望,凑上前,顺着她的视线好奇地看了过去。

他不由得赞叹道:"我第一次看到时也很震惊,没想到在这么干燥的地方还会有这样一大片水域。昨天我去那个贝壳状的建筑物里转了转,以为贝壳下镇着什么东西,结果发现是一座展览馆。估计展览馆里很有些宝贝,蚌里藏珠,你说是伐?可惜,展览馆没开门,要不我一定得参观一下。"

见子衿并未搭理,他依然兴致不减,自顾自地说道:"你们那个湖里的石柱和浮雕看起来是有些讲究,我研究了一下应该是对应十天干和十二地支。喀什这个地方,地理位置得天独厚,呈二龙抱珠之势,昆仑山、天山合抱南疆,宛如揽珠于怀,两山交汇于西南,势如合斗。这个地方,注定会不同凡响。"苏孟啧啧叹息道。

子衿侧首望了眼苏孟,欲继续沉默,想着他终究是魏晋的挚友,遂回道:"我只知道苏老师是搞信息工程的,没想到还精通风水啊。"

苏孟嘿嘿一笑,颇为得意地说道:"雕虫小技,只图能娱人一笑,不过看样子没有成功啊。不过关于风水,在下确实略懂一二,那可不是所谓的迷信,而是实打实的科学呢。"

说完,发现子衿依旧心不在焉,于是也闭上了嘴巴,循着子衿的目光,一起扯着脖子望向东湖。

东湖的清淤工程耗时数年才完成,据说湖里清出的淤泥都投进了乃则尔巴格镇的农田里,因而这几年镇上的樱桃长势喜人,口感冠绝四乡,格外受欢迎。

清淤、筑堤、植树、种荷、养鱼……一套做完,宛如重造出了一个新湖。再回首身后的这座老城,谁又能说一户一设计的大手笔改造,不是如同新造呢?除了地基是老的,结构是新的,抗震是新的,装饰是新的,连生活方式也是新的。

这些年,老城居民的生活水平得到极大提升,不只是彻底解决了饮水及污水排放问题，连文明程度也得到了提升。过去的喀什老城"污水靠蒸发，垃圾靠风刮，水管墙上挂，解手房上爬"的痼疾自然再也看不到了，如今连小偷小摸都彻底绝迹了。都说喀什是最安全的城市，这可绝对不是吹出来的，你在喀什试试就知道了，再值钱的东西放在大街上也绝不会丢，家里不锁门也不用担心会有人顺手牵羊。还有巴格其巷、布袋巷、彩虹巷、油画街、风情一条街、花盆巴扎，不知慰藉了多少人的诗与远方。

子衿的心中一片迷茫，对于魏晋最后的安排，子衿无论如何都想不通。她不明白为何魏晋会把猎鹿人赠送给了他们这一群人，而不仅仅是帕夏、艾热尔、老莫、艾山江。

现在，猎鹿人的老板包括她、帕夏、艾热尔、老莫、艾山江、苏孟。整整六个人。

想不明白的也不光是子衿，还有苏孟。只不过他最想不通的是，多年老友，魏晋竟然会在最后时刻，利用他贪财好色的弱点，将他强行与猎鹿人捆绑，或者说是与喀什捆绑。

这简直就是赤裸裸的"阳谋"，他完全知道魏晋的想法，却只能咬牙切齿地躬身入局。他知道，无论是喀什博依村电商的发展，还是合作社、加工厂，还是子衿正在做的出口贸易，都需要他来协助。中国电商的根据地在江浙沪一带，他作为上海土著且有一些家族背景，自然不缺乏资源，这些都能为"果喀喀"未来的发展保驾护航。

还有猎鹿人的发展，也需要一些新的经营理念和资源，这些工作按理来说，安慕然来做更合适，但是又没可能将安慕然与喀什绑定，只能由他苏孟作为替代品。

他恨得牙痒痒！这个魏晋，真是死死吃定了他一辈子！即使消失了，依然没能放过他，知道他没有办法拒绝，留了这份公证书逼迫他入局，简直是可忍孰不可忍。唯一尚算安慰的是，身边平白多了两个美女合伙人，多多少少能纾解他的满腔悲愤。

想到这里，他偷眼打量身边的赵子衿，但是看到她冷峻的侧脸，立刻打了个寒战。虽然的确是美女，但是看样子大概率跟他不会有什么关联。一念至此，苏孟的心开始隐隐作痛，都怪大坏蛋魏晋……

苏孟腹诽着，又顿时一阵黯然。爱也好，恨也罢，也许今后都不可能再见到魏晋了。他真的不声不响地走了，去了没有人能找到的地方。

苏孟的心中乍晴还阴，赵子衿的心中也一片空茫，魏晋选择悄无声息地离开，没有告诉任何人，也没有留下任何线索，他究竟去了哪里？身体状况如何？

一个人，真可以说消失就消失，没有预演，也没有征兆。子衿还记得在他消失的前一天，他特意打电话给她，苦口婆心地劝说道："子衿，玉石销售是可以继续做下去，但是想要做大做强很难，只能小富即安。建议你还是考虑跟安慕然合作做进出口贸易，拓展销售品类，借助喀什地缘优势，开拓中亚市场，同时把中亚国家的一些优质产品引进国内。"

子衿心中感动，却不得不出言提醒道："你还是好好保重自己的身体。生意上的事情，慢慢来。"

魏晋却认真解释道："你若是能做起来，或许是多赢的局面。周边大部分中亚国家发展相对滞后，他们的优势是品质优良的原生态农产品，缺少的基本是轻工业产品、小家电及轻纺产品，你不妨考虑一下，在这方面下点功夫。当然，最好你也能出去了解一下市场供需情况，做一份详细的市场调研。你可以考虑跟阿布都合作。"

子衿半天不语，凝神思考魏晋的建议。

她知道魏晋的建议是对的。父亲做了大半辈子玉石生意，过去每隔一段时间就会去和田收购玉石，后来在这个行业摸爬滚打熟悉了，就有玉石贩子每隔一段时间送石头过来与父亲洽谈。饶是如此，父亲依然习惯每年去和田几次，亲自去那里的交易市场收购一批和田玉回来。

父亲对和田玉的热爱是简单真挚的，已经不仅仅是一门赚钱的生意，他抚摸和田玉的样子，如同抚摸婴儿一样深情温柔，小心翼翼。父亲的玉石生意一直做得不错，在业界有良好的口碑，大家都知道喀什老赵手里有些别处见不到的好料。这几年，为了保护环境，不允许无度开采玉石，尤其是对玉龙喀什河的开采。千百年来的过度开采，几乎将那条著名的玉石之河变成了一道泥浆。挟裹泥沙的混沌河流像病入膏肓的巨龙，在河床上无助地滚动翻腾着，除了挖掘机的彻夜轰鸣，河岸两边荒凉沧桑，伤痕累累，几无其他生机。

父亲拥有喀什最大的一家玉石店，依靠前些年手里囤积的一批上好存货，保持着尚算不错的销售业绩。随着玉龙喀什河籽料资源的枯竭，原石价格不断抬高，有时高到令人咋舌，买家却有限。过去"三年不开张，开张吃三年"的老历史已经不复存在，玉石生意越来越不好做，每况愈下已是定局。父亲心里焦急上火，也是出事的祸首之一。

她回来接手后，了解完供需市场，已大致能判断出这家开了三十多年的老店的前景了。除了重新规划，另辟新路，很难再有发展空间。如今，安慕然抛过来的橄榄枝，或许是自己最好的出路。

喀什是玉石之都，更是重要的商品集散地，市列众多，正好位于东西方文化交汇的十字路口。在古代，由长安远道而来的丝绸、茶叶、瓷器等在这里做最后的停留，然后沿着丝绸之路南下，翻越帕米尔高原，进入中亚地区，最后抵达罗马。

丝绸之路是古代中国对外交流的商贸之路，是东西方文明沟通和交流的象征。2013年秋，习近平总书记提出共建"丝绸之路经济带"和"21世纪海上丝绸之路"两大倡议，简称"一带一路"倡议。该倡议吸引了 150 多个国家和 30 多个国际组织参与。

对于喀什来说,这是一次无与伦比的历史机遇,而她身在此地,又恰逢此时,是最应该借助共建"一带一路"的契机扶摇而起,将父亲经营了大半辈子的生意接过来,做大做强。

虽然她不愿提及喀什,并一直有意无意地回避着,但是她心里清楚自己对这片土地的眷恋有多么深切。这里是她出生的地方,她在这里长大。父亲生病,她有机会重新回到这里,当踏入这片土地的那刻,她就已经清楚地知道,这里对于她的意义有多么重大,那是渗入骨血的烙印。

她完全理解魏晋对这片土地的感情,出生之地即脐血之地,无论走到哪里,都会有一根看不见的长长的脐带与之紧密相连。无论走过多少山山水水,去过多少城市,却只有这里才能被称为故乡。无论是自己的心意还是父亲的事业,都让她无法离开,也不想再离开。她已经漂泊了那么久,也随遇而安了那么久,如今也是该扛起责任的时候了。从她回到这里的那刻起,曾经叫 Zero 的自由的女孩就已经消失不见,如今只有喀什女孩赵子衿。

"你觉得魏晋会去哪里呢?"赵子衿的耳边再次传来苏孟的声音。

她没有再沉默,而是回道:"我不知道。"

是的,她也不知道。

就在魏晋离开之前,他们深谈过一次。按她的性格,是不会主动约魏晋的,但是,她却坐立不安,最后还是决定约他见一面。

两个人谈论的话题是从生死开始的。

"你确定要放弃吗?"她问魏晋道。

魏晋的眼中一片清明,淡然应道:"放不放弃,其实没有什么区别。"

"可是不是说可以肾移植吗?而且我查过资料,移植手术已经非常成熟了。"她说道。

魏晋说道:"就算移植手术可能成功,也不代表做完手术就能变成正常人,不仅需要每天使用药物抑制排异让自体适应,还需要不断治疗,定期检查。而花费巨大的代价,平均下来也只能延长3至10年不等的寿命。我之前说过,我不希望自己低质量地活着,更不想因为贪恋生命而不顾及其他。我们是身体的主人,而不是身体的奴隶。若是被禁锢在身体之中,没有尊严与自由,我宁可放弃。"

"无论如何先活下去,活着就会有希望。科技发展如此迅速,很多过去的不治之症现在都可以治愈,一切都会逐步解决的,未来希望一定会越来越大的。"她继续恳切地规劝着。

"每个人对生命的看法不同,我在意生命的质量多于生命的长度,这只是个人的选择。谢谢你,Zero。我心意已决,对于我来说,好好度过剩余的日子,比什么都重要。"他深深看了她一眼,坦然说道。

她沉默下来,低头俯视着脚下,不知为何,心里酸涩难忍,一瞬间眼泪不受控制地汹涌而出,砸向地面,随即消失不见。

魏晋有些震惊地望着她,沉默片刻,欲言又止,只靠过来一些,递给她一张纸巾。

她哭得更厉害,肩膀剧烈抽搐。他迟疑片刻,轻轻抱住她,将她的头揽在自己胸前,让她有所依靠,然后将下巴抵在她的头上,俯下头,轻吻了一下她的发梢。

那是他们离得最近的一次,紧密又疏离。她的胸中痛极,索性将头埋进他的胸膛,放声大哭。

情不知所起,一往而深。这短促而孤独的一生,你永远不会知道,会有谁不经意走进你的生命,又走出了你的生命,谁占据了你的心,而你又占据了谁的心。

那一场心动,藏于暗处,无人能知,也永不会被人知道。却无法欺瞒自己,她心中那么痛,又那么无奈。

贰

魏晋是在处理完所有事情后离开喀什的。本来还有一些事情需要处理,可是他的身体每况愈下,已经不允许他再操劳。

他约了律师，将公证过的遗嘱交给律师，将该交代的事情一一交代清楚。处理完这一切后，按理应该如释重负，但是他的心中却依然沉重。

若说这个世界上还有谁始终搅扰着他的心，让他深怀愧疚，大概就是伊娜了。虽然他们很久没有再联系，但是他一直记挂着她。

上次昏迷的时候，自己隐约记得伊娜就在旁边，可是醒来却并未看到她。他不确定自己在昏昏沉沉间是否真的看到了伊娜，不确定那是一场幻觉还是真实发生过。

虽然此刻对于他来说，爱不再有任何意义，但他还是真心希望她幸福。

如果有来世，他希望能做她的哥哥，好好地照顾她，让她一直无忧无虑地开心大笑。

他记得有一次，帕夏问他："你不选我，是不是因为你心中已经有了别人？"他一时语塞，竟不知如何作答。

他无法说清楚自己的情感，他不是因为移情别恋，也不是因为喜新厌旧，甚至都不是爱或者不爱本身，而是因为他无力承担婚姻与她的未来。不仅仅是她，他无法承担与任何人的未来。

那么，就让这份说不清道不明的情感随着自己的离去而彻底消失。

他给母亲和魏薇分别打了个电话,嘱咐她们照顾好自己,然后将自己的行李塞进车子后备厢,启程离开。为了安抚母亲和魏薇,他只能讲了个善意的谎言,谎称自己预备出国一阵子,可能暂时不方便联系她们,让她们不要担心。

母亲和魏薇知道他从不撒谎,都信以为真。魏薇不放心地说:"哥,你一个人在外,要照顾好自己才行。"

他答应了魏薇,叮嘱她照顾好母亲和孩子。

这一世,母子手足的缘分,只能至此。若有下一世,他希望他们还能是一家人。

他从车窗里伸出一只手,向自己深爱的故乡喀什挥手告别,然后加速离去。

至于去哪里?随便。开到哪里算哪里,也许是云南,也许是西藏,也许是任意一处地方,可以放任他的身心自由如风,连翅膀的痕迹都不必留下的地方。

叁

帕夏也没想到,自己有一天会直播卖货。这比让她摆摊卖面肺子、米肠子或者羊杂汤还不可思议。

那场首秀纯属意外,本来合作社选定的是古丽阿依木,谁知临开播前,她急急忙忙进直播间,却被脚下的线路绊倒在地,膝盖肿了一大块。王书记担心伤到骨头，不顾古丽阿依木的反对，还是派人将她送去了医院做检查。

眼看要到开播时间了，王书记急得团团转。这场直播筹备了很久，"果喀喀"品牌系列礼品馕还有新梅干、奶油巴旦木都预备在今天直播间推出，所有商品都准备到位了，也早早发了预告，如果没法直播，不仅是前期准备都白费了，还会失信于关注喀什博依的粉丝们。

她也急得冒火，向王书记建议说："不行先找个人来代替吧？"

王书记没好气地回道："古丽阿依木接受过专业培训，能找谁代播呢？"

说完，他猛然停住，盯着帕夏上上下下打量了一番后说道："要不你先顶上试试？她们培训的时候，你全程陪同，应该知道怎么做，而且你的形象也不错。就这么决定了。快点，带帕夏去换换衣服化个妆，今天由她来当主播。"

王书记不由分说地安排着，看着大家七手八脚将正欲反驳的帕夏拉了下去。

"这不是赶鸭子上架吗？"被拉着的帕夏，边走边抗议着，却还是被七手八脚推进了宿舍，不一会儿又被焕然一新地推了出来。

帕夏噘着嘴，气哼哼地望着那一群看热闹不嫌事大的同事。

王书记丝毫不在意帕夏的黑脸,他上下打量了一番帕夏,满意地点了点头,说道:"挺好,挺好,就这样了。大家做好准备,十点半正式开始直播。"

三、二、一,开始。

帕夏只觉着脑袋中一声轰鸣,瞬间变成了空白。她被推了上去,呆呆地盯着面前的视频摄像头,不知该说什么、做什么。直到对面的王书记急得手脚并用地拼命蹦跳着打手势,她才骤然回过神来,稳住心神,结结巴巴地说道:"各位领导、各位嘉宾,大家好,云天生夏色,木叶动秋声,今、今天秋高气爽,天气晴好!"

……

"天气姐,你这是直播带货吗?怎么听起来有些搞笑啊!"手机上零星蹦出的弹幕,让她更加紧张。

"天气是一个人心情的晴雨表,天气也是喜怒哀乐,天气……"

"别扯天气了,说商品、商品。"王书记在下面急得跳脚,指着商品比划着口型。

这次,总算被帕夏看到了,她也终于回过神来。稳住语速,拿出了新梅干……

当帕夏刚要开始介绍,猛然看到弹幕上的话,又立刻停了下来,一本正经地回复道:"大家不要搞错,我们这里的直播跟天气预报无关,我是带货主播,请大家多多关注商品,不要留意不相关的东西。"

弹幕上立刻有人说道:"我们是在关注商品啊,天气姐,我们觉得你是搞笑主播,今天天气不错啊!"

帕夏看着弹幕上滚动的"搞笑主播""天气主播"……一个头有两个大,也不知道是怎么播完的。等终于结束直播,关掉手机,她气哼哼地瞪着王书记说道:"我说我不行,您偏要我上,您看现在出丑闹笑话了吧?"

王书记露出满意的微笑,安慰帕夏道:"这怎么能算笑话?这可是非常成功的直播首秀,你没看你的直播间在快结束的时候,已经有一百多人了吗?想想这是什么概念,说明你第一次直播,就有一百多人在关注你,关注我们的商品。你想不想知道我们今天卖出去多少货?"

帕夏虽然正在生气,但是事关工作,她还是用力地点了点头,老实地回答道:"想。"

"15单,竟然有15单。你简直太厉害了,帕主任。直播间以后就交给你了,其余的事你就不用管了。先把这事做好。"王书记眉开眼笑地叮嘱着。

帕夏虽然还在生气,但是听到数字心脏还是一阵狂跳,她没想到竟然真的可以卖出去,虽然不多,但是至少有人关注了。只要能把农产品卖出去,能够让村民增收,日子能越过越好,让她做什么都无所谓。

他们听了安慕然的建议，针对现代人喜欢低糖低脂食品的特点，对配料和口味进行了调整，开发出了系列无糖多味干果和包装精美的杂粮馕，不仅好吃，还低脂，配合安慕然的茶饮，作为茶点销售，很受欢迎。不过，茶点销售终究是有限的，生产上来后，产量不断在提升，库存也在不断增加。虽然成效不错，但是一直无法做成爆款。想要减少库存、尽快消化，还是得依靠电商直播来进行促销。

只要有人关注，只要坚持做下去，一定会吸引越来越多的人，帕夏就是靠着这个想法，日拱一卒，让直播间人数越来越多，逐渐成为网红主播。

在帕夏的电商做得风生水起之时，赵子衿负责的外贸公司也做得有声有色。她紧跟潮流生产了国风服饰和饰品，还有备受欢迎的阿喀阿什系列药茶、果茶及卡通玩偶等。尤其是阿喀阿什系列玩偶，简直人见人爱。

魏晋说得对，只有为一样事物注入了文化，才会有更持久的生命力。她还记得魏晋曾经对她说道："我们总是急于否定旧的，更换新的，以为新的一切代表了创造、先进、时尚、引领，就一定能打败旧的。但是事实并非如此，一切的创新都是站在旧的基础之上，新的发生，并不代表旧的必将消失。许多人可能更愿意保持旧的传统、习俗、习惯，我不否认旧的里面存在不足与不合时宜,甚至是落后。但是允许新旧杂糅,并行发展,不一味追求以新换旧,而是融合转化、循序渐进,让旧有的一切焕发新的生机,这才是真正的良性发展。"

她觉得魏晋似乎说出了她心底里的话。在产品设计中,她再三叮嘱设计师将传统文化与特色文化元素相结合,产品出来后,效果十分惊艳。

在积攒了一些经验之后,赵子衿已经开始依托亚欧黄金通道,主抓毗邻喀什的中亚、南亚市场。针对这些市场,她主推的是小家电和家居用品。她决定还是从定制入手,已经找了专业团队合作,开始设计、打样、制作、试营销了。

肆

是否去寻找魏晋,大家在猎鹿人的露台上已经整整讨论了一个下午,依然没有结果。这一切都刻意瞒着方华,她年纪大了,不能让她担惊受怕,只说魏晋去国外开拓市场去了,连猎鹿人都暂时交给大家在照看。好在魏晋多年来一直在外,平日无事也不打电话,方华便深信不疑。在这之前,魏晋委托的律师宣布魏晋将猎鹿人赠送给大家时,他们也没有太多意外,因为魏晋自从收购了猎鹿人之后,还是他们这一群人在共同经营着。虽说多了子衿和苏孟,好在很快大家都熟了,并不觉得陌生。

可是，为什么魏晋要独自离开呢？大家纷纷揣测着，并把目光转向苏孟，苏孟连连摆手道："别看我，我也不知道魏晋为什么要离开，也不知道他去了哪里，要不我也不会来喀什。"

大家又把目光转向帕夏，帕夏这些天着急上火，再加上天天直播，嗓子都哑了。她苦着脸说："我天天在直播，我知道的并不会比你们任何一个人多。"

那谁知道呢？大家面面相觑。魏晋是做事有板有眼的人，这显然不符合他一贯沉稳的风格。

子衿清楚，大约只有自己知道魏晋要走了，这份后知后觉让她有些震惊。她安抚大家道："既然魏晋是这么决定的，尊重他的决定或许才是对他最真的情谊。也许有一天他就会突然出现在我们眼前，给我们一个惊喜，在此之前我们把猎鹿人经营好，等他回来。我一直相信这个世界充满传奇，焉知魏晋不是传奇呢？"

子衿的话多多少少引起了大家的共鸣，虽然不代表认同，但是也只能如此想了。

就在猎鹿人的股东热烈讨论的时候，方华正背着包，走在回家的路上。自从魏一方生病之后，去菜市场买菜的任务就由她来承担，如今魏一方虽然不在了，但是买菜的节奏依然没有变。每次买完菜，她都会去梅花公园的八角亭里坐上片刻，也不说话，也不像别的老头老太太跳广场舞或者打太极拳，只是静静地在桃花树下坐上十几分钟，然后拎着菜慢慢走回家。

那是梅花公园仅有的几株桃树，长得壮且高，全然不似喀什的桃树。喀什的桃树只有一人多高，遒劲矮小，伸手就可以摘到桃子。春日里，满树粉色的花层层叠叠堆在枝头，站在桃树下，一阵风过，就会落满一襟。

那年就是在桃树下遇见他的，他是那么俊秀聪颖的一个人，让她一眼就爱上了他。

那一切忆起来宛如前世，像是两个截然不同的自己，一个明媚阳光，一个沉寂阴郁，却都匆匆而去。

如今，魏一方不在了，家里也只剩下她一个人，做一次饭可以连着吃好几顿，她每天拎着包去菜市场转一圈，并不是为了一日三餐，而是一整天都指望着这一日的买菜与桃树下的短暂逗留来安抚自己的悲伤。

这悲伤藏得极深，连她自己都不愿承认。那个让她无比嫌恶的庸碌男人走了，天空的一角也轰然塌陷，她像是独自暴露在废墟中，被尘埃与雨水打得湿透。

方华选择再回喀什，连她自己都说不清为什么，明明已经决定让往事随风，再也不回喀什了，却不知为何突然迟疑了起来，最后决定还是回一趟吧。

她一直在想，若是时光倒流，再来一次，她还会决绝地离开家人，前往新疆支边吗？还会不计后果地将自己交给那个一见钟情的男子吗？还会自私自利地嫁给魏一方吗？

她悲哀地发现，如果再来一次，或许自己依然会如此选择。当青春的血液像火焰一样燃烧的时候，整个人都在那场青春的烈火中烧得通红炽热，只能去做同样热情似火的事情。去报效祖国、去构建理想、去追逐爱情，都是青春的烈火中无法躲避的宿命。

当年自己离开后，父母也一去不复返，再也没能联系上，说起来得感谢魏一方的庇护。她一直瞧不起这个看起来有些窝囊的男人，却不得不承认，正是这个男人，给了她和魏晋一个家。因为娶了自己，导致他们成为"半钢（男方上海人，女方外地人）"，迟迟无法返沪。他一直在积极想办法，从来没在自己面前埋怨过。倒是自己，总是不给他好脸色，似乎是他欠了自己什么，明明是自己欠了他才对。

若说后悔，唯一后悔的大约是自己直到快要失去他，才懂得他的好。本来不应该再回喀什，可是她心里却像是被什么抓挠着，让她忍不住想回去看看。

回来了，帕夏和子衿她们陪着自己转了几天，这已经完全不是记忆中的城市了，那个记忆中被风沙包裹、干裂的城市，已不逊色于其他任意一座地级市，甚至更好。

她的心中说不出是欣慰还是难过，就像记忆中的恋人越来越风华绝代，却离自己越来越远。

好在有些地方她还记得一清二楚。那天她专门去看了依明江，没想到这么多年过去了，他依旧守着那个鞋摊。所有的一切都在改变，唯有他没变。

她一眼认出依明江，她知道，依明江也一眼认出了她。他依然寡言，默默拿了一张凳子给她，等她坐下来，依明江只低头盯着她脚上的鞋子，像是在打量她的鞋子是否也要修补。直到她要走了，依明江才突然说道："梁惟岳在喀什，这些年，他一直是一个人，你要见他吗？"

她呆愣住了，许久，恍惚地摇了摇头，然后转身离去。

其实，她或许已经见到过他了。那日晚上，帕夏他们陪她去老城印象一条街，灯火闪烁中，川流不息的游客将老城挤得水泄不通。远处的昆仑塔彩灯变幻，恍然有外滩的感觉。站在城墙上，远处的东城高楼林立，灯火闪耀，映衬着天空中的无人机表演。一回头，她猛然看到街角处熟悉的马掌店，不由惊讶地指给帕夏。

帕夏解释说："本来我爸爸的马掌店配合风情街规划要搬离。后来为了尽可能保留老城的原貌，保留了下来，虽然跟现代生活格格不入，不过也算是老城里一处独特的存在。"

方华向那边走过去，就在快要走到跟前的时候，她猛然停住脚步，她看到在人群中静静望着她的那个男子，那个在她梦里出现了千万次的男子，那个她又爱又恨的男子，就在十几米外望着她。

时光如落潮一般向后退去，熙熙攘攘的人群安静如尘，整个世界，只余下他们，却依旧无法跨过那十几米的距离。她和他静止在人群中，眼中满是泪水，知道他们永远回不去了。

她不知自己站了多久，直到帕夏喊她，才回过神来。

人流继续波涛般滚滚向前涌动，她恍惚听到有歌手在弹唱：

从前的日色变得慢

车、马、邮件都慢

一生只够爱一个人

从前的锁也好看

钥匙精美有样子

你锁了　人家就懂了

伍

那是2024年7月15日，正是喀什的盛夏季节。在吉尔吉斯斯坦奥什州，子衿刚代表外贸公司签完一批多功能料理机和电风扇的订单。这次洽谈很顺利，她带去的样品经过试销，因功能完备且价格低廉而受到青睐。当然其中还有一点，她可以做到从签订订单到通关发货入境吉尔吉斯斯坦，时间跨度只需要一到两天。客户对此很满意——毕竟除了控制价格，时间也很重要。目前是应季商品销售旺季，早一天收到货，就可以早一天摆上货架。

洽谈结束后，客户盛邀子衿他们前往他出生的乡间小镇做客。那是位于费尔干纳盆地与帕米尔高原交界处的一座小镇，有开阔壮美的峡谷。在古代，那里盛产汗血宝马，即使在今天，小镇依然保留着养马的习俗。

客户的庄园一侧靠近公路，另一侧是激流奔涌的卡拉达里亚河。一行人参观完马场并纵马游览完庄园之后，坐在客户宽大的露台上聊天，等待午餐。

露台建在二楼的平台上，视野开阔，可以俯视脚下的河流，还可以远眺整个河谷。子衿斜靠在护栏上，望着不远处嵯峨的山岭，吹着清冽的山风，感受着脚下飞溅的浪花送来的清凉气息，心情格外舒畅。

外贸公司发展如此顺利，其实超乎所有人的想象。按照安慕然的布局，先是依托国内直采，在线下销售，然后再视情况开拓线上销售网。结果只半年的销售成果，就让他改变了策略，直接在喀什经济开发区建设小家电生产基地，一来可以大幅降低生产成本；二来可以降低物流费用；三来可以节约发货时间。喀什经济开发区"五免五减半"税收政策，是目前国内享受此类政策的少数开发区之一，对于新成立的公司来说，无疑是最大的利好。综合保税区 3 至 8 小时属地直通通关模式，给了外贸公司"时间就是金钱"的莫大助力。安慕然在喀什经开区综合保税区建了中转仓，再加上自己的生产基地，利用喀什 1.5 小时航空经济圈覆盖周边 8 个国家中心城市的"黄金通道"，线上线下同步销售。

从街边的小摊，到接替父亲管理玉石店，再到做跨国贸易，回首前尘往事，子衿自己也没想到会有这么巨大的变化。她一直觉得自己是理想主义者，追求身心自由胜于追名逐利，但是此刻的转变，却像是被时代的洪流急速推着在进行身份转换。但是这难道不是自己应该承担的责任吗？在化为灰烬之前，生命是一连串或灼热或黯淡的火星，"与天地合其德，与日月合其明"，仔细想来，理想与现实二者应该并不相悖，当行则行，当止则止，大致如此。

主人极尽热忱，准备了非常丰盛的当地美食以及各种各样的水果。大家把酒言欢，边吃边聊。

公路上偶尔有车辆经过，遇到会车时，司机会鸣笛示意。在吃饭的间隙，子衿看到一辆深灰色的越野车，伴着喇叭声呼啸而过。在通过的一瞬，敞开的车窗玻璃内，一张熟悉的脸也一闪而过，只留下汽车尾部车牌上隐约的"沪 A"字样。

子衿猛然跳起来，不顾众人诧异的目光，下楼向公路冲去，因跑得太快，险些摔倒，等她喘着气站到公路上时，那辆车早已消失得无影无踪。

子衿怅然而归，面对疑惑的主人，解释道，她似乎看到了一位中国老友。

主人大笑着说道："在吉尔吉斯斯坦遇见中国人的概率很高，中国可是吉尔吉斯斯坦的第一大贸易伙伴，许多中国人在这里做生意。但是在这里遇到朋友的可能性却很低，很少有游客会来这里，在这里遇到中国朋友的概率大约是万分之一，应该算是奇迹了。"

子衿摇了摇头，也开始怀疑自己是不是看错了。

她的心中忐忑难安，找了个借口跑去河边，给苏孟打了一个电话。电话接通，刚想要开口，才发现竟然无从说起，只能尴尬地闲扯几句，匆匆挂断。

她回到露台，表面恢复了波澜不惊的神色，心中却起伏难平——她的心中依然存着一份希望。也许是他呢？

这个世界，从来不乏奇迹，谁说不会有奇迹发生呢？

图书在版编目（CIP）数据

喀什七月 / 赵青阳著. -- 乌鲁木齐：新疆青少年出版社, 2025.8. -- （新疆是个好地方）. -- ISBN 978-7-5756-0807-7

Ⅰ. I247.5

中国国家版本馆 CIP 数据核字第 2025T66P52 号

出 版 人：马　俊
策　　划：刘　婷
责任编辑：陈玉姣　李　萌
助理编辑：冯　丽
书籍设计：郑　坤
美术编辑：吾荣娜　罗慧琴
封面油画：刘建新

喀什七月
KASHI QI YUE

赵青阳　著

出版发行：新疆青少年出版社有限公司
地　　址：乌鲁木齐市经济技术开发区（头屯河区）泰山街 608 号
邮政编码：830015
网　　址：https://www.qingshao.net
邮　　箱：xjqingshao_pd@vip.126.com
经　　销：各地新华书店
印　　刷：北京雅图新世纪印刷科技有限公司
制　　作：非凡印艺图文工作室
开　　本：880 mm×1230 mm　1/32
印　　张：13.25
版　　次：2025 年 8 月第 1 版
印　　次：2025 年 8 月第 1 次印刷
书　　号：ISBN 978-7-5756-0807-7
定　　价：68.00 元

CHISO 版权所有，侵权必究。如有印装质量问题，请联系本社调换。
电话：0991-8156938（编辑部）　0991-8156920（总编室）　0991-8156960（发行中心）